2부

2

밤의 대통령

개정판

이원호 장편소설

CONTENTS

제1장

섬으로 가는 사람들

밤의 대통령

이를 악문 정기욱은 앞에 선 차우석을 노려보았다. 얼굴이 벌겋게 달아올라 있어서 아무것이나 집어 던질 듯한 얼굴이었다.

"야, 이 시키야! 네놈 대가리가 돌맹이인지는 알았지만 아예 시멘트 덩어리구만, 이제 보니까."

그는 두 손을 책상 위에 짚고는 막 상체를 일으켜 세우려는 시늉을 했다.

"뭣이 어째? 경찰에 알려 보자고? 경찰한테 가서 김동천이를 찾아 달라고 그래?"

"그게 아닙니다, 형님. 만일의 경우를 생각해서 그런 겁니다, 형님."

"이놈의 시키가 말을 이랬다저랬다 하구 있어!"

"형님, 만일 동천이가 어떻게 되었다면 괜히 형님이 뒤집어씁니다. 경찰이 뒤집기는 선수 아닙니까?"

"뭣이 어째?"

버럭 소리를 질렀지만 차우석의 말에도 일리는 있었다. 이래봬도 전과가 8범인 차우석이다. 사기와 절도, 폭력과 강도에다가 강간으로 이어졌고 나중에는 교통사고로 사람을 친 까닭으로 대부분의 중요 범죄는 그의 손을 거쳤다. 그는 여덟 번의 교도소 생활에서 두 번은 경찰의 뒤집어씌우기를 당했다고 지금도 주장하고 있지만 그 말을 믿는 사람은 없다.

차우석이 한 걸음 다가와 섰다.

"형님, 동천이는 김칠성이한테 당한 것이 틀림없습니다. 그 개백정 백동혁이를 여관 주인이 봤다고 하지 않습니까?"

"이 개새끼야, 코트만 걸치면 백동혁이여?"

"개 냄새가 나더랍니다, 누린내가."

이를 악문 정기욱이 주먹으로 책상을 쳤다. 그도 김동천이 당했다면 김칠성의 일당에게 당했을 것이라고 짐작은 했다. 그러나 이제 마무리를 짓는 마당이다. 정부의 강력한 제재로 김원국의 모든 업체는 세무조사를 받고 있었고 수천 명의 경찰이 김원국 소유의 업체들만 둘러싸고 있어서 손님들은 발길을 끊었다.

아마 대부분의 업체들은 세금이 떨어지기도 전에 넘어질 것이었다. 그러나 반대로 다른 유흥 업체나 음식점, 기타 소비 업체들은 기대에 부풀어 있었는데 내무부 장관이 유흥 업체의 시간 규제를 철폐하겠다고 말했기 때문이다. 그것은 다음 주부터 시행될 것이라고 장관이 직접 텔레비전 인터뷰에서 발표했던 것이다.

김동천은 정기욱에게는 치명적인 약점이었다. 그가 김원국의 조직에게 잡힌 것은 결국 그들이 크리스틴호텔 사건의 내막을 눈치챘다는 의미도 된다. 정기욱은 김동천이가 조직을 위해 입을 다물 인간이 아니라는 것을 알고 있었다. 그것은 자신이 그런 입장이 되었을 때를 생각하면 쉽게 알 수 있는 것이다.

막 밤의 세계에 뿌리를 뻗고 금덩어리를 거둘 수 있는 절호의 기회가 닥쳐왔다. 그러나 바로 이때 김원국의 조직과 직접 부딪쳐야만 하는 것이 분했다. 아직도 김원국의 잔존 세력의 힘은 막강했다. 김칠성과 강만철이 인도네시아의 섬으로 도망쳤다는 소문이 있고 조웅남은 병원에 있었지만 졸개들을 무시할 수는 없는 것이다.

"찾아내, 애들을 모두 풀어서라도."

정기욱이 다시 소리치자 차우석이 머리를 끄덕였다.

"찾고 있습니다, 형님. 구석구석을 다 뒤지고 있습니다."

"시체라도 찾아."

그러면서 차라리 그가 죽어 있는 게 나을 것이라는 생각이 들었다. 김원국의 조직에 잡혀서 살아 나올 가능성은 없다.

차우석이 방을 나가자 정기욱은 손을 뻗어 전화기를 집어 들었다. 그러다가는 전화기를 내려놓고 책상 옆쪽에 놓인 휴대폰을 쥐었다.

—여보세요.

다이얼을 누르고 신호가 한 번 울렸는데 금방 저쪽에서 전화를 받는다. 정기욱은 자리를 고쳐 앉았다.

"접니다."

—아, 웬일이오?

이무섭의 무뚝뚝한 목소리가 울려 나왔다.

"네, 다름이 아니라, 그 김동천이 때문에……."

—왜, 무슨 일 있습니까?

"아니올시다, 다만 무슨 방법이 없겠는가 하고."

—방법은 무슨 방법? 나도 찾는 중이니까 그렇게 서두르지 말아요.

"하지만 조금 걱정이 됩니다만."

—뭐가 걱정이 됩니까?

정기욱은 수화기를 바꿔 쥐고는 땀이 밴 손바닥을 바지에 문질러 닦았다

"만일 저쪽이 알게 되면……."

—알기는 무얼 안단 말입니까? 그것이 무슨 잘못이라고.

"아니, 그것이 아니라 저쪽이 이제까지 우리가 그래 왔다고 생각하지 않겠습니까?"

저쪽은 김원국의 조직을 말하는 것이었는데 이무섭은 경찰로 생각하는 모양이어서 답답했다.

"이거 우리만 괜히 놈들하고 원수가 되어서야."

—이제 원수고 뭐고 따질 것이 없어요. 저쪽은 이미 머리가 떨어진 독사요.

"네?"

이해를 하지 못하는 것은 아니었지만 머리 없는 뱀이 꿈틀거리는 것을 생각하자 정기욱의 기분은 다시 언짢아졌다. 담력이 뛰어나다고 스스로 자부하는 그였지만 뱀은 질색인 것이다.

—김동천이가 무슨 말을 했건 김원국의 조직은 손을 쓸 도리가 없습니다. 놈들은 죄 없는 가족들을 잔인하게 학살했어요. 어린아이들까지 말입니다. 당신들은 그 가족들을 구하려고 했던 사람이오. 김동천이도 마찬가지겠고.

"……."

—어쨌든 김동천이는 안되었소. 하지만 정 사장은 걱정할 필요가 없어요. 사업은 이제부터니까.

"네에."

—김원국의 조직이 악을 쓸수록 더 깊게 수렁으로 빠져들어 가는 거지. 놈들은 나타나지 못해요.

이무섭은 정기욱의 가슴에 박힌 가시를 한마디에 하나씩 뽑아주고 있었다. 정기욱은 한 모금 길게 숨을 들이마셨다.

—김원국의 업체들은 모두 세무조사를 받고 있어요. 며칠 후면 엄청난 세금이 떨어질 것이고 아마 세금 납부 기일 전에 모두 문을 닫게 될 거요. 준비나 해줘요.

이무섭이 말을 이었다.

—리즈호텔 같은 곳은 일급 호텔이어서 수백억 원 정도가 아

니오. 정 사장은 그걸 경영하고 싶다고 하지 않았습니까?

"네? 그야 제가……."

정기욱은 이무섭이 분위기를 바꿔 자신의 엉덩이를 두드려 준다는 것은 알고 있었다. 그러나 리츠호텔의 웅장하고 화려한 건물이 눈앞에 떠오름으로써 기분이 밝아지는 것을 막을 필요는 없었다.

호텔의 현관을 나온 김선주는 주차장을 가로질러 또박이며 정문을 나섰다. 햇살이 머리 위에 떠 있는 한낮이었다. 사람들에 섞여 호텔의 앞길을 걷던 그녀는 머리를 돌려 호텔의 건물을 바라보았다.

햇살을 받은 유리창이 반짝였고 현관의 위쪽에는 투숙하고 있는 러시아의 발레단을 환영하는 현수막이 걸려 있었다. 그녀는 한 블록쯤 걷고 나서 우측에 있는 커다란 일식집으로 들어섰다.

"어서 오세요."

일식집은 점심 식사 손님으로 떠들썩하였으나 종업원이 허리를 숙이며 그녀를 맞았다

"혼자이신가요?"

"아니, 동행이 저쪽."

턱으로 안쪽을 가리키며 김선주가 곧장 안으로 들어가자 종업원은 따라오지 않았다.

커다란 홀의 안쪽은 여러 개의 방이 가로로 배치되어 있었는

데 끝 쪽은 화장실이고 화장실 옆에는 후문이 있다. 김선주는 곧장 화장실 쪽으로 다가갔고 화장실을 지나 후문으로 빠져나왔다.

이곳은 직원들과 여러 차례 식사를 한 곳이어서 익숙한 곳이다. 후문을 나와 다시 오른쪽으로 꺾자 이제는 한정식집의 후문 마당이 보였는데 그 옆은 또 다른 식당의 주차장이다. 주차장에 세워둔 승용차들의 유리창이 햇볕을 받아 번들거리고 있었다. 김선주는 서슴없이 그쪽으로 다가가 회색빛을 띤 대형 승용차의 뒤쪽 문을 열고 들어갔다.

"아유, 다리 아파."

의자에 앉자마자 김선주가 이맛살을 찡그리며 두 손으로 종아리를 만졌다. 그러고는 머리를 돌려 백동혁을 바라보았다.

"무슨 일 때문이죠, 날 불러낸 건?"

"우선 회사 사정을."

백동혁이 눈꺼풀을 조금 추켜올렸다.

"자세하게 아는 대로."

"지금 세무 감사를 받고 있어요. 텔레비전과 신문은 보고 계시죠?"

"……."

"외국인 투숙객은 아직 줄지 않았지만 내국인은 절반 이상이 줄었어요. 경찰이 매일 체크한다는 것을 아니까요."

"……."

"나이트클럽, 오락실, 사우나, 모두 손님이 없어요. 김 상무님은 이번 주말까지 견디다가 내부 수리를 하겠다고 했어요."

김 상무는 전문 경영인 출신으로 호텔의 총지배인이었다. 백동혁이 잠자코 있자 김선주가 말을 이었다.

"억울해요. 분해서 잠이 안 와요. 백동혁 씨가 어떻게 해봐요."

뜻밖의 말이었으므로 백동혁이 눈을 껌벅이며 그녀를 바라보았다.

"우리가 그 이철우 씨 가족을 죽이지 않았죠? 그것은 그놈들의 음모지요?"

"우리는 아냐, 절대로."

백동혁이 말하자 김선주가 머리를 끄덕였다.

"됐어요, 나는 당신 말을 믿어요. 당신이 거짓말을 할 사람은 아니라고 믿고 있어요. 다른 것은 모르지만요."

"……."

"묻고 싶은 건 그것뿐인가요?"

"이것."

백동혁이 옆에 놓인 가방을 들어 그녀에게 건네주었다. 검은색 가죽 손가방이었다.

"그 손가방 안에 든 서류 한 부를 경찰청 유혁근 경감한테 전해줘. 그리고 그 안에 활동비가 천만 원 들었는데, 그건 형님이 주신 돈이야."

김선주의 짙은 눈썹이 번쩍 추켜올려졌다.

"돈은 왜요?"

"그걸 내가 아나? 형님이……."

"위험 수당인가요?"

"글쎄, 그것이."

"유혁근 경감을 은밀히 만나 전해주란 말이겠죠? 다른 사람한테 들키지 않게."

"그렇게 말씀하셨는데."

김선주가 치켜뜬 눈으로 한동안 백동혁의 얼굴을 바라보다가 이윽고 두어 번 눈썹을 깜박였다.

"왜 날 시키는 거죠? 다른 사람도 많을 텐데."

"누가 추천을 했어."

"누군데요?"

"대한일보 이재영 기자. 그 사람이 당신을 추천했어."

"이재영 언니. 당분간 쉰다고 하던데, 신문사에 전화해 보니까."

"……."

"그런데 참 달라졌어요. 기분이 이상해요."

그녀의 말에 휘둘리는 느낌이 들었는지 백동혁의 이맛살이 찌푸려져 있었다.

"예전의 백동혁 씨 같지 않아요. 그래서 조금 뭐랄까, 백동혁 씨가 예전의……."

"시끄러."

백동혁이 늘어진 눈꺼풀을 추켜올리면서 이를 드러내었다.

"잔말 말고, 할 거야, 안 할 거야?"

"해요."

김선주는 가방을 무릎에 올려놓으면서 이를 드러내며 웃음을 지었다.

"그런데 이젠 코트를 벗으신 거예요? 벗으니까 참 좋다."

저도 모르게 자신의 옷차림을 내려다본 백동혁이 어금니를 물었다. 회색의 정장 차림이었는데 이것은 큰형님의 지시로 어쩔 수 없이 걸친 것이다. 웃음 띤 얼굴로 김선주가 차 문을 열고 밖으로 나서고 있었다. 그녀의 미끈한 종아리가 얼핏 눈에 보였다가 문이 닫히면서 사라졌다.

창밖에서 자동차의 엔진 소리와 함께 현관 앞에 깔린 자갈이 타이어에 눌리는 소리가 났다. 저녁 햇살이 바다를 비스듬하게 비추어 수평선 위쪽을 붉게 물들였고 바다는 더욱 짙게 출렁이고 있는 때였다.

응접실의 소파에 앉아 있던 이재영은 몸은 일으켜 정원 쪽의 창가로 다가갔다. 마침 승용차가 멈추고 뒤쪽 문에서 김원국이 내리는 참이었다. 진회색의 양복을 입고 흰색 셔츠를 안에 받치고 있어서 옷차림만으로는 무역 회사의 세련된 직원처럼 보였다.

백동혁과 대여섯 명의 부하들이 그를 맞아들이고 있었다. 허리를 기역 자로 꺾는 그들 사이를 김원국은 담담한 표정으로 걸어 들어오고 있다. 이윽고 그가 현관 안으로 들어서자 그녀는 몸을 돌려 다시 소파에 앉았다.

이재영은 손을 들어 머리칼을 쓸어 넘기고 무릎 위의 스커트를 잡아당겨 평평하게 폈다. 신문사의 안청준에게 전화를 하자 그는 펄쩍 뛰듯이 놀라면서 지금 어디 있느냐고 물었다. 그녀가 납치된 것으로 믿고 경찰이 수사하고 있다는 것이다. 당분간 쉬겠다는 이재영의 부탁을 안청준은 선선히 허락해 주었는데 그에게는 지금 설악산의 조그만 호텔에 있다고 말해주었다.

방문이 열리면서 김원국이 들어섰다. 재킷을 벗은 셔츠 차림이었다. 이재영이 자리에서 일어나자 그는 머리를 끄덕여 보이면서 앞자리에 앉았다.

"이 부장을 만나고 왔어. 그 사람이 지금은 제일 믿을 수 있는 사람이지만……."

김원국이 말꼬리를 흐리고는 이재영을 바라보았다.

"이재영 씨는 당분간 이곳에 있도록 해. 놈들이 노리고 있으니까."

"집에도 연락을 해놓았어요. 저한테 부담 느끼지는 마세요."

"성격이 적극적이어서 좋구만."

김원국이 찬찬히 이재영은 바라보았다.

"정기욱을 잡아들일 분위기가 아니라는 거야. 이미 사건은 일단락 지어졌고 대통령에 의해서 결론이 나 있어서."

"……."

"강만철과 김칠성의 명의로 된 업체들은 소유주가 행방불명이 되었기 때문에 위임을 받은 대리인이 처분하게 할 모양이야."

김원국이 입술 끝을 비틀어 올리면서 웃었다.

"조웅남이는 아직 안 나았어. 어제는 입원실에서 아령으로 체력 단련을 하다가 의사한테 뺏겼다고 하는구만."

이재영은 잠자코 그를 바라본 채 머리를 끄덕였다. 이제 그의 주변에 남아 있는 빅 보스는 한 사람도 없다. 강만철과 김칠성은 인도네시아로 떠났고 조웅남은 병원에 있는 것이다. 그녀는 김원국의 말상대가 되어 있는 자신을 깨닫자 가슴이 두근거렸다.

"제가 오늘 유혁근 경감한테 전화를 했어요. 서류 보낸 것도 확인해 볼 겸해서요."

이재영이 입을 열었다.

"그 사람도 비슷한 반응이더군요. 상황이 좋지 않다고 했습니다. 하지만 우리의 결백을 믿는 것 같아서 위안이 되었어요."

그녀를 바라보던 김원국이 이제는 눈꼬리에 주름을 잡으면서 웃어 보였다.

"우리라고 했는데, 내 조직에 여자 보스가 생긴 기분이구만."

"그리고 또 한 가지, 이정환 총경이 경찰청의 실무 책임자인데 그에게는 보고했다고 하더군요. 그 말은 이정환 씨를 믿을 수 있다는 말로 들렸습니다."

"김칠성이한테서도 그런 이야기를 들었어. 안기부 제3차장인 고성섭 씨도 사건의 윤곽을 잡고 있는 사람이야."

문득 말을 그친 김원국이 이재영을 바라보았다.

"우리 일에 너무 깊게 빠져드는 것 같군. 그래서 불안한데."

"저는 기뻐요. 이제까지 지금처럼 하는 일에 보람을 느껴 본 적이 없습니다."

"목숨이 걸린 일이야. 그날 밤에도 하마터면 당할 뻔했어. 내가 생각했던 의도와는 다르게 되어 가, 이 기자는."

"호텔에서 그 사람들의 전화를 받았을 때부터 저는 이미 이 일에 깊게 빠져들었어요."

김원국이 잔잔한 시선으로 그녀를 바라보았다.

"이유는 그것 때문인가? 이미 빠졌다는 것."

"도와드리고 싶어요. 이렇게 당할 수만은 없습니다."

그러자 자신도 모르게 얼굴이 상기된 이재영이 아랫입술을 깨물었으나 시선을 내리지는 않았다.

"쓸데없는 자존심은 내세우지 않겠어. 이 기자는 머리가 좋고, 사회부 기자 출신이어서인지 정치 감각도 뛰어나서 많은 도움이 돼."

김원국의 얼굴에서 웃음기가 가셨다.

"하지만 이것은 전쟁이야. 아니, 전쟁보다도 더 참혹하고 비열한 싸움이지. 이제까지 여자들이 미끼나 인질로 이용되어서 대부분 비참한 결과가 나왔어."

"……."

"난 이놈들을 용서하지 않을 것이다. 제수씨를 납치한 놈, 그리고 이철우의 가족들을 잔인하게 학살한 놈, 이놈들을."

김원국이 눈을 치켜떴으므로 시선이 마주친 이재영이 한동안 그를 바라보다가 머리를 돌렸다. 그의 시선과 마주치면 오래 견디기가 힘들기 때문이다.

"이 기자, 머릿속에 잘 새겨두도록 해. 당신은 내 증인이고, 언젠가 이 일로 특종을 만들어야 할 테니까."

김원국의 표정이 다시 가라앉았으므로 이재영은 어깨를 세웠다.

"잘 새겨 두고 있어요, 언제나."

그녀가 똑바로 바라보자 김원국은 잠자코 머리를 돌렸다.

로비를 지나 밖으로 나가려던 장민애가 걸음을 늦추더니 몸을 돌렸다. 옆쪽의 응접실에 앉아 있는 강만철이 눈에 띄었기 때문이다. 그는 밝은 색깔의 바지에 셔츠를 걸치고 있었는데 산뜻한 차림이었다. 창가에 앉아 바다를 바라보던 그가 머리를 돌려 다가오는 장민애를 바라보았다. 그러고는 천천히 몸을 일으켜 세웠다.

"아침에 해장국은 제가 잘 먹었습니다."

강만철이 표정 없는 얼굴로 말했다.

"칠성이는 지금도 자고 있어서요."

그들은 소파에 마주 앉았다.

"이곳에서 오래 있다 보면 세상일을 잊게 되겠군요."

"신문을 읽지 않으신다면 더 빨라지실 텐데요."

장민애가 살짝 웃자 강만철도 따라 웃었다. 어제 심부름꾼을 자카르타로 보내 한국 신문을 가져오게 했던 것이다. 오전 10시가 조금 넘어 있었지만 햇살은 뜨거웠다. 응접실의 창문을 통해 파란 바다가 내려다보였다. 흰 모래사장은 햇볕을 반사하여 더욱 희게 빛났고 잔잔한 바다 위에는 원주민의 목선이 바위처럼 떠 있었다. 강만철은 찻잔을 들어 커피를 한 모금 삼켰다.

"형님께서도 한국의 일은 당분간 잊어버리고 있으라고 하셨지만 그건 있을 수가 없는 일이지요. 칠성이처럼 밤낮으로 술이나 마신다면 모르지만."

지금도 김칠성은 2층의 방에서 술에 취해 곯아떨어져 있었다.

"이제 우린 한국에 있는 기반을 정부 측에 세금으로 바친 셈입니다. 신문에 그렇게 났더군요."

찻잔을 내려놓은 강만철이 다시 바다를 내려다보았다.

"형님도 곧 돌아오시겠다고 했으니까 여기에 가족을 데려와서 살까요?"

그의 옆모습을 바라보던 장민애가 가늘게 숨을 내쉬었다.

"전 잘 모르겠어요. 하지만 지금 형편은 전하고 다르니까."

잠깐 망설이던 장민애가 시선을 들었다.

"가족들과 함께 당분간 이곳에서 지내시는 게 낫다고 생각해요."

"우리는 싸울 수 있었습니다, 형수님. 어떤 조직하고도. 설령 상대가 정부라 하더라도."

혼잣소리처럼 강만철이 말했다. 아직도 시선은 바다 쪽을 향한 채였다.

"칠성이도 마찬가집니다. 우리는 목숨이 아까워서 이곳으로 도망쳐 온 게 아닙니다."

가라앉은 목소리로 그가 말했다.

"상대가 없어지면 싸움이 일어나지 않을 것이라는 형님 말씀에 우선 따른 겁니다. 우리 상대는 아직 보이지도 않았지요."

"……."

"형수님, 우리 상대는 교활한 놈들입니다. 그들은 정부 당국자들을 손에 넣었거나 아니면 조종하고 있습니다."

강만철이 이곳에 온 지 열흘이 지났지만 이렇게 이야기를 하는 것은 처음이었다. 처음 며칠 동안 그들은 방에 처박혀 밖으로 나오지도 않았다. 방이 스무 개나 되는 데다 시중드는 원주민이 열 사람도 넘는 큰 집이어서 불편하지는 않았을 것이다.

김칠성이 밤낮으로 위스키를 마셔 대어서 걱정이 된 장민애가 요즘은 아침마다 직접 해장국을 끓여 올려 보내고 있었다. 그렇다고 강만철의 분위기가 그보다 크게 낫다고 볼 수도 없었다. 하루 종일 바닷가를 내려다보거나 베란다에 누워 있는 그의 모습을 보면 마치 껍데기만 남은 사람 같은 생각이 들었던 것이다. 장민애가 머리를 들었다.

"전 여기에 있었던 3년이 제 인생에서 제일 행복한 시간이었다고 생각해요. 그리고 그이도 마찬가지라고 믿고 있었어요."

"……."

"전 평범한 여자예요. 남편을 사랑하고, 아이를 잘 기르고 싶은……. 저, 제가 그이의 아내로 부족하다는 건 잘 알아요."

"아닙니다, 형수님. 무슨 그런 말씀을."

"전 이 행복을 놓치고 싶지 않아요. 그것이 잘못된 생각일까요?"

"당연합니다, 당연히……."

강만철이 손을 들어 찻잔을 쥐었다가 내려놓았다. 그가 망설이듯 말을 이었다.

“바깥일은 집안에서 이야기하지 않는 것이 저희들의 전통입니다. 제 처도 제가 어디 시골에나 가서 살기를 바라고 있지요.”

“…….”

“우리 모두 가족에게 고통을 주고 있는 셈입니다.”

“김 부사장님이 안되셨어요. 아직도 아주머니가…….”

강만철이 잠자코 머리를 끄덕이자 장민애는 어깨를 늘어뜨리면서 아랫입술을 물었다.

“잡혀 있는 사람보다 밖에서 걱정하는 사람이 더 고통이 커요. 저는 잘 알아요.”

“…….”

“이 누구라는 사람도 안됐어요. 가족이 모두 그렇게 살해되다니, 무서워요.”

강만철이 다시 머리를 돌려 바다를 내려다보았다. 파란 바다와 좌우에 둥그렇게 떠 있는 검은 섬. 바다는 잔잔했고 햇살은 눈이 부셨다. 이렇게 아름다운 곳에 어울리는 이야기가 아니었다.

잔잔한 바다 위를 10인승 쾌속정이 시속 40노트의 속력으로 달려가고 있었다. 선미의 스크루에서 뿜어져 나오는 물거품이 바다 위로 희고 긴 선을 그으며 끝없이 이어지고 있다. 갑판 위로 선수에서 튕겨져 오른 물보라가 쏟아져 왔다.

태양이 아직 머리 꼭대기에서 지글거리는 한낮이었다. 조종석이 있는 2층의 계단을 서대식이 내려오고 있었다. 두 손으로 층계의 난간을 붙잡고 있었는데 머리칼과 남방셔츠의 자락이 바람을 받아 어지럽게 날리고 있다.

"형님, 한 시간 후면 기요스 섬에 도착합니다."

다가온 그가 소리치듯 말하자 이철우는 손목시계를 내려다보았다. 오후 1시 반이었다. 어제 아침에 자카르타에 도착하자마자 맞춰 놓은 시간이다. 서울과는 세 시간의 시차가 나고 있었다.

"천천히 달리라고 해라. 너무 서두를 것은 없다."

"선장이 말을 안 듣습니다. 몇 번이나 이야기를 했는데."

머리를 돌린 이철우는 선실의 의자에 앉아 얼굴이 하얗게 되어 있는 두 명의 부하를 바라보았다. 뱃멀미를 하는 것이다. 다른 한 명은 조종석에 올라가 있는지 보이지 않았다. 기요스 섬까지 한 시간이 걸린다면 2시 반에는 도착할 수 있을 것이다. 기요스 섬에서 만탄 섬까지는 직선거리로 40킬로미터였으니 이 배로는 한 시간이면 도착할 수 있었다.

이철우는 흔들거리는 몸의 중심을 잡으며 겨우 계단의 난간을 두 손으로 쥐었다. 물보라가 휘몰려와 이번에는 얼굴에 뿌려졌으므로 그는 머리를 흔들어 물방울을 털어내었다. 계단을 올라간 이철우는 운동모를 눌러쓴 선장의 옆으로 다가갔다.

조종간을 잡은 그는 라디오의 노랫소리를 따라 부르고 있는 중이었다. 30대 중반쯤의 나이에 비대한 체격이었고 검은 피부에 짙은 콧수염을 기른 중국계였다. 그가 옆으로 다가오자 선장 옆에 서 있던 그의 친구인지 기관사인지 지금까지 알 수 없던 사내가 이철우를 향해 이를 드러내며 웃었다. 머리가 어깨에 닿는 장발이었다.

"이것 봐, 속력을 줄여!"

이철우가 소리치자 선장이 머리를 돌려 그를 바라보았다. 무표정한 얼굴이었다. 그러자 구석 자리에 쪼그리고 앉아 있던 이철우의 부하가 기를 쓰고 일어서는 것이 보였다.

"속력을 줄이라니까!"

그가 다시 소리치자 선장은 한쪽 손을 귀로 가져다 대었다. 잘 안 들린다는 소리였는데 선장 옆의 사내가 턱을 들고 소리내어 웃었다. 그들에게 사흘간 배를 빌리면서 일본에서 온 낚시 관광단이라고 했었다. 뱃삯도 그들이 요구한 대로 선뜻 내주었으므로 서로 기분 좋은 거래가 이루어졌던 것이다.

"이 배는 빨라. 속력을 늦추는 게 불가능해."

선장 옆의 사내가 토막 영어로 소리쳐 말했다. 배는 기우뚱거리면서 바다 위를 튕기듯이 달려 나갔는데 아까보다 속력이 더 빨라진 것 같았다.

"돈을 더 내라는 것 같은데요."

뒤따라온 서대식이 얼굴을 찌푸리며 말했다. 구역질을 참는 듯 입을 부풀려 다물고 있었다. 머리를 끄덕인 이철우는 뒤쪽 혁대에 차고 있던 칼집에서 대검을 쑤욱 뽑아 들었다. 선장과 그의 동료는 이철우가 주머니에서 지갑이나 꺼내는 줄 알았을 것이다. 그들이 제각기 눈을 치켜뜨는 순간 이철우는 긴 머리 사내의 머리칼을 움켜쥐어 아래쪽으로 잡아채었다. 목의 앞부분이 길게 드러났고 이철우의 대검이 무를 썰듯이 목을 썩둑 베었다.

"속력을 줄여라."

이철우가 다시 말했으나 배의 속력은 이미 반 이상 줄어 있었다. 눈을 크게 뜬 선장이 조종간을 움켜쥔 채 온몸을 떨었다. 이철우는 시체가 된 사내의 머리칼을 놓고는 피범벅이 된 칼날을 선장의 볼에 대고 닦았다.

"어차피 이놈도 죽인다."

한국어로 이철우가 말하자 서대식이 머리를 끄덕였다.

"네, 형님."

선장이 알아들을 수 없는 말을 중얼거리며 이철우를 바라보았다. 눈의 초점은 흐렸고 온몸을 눈에 띌 정도로 떨고 있었다.

이철우는 계단을 내려와 다시 후미의 갑판에 섰다. 배는 얼음판 위를 미끄러져 가듯이 바다 위를 달려 나갔다. 기운을 차린 부하들이 선실을 나와 난간을 잡고 바다를 향해 침을 뱉고 있었다.

침을 뱉는 방향으로 둥근 단지를 엎어 놓은 것 같은 섬이 하나 보였다. 그 옆에도 접시를 엎어 놓은 것 같은 섬이 있었고 그 뒤쪽에도 있다. 이철우는 난간을 두 손으로 움켜쥐고 섬들을 바라보았다.

깊고 푸른 바다는 잔잔했고 햇살을 받아 물결 끝이 구슬처럼 반짝였다. 하늘은 구름 한 점 없이 맑고 파랬는데 폐 속으로 흘러드는 공기는 깨끗해서 가슴을 청소하는 기분이었다. 저 섬들

중 하나가 만탄 섬일 것이고 거기에 김원국이 있다. 그리고 강만철과 김칠성도 제 고향처럼 돌아와 있을 것이다.

이철우는 난간을 움켜쥔 자신의 손을 바라보았다. 피범벅이 되었던 오른손은 벌써 말라 붉은 딱지로 뒤덮여 있었다. 나도 피바다를 만들 것이다. 이를 악문 이철우는 번쩍 머리를 치켜들고 태양을 향해 눈을 부릅떴다.

햇살에 눈물을 말리려는 것이다.

제2장

불타는 섬

밤의 대통령

눈을 뜬 조웅남은 두어 번 눈을 껌벅이고 나서 자신을 내려다보고 있는 김경지를 알아보았다.

"뭐여? 뭐 허고 있어?"

그러자 김경지가 살짝 웃었다.

"옛날 생각하고 있었어요. 제가 다쳤을 때, 당신이 매일 찾아오셨죠."

'끙' 소리와 함께 조웅남은 다시 눈을 감았다. 이맛살이 조금 찌푸려져 있었다. 이제 가슴에 감은 붕대는 거의 다 풀려 있었다. 오른쪽 옆구리의 꿰맨 부분이 헐어서 소독을 하고 있었는데 의사는 일주일 후면 퇴원해도 좋다고 했다.

"저, 신문 읽어드려요?"

김경지의 목소리가 귓가에 들렸다. 그녀의 숨결이 얼굴을 스치자 잘 익은 과일향이 났다.

그가 잠자코 있자 부스럭대는 종이 소리가 들려왔다.

"세무 감사는 내일까지 끝날 예정이래요. 하지만 업체들은 대부분 문을 닫고 있어서 공매처분 당할 확률이 커요."

신문의 내용과 그녀가 들은 정보를 합성해서 이야기 식으로 말해주는 것이었는데 언젠가 신문을 그대로 읽다가 조웅남이 베개를 집어 던진 적이 있었기 때문이다.

"리즈호텔은 그냥 운영되고 있어요. 나이트클럽하고 사우나, 오락실은 문을 닫았지만, 당신이 회복 중이라고 신문에 쓰여 있네요. 하지만……."

"하지만 뭐?"

눈을 감은 채 조웅남이 불쑥 물었다.

"세금을 얻어맞으면 견디기 힘들 것이라고, 세금을 안는 조건으로 타인에게 양도하거나 공매로 처분당하는 방법밖에……."

"다음."

"기존 업체들 중 70퍼센트는 위임장을 가진 사람들이 세금을 안는 조건으로 업체를 넘겼어요."

"개자식들, 두고 보자. 다음."

"아주일보의 사설인데요, '김원국의 기업체를 이렇게 청산해도 좋은가'라고 제목을 달았는데……."

조웅남이 실눈을 뜨고 김경지를 바라보았다.

"공권력을 동원해서 법에도 없는 조처를 하고 있다고 썼어요."

"이름이 누구여?"

눈을 뜬 조웅남이 묻자 김경지가 머리를 한쪽으로 눕혔다.

"이건 사설인데."

"그려도 쓴 사람이 있을 거 아녀?"

"알아볼게요."

"이름 알어 놔. 똑똑헌 사람여."

김경지가 신문을 접었다. 짧은 머리를 귀밑에서 살짝 웨이브가 지도록 했으므로 앳되어 보이는 모습이다.

"씨벌 놈들허고 똑똑헌 사람들허고 잘 구분혀 놓으란 말여. 신세도 갚고 웬수도 갚을 텡게로, 차곡차곡."

그러는데 문에서 노크 소리가 들리더니 문이 열렸다. 유혁근이 들어서고 있었다.

"어이구, 사모님이 오늘도 계시네요."

떠들썩한 목소리로 김경지를 향해 아는 체하며 유혁근이 의자를 끌어당겨 조웅남의 옆에 앉았다.

"어떠십니까?"

"그저 그렇지, 뭐. 나한티 조사헐 것이 있소?"

"조사는 뭘, 그냥 문병차 들른 것이지."

그러면서 유혁근의 시선은 분주하게 방 안을 훑었다. 옆에 앉은 김경지가 불안한 얼굴로 그를 바라보았다.

"이제 곧 퇴원하실 텐데, 집에서 당분간 쉬시겠지요?"

유혁근이 묻자 조웅남이 풀썩 웃었다.

"그러믄 그렇지. 나한티 그 말 헐라고 왔고만, 유 경감님이."

"조 사장님 생각해서 말씀드리는 건데."

"괭이가 쥐 생각 허는고만."

"여보."

김경지가 끼어들었다.

"그렇게 말씀하시면 돼요? 유 경감님이 생각해서 말씀하신다는데."

"호텔을 누구헌티 넘기라고 헐 거여, 쬐끔 있으믄."

유혁근이 입맛을 다셨다.

"사회 분위기가 안 좋아요. 여론이 그렇고."

"지기미 좆까지 말라고 그려. 여론 좋아하네. 어디 내 앞에서 입 벌려 보라고 혀. 주딩이를 찢어 놓을 팅게."

조웅남의 얼굴이 벌겋게 달아올랐다.

"뒷소리 하는 것이 여론 아녀. 돈 멕여서 표 많이 나오는 것이 진짜 여론이라는 거여. 그렇게로 그따우 여론은 필요 없어."

"어허, 이 양반이……."

"당신, 나가. 구역질이 나올라고 헝게. 어이, 얼릉 문 열어, 이 사람 나가게."

퍼뜩 유혁근의 얼굴을 들여다본 김경지가 머리를 돌렸다. 머리를 끄덕인 유혁근이 자리에서 일어났다. 그러고는 손을 뻗어 조웅남의 손에 무언가를 쥐여 주었다.

"이거 쫓아내니까 할 수 없구만. 그럼 가겠습니다. 제 말 잘 생각하시고……."

"생각은 무신."

그들은 여전히 큰 소리로 주고받고 있었으나 김경지는 조웅남이 주먹 안에 쥐고 있던 것을 조심스럽게 다른 손에 옮겨 쥐는 것을 보았다. 유혁근은 문 쪽으로 다가갔다.

"그럼 수고하세요."

문 앞에서 몸을 돌린 유혁근은 그녀와 시선이 마주치자 빙긋 웃었다.

"이 새끼 독종이구만. 아직도 이렇게 기가 살아 있어, 죽었다 살아난 놈이."

박용근이 찡그린 얼굴로 머리를 저었다.

"퇴원하자마자 바로 보내 버려, 골치 아픈 놈이야."

"위에서 어련히 알아서 하시지 않겠습니까? 이 테이프를 보내신 걸 보면."

"위라니?"

"아니, 저는 그냥."

안재일이 머리를 숙였으나 어깨의 힘은 살아 있었다. 이제는 이무섭을 자주 만나는 형편이어서 안재일은 힘의 향방에 대한 분별을 하고 있는 것이다.

박용근은 어금니를 물고 자신의 방 안을 훑어보다가 머리를 들었다. 이무섭은 조웅남의 입원실에 녹음 장치를 설치해 놓은 것처럼 마음만 먹는다면 이곳에도 얼마든지 그럴 수 있었다. 그러자 약삭빠른 안재일이 이무섭을 왕처럼 '위'라고 칭하는 것이 이해는 갔다.

"정기욱이가 리즈호텔을 노리고 있다는데, 영동의 클럽 몇 개 하고 말야."

박용근이 말머리를 돌렸다.

"이거 밥 다 해놓으니까 엉뚱한 놈이 수저 들고 달려드는 꼴 아니겠어? 창피하기도 하고 말이야."

이제 그들도 정기욱의 유통 회사가 이무섭의 조종을 받고 있다는 것을 알게 되었다. 그래서 놈들을 대놓고 까부수지는 못하고 이렇게 주고받는 것이다.

또한 이무섭이 도청 장치를 통해 그의 불평을 들을지도 모른다는 생각도 있다.

"정기욱의 졸개들이 아예 리즈호텔 근처에 진을 치고 있다는군요. 조웅남이가 나오면 볼만하겠습니다."

"그까짓 놈 나온다고 해도 이제 사또 행차 뒤의 나팔이야, 별 것은 없지만."

문득 박용근은 조웅남과 정기욱이 싸우다가 두 놈 다 골로 갔으면 좋겠다는 생각이 들었다. 리즈호텔은 덩어리가 큰 업체여서 어지간한 클럽 100개를 합친 것만 한 가치가 있는 것이었다. 박용근은 지금까지 25개의 클럽과 카페, 음식점을 인수한 상태였다.

강만철의 국제백화점도 이제 며칠 후면 그의 수중에 들어오게 되어 있었다. 250여억 원의 세금을 추징당했으니 배길 도리가 없을 것이다. 강만철의 위임인인 김대훈은 겁에 질려 있어서 곧 도장을 찍을 것이고 은행은 백화점을 담보로 세금 액수만큼 돈을 빌려주기로 미리 합의도 해놓았다. 김대훈이 그렇게 했다가는 은행의 식당에 있는 쥐새끼도 웃을 것이다.

한때 김동천의 행방불명으로 발소리도 조심스럽게 내던 박용근이었다. 그것이 불과 한 달 전이었는데 지금은 예전의 기백을 되찾고 있었다.

김원국의 조직은 완전히 궤멸된 것이다. 김원국은 섬에서 두문불출이었고 강만철과 김칠성은 가족을 팽개치고 김원국이 있는 섬으로 들어갔다.

그리고 그를 더욱 고무시킨 것은 사회의 분위기였다. 정부는 모든 공권력을 동원하여 김원국의 조직과 업체들을 해체시키려 했고 국민들은 그것에 갈채를 보내고 있었다. 유흥업소의 경기가 침체될 것을 우려한 정부는 업소의 시간 규제를 철폐해 주어서 그들은 이제 1970년도 후반과 같은 황금기를 다시 맞고 있는 것이다. 그러나 가장 찬란한 황금기를 맞고 있는 것은 박용근이었다.

수천의 유흥업소와 오락장, 호텔, 백화점들은 금방 힘의 흐름을 알아차렸고 그들이 내는 세금이 어디로 흘러가는지 알고 있었다. 앞으로는 소유하게 된 업체들의 수입보다 업체에서 거두게 되는 세금이 몇십 배 더 많게 될 것이다.

그들은 서로의 얼굴을 마주 보면서 제각기 꿈에 부풀어 있었다. 그리고 가끔씩 주위를 둘러보았다.

이무섭이 머리를 들어 박동호를 바라보았다. 일식 요정 '반자

이'의 밀실은 한동안 정적이 흘렀다. 박동호의 옆자리에 앉아 있는 안영찬 준장은 천장을 바라본 채 대화에 끼어들지 않았다.

"강한석 장관은 이번 일로 각하의 신임을 더욱 굳게 받고 있다고 들었어요. 그 양반한테는 전화위복이 된 셈이지."

이무섭이 말을 이었다.

"그런데 실제로 사건을 해결한 사람은 박 국장이 아닙니까? 일은 박 국장이 해놓고 공은 경찰청장한테 돌아가는 것 같은데."

"난 그런 것 관심 없습니다."

박동호가 정색을 한 얼굴로 머리를 저었다.

"생태가 그렇게 되어 있는데 나서 봤자 웃음거리가 되기 십상이지."

"장관은 각하의 후계자가 될 가능성이 많습니다. 얼마쯤 그 자리에 더 있다가 당 대표로 가고, 그러면 나머지 2년 동안 후계자로 기반을 잡을 수 있지요."

"글쎄, 저는 잘……."

"경찰청장 하석재 씨는 내무장관 자리를 바라보고 있을 겁니다. 결격 사유가 하나도 없는 사람이지. 다만 여자 문제만 빼고."

박동호가 퍼뜩 시선을 들어 올렸으나 입을 열지는 않았다. 팔짱을 낀 자세로 안영찬은 아직도 천장을 바라보고 있다. 창백한 얼굴에 크고 검은 눈을 가진 미남형의 사내였으나 그에게는 음습한 분위기가 감돌았다. 그가 기무사의 참모장이라는 선입견 때문인지도 몰랐다.

이무섭이 뜸을 들이려는 듯 컵을 들어 엽차를 한 모금 삼켰다.

"대치동의 한성아파트에 여자 하나를 들여앉혀 놓았지요. 5년 쯤 되었는데 네 살 난 딸아이가 하나 있어요."

"……."

"호적에는 제 엄마 성씨를 따서 이 씨로 올려놓았더구만. 그렇지만 하석재의 딸이오. 하석재가 달마다 생활비 1천만 원씩 보내 주고 있어요."

박동호가 잠자코 그를 바라보았다. 그의 손가락이 엽차 잔의 끝부분을 가볍게 두드리고 있었는데 본인은 의식하지 못하는 것 같았다.

"여러 가지로 생각이 많으실 줄은 아는데, 그리고 우리하고 일하는 성격도 다를 줄도 압니다. 하지만……."

"무슨 말씀인지 잘 압니다. 그럼 경찰청장을 어떻게 할 작정이오?"

"청와대에 투서를 보내지요. 신빙성을 주기 위해서 와이프 이정숙 씨가 직접 하는 것으로 하고, 언론사 대여섯 군데에도 동시에 사본을 보낼 작정입니다."

"여자가 시키는 대로 할까요?"

힐끗 안영찬에게 시선을 주었던 박동호가 이무섭을 바라보았다. 얼굴을 찌푸리고 있었으나 열중한 표정이었다.

"그럴 필요도 없습니다."

이무섭이 이를 드러내며 소리 없이 웃었다.

"여자의 필적을 위조해서 보내는 것이니까. 기자들이 몰려들면 그런 일이 없다고 하겠지요. 하지만 딸아이가 하석재 씨의 혈육이고, 한동안 동거했다는 것을 숨기지는 못할 겁니다. 증거와 증인이 있으니까."

"……."

"이제까지 박 국장께서 불안해하신 것을 알고 있습니다. 그것이 우리 눈에는 가끔 야속하게도 보였습니다."

"그거야……."

박동호가 머리를 들어 이무섭과 시선을 마주쳤다가 내렸다. 이무섭이 말을 이었다.

"경찰청장이 되셔야 합니다. 일 년쯤 지나면 강한석 장관의 후임이 되셔야 하고. 그것으로 우리도 보람을 찾을 겁니다."

"……."

"50만 공무원을 장악하는 세력을 갖게 되지요. 강한석 씨는 차기 대권을 바라보게 될 것이고."

안영찬이 갑자기 헛기침을 했으므로 이무섭이 말을 멈추었다. 그들의 시선을 받은 안영찬이 상체를 곧게 세웠다.

이무섭이 배후의 사내를 데려온 것은 처음이어서 박동호는 아까부터 긴장하고 있던 참이다.

"박 국장께 정치론이나 또는 현 사회의 부조리나 부패 등을 말씀드려서 우리와 함께 목표 의식을 갖도록 한다면 더 바랄 나위가 없겠지요. 그러나……."

잠깐 말을 멈춘 안영찬이 눈꼬리에 주름을 잡으면서 부드럽게 웃었다.

"단위 사건이나 해결책, 조금 더 나아가서의 상황만 설명해 드리기로 한 것은 국장의 부담을 덜어 드리려는 의도입니다."

"……."

"저희보다 연배가 높으시니 경험도 많으실 것이고, 나름대로의 정치관도 있으실 것이어서 저희들의 설명이 설득으로 느껴지실 수도 있겠지요. 그래서……."

"……."

"일국의 경찰청장, 나아가서는 내무장관, 거기까지는 굳혀진 셈입니다. 단도직입적으로 그렇게만 말씀드리지요. 그리고 우리가 반역을 하는 것이 아니라는 것은 알고 계셔야 합니다."

박동호가 힐끗 이무섭을 바라보았다.

안영찬은 이무섭의 배후 인물로서 나이로 보나 계급으로 보아도 상관임에 틀림없었다. 그러나 핵심은 아니다. 그는 이무섭이 보고하는 직속상관일 것이다.

"나는 이미 발을 깊게 디딘 입장이오. 이 지경에서 꽁무니를 빼거나 책임 회피를 하지는 않을 겁니다."

박동호가 입을 열었다.

"물론 내 명예욕, 또는 권력 지향적인 성격이 당신들에 의해 파악이 되고, 당신들의 제의를 수락한 입장이었는데, 이제는 나도 적극적인 자세를 취해야 할 때라고 봅니다. 시작이야 어떻든 간에 난 꼭두각시 노릇은 하지 않을 생각이오."

"그래서 오늘 제가 오지 않았습니까? 실체를 하나씩 보시고 있습니다."

안영찬이 입가에 웃음을 띠었다.

"나름대로 부담을 덜어 드리면서 국장님을 주역으로 부상시키려는 노력을 우리들이 하고 있는 겁니다."

옆에 앉은 박동호가 머리를 끄덕이고 있는 것이 보였다.

"박동호가 이철우와 손을 잡았다는 증거는 아직 없습니다. 그를 감시하고 있지만 전혀 꼬리가 잡히지 않습니다."

고성섭이 서류를 접어 탁자 위에 내려놓았다. 눈을 껌벅이며 이찬형을 바라보았는데 피로한 얼굴이었다.

"베테랑 수사관 출신이어서요. 우리 요원들이 그 사람한테 교육을 받아야 할 것 같습니다."

"쓸데없는 소리 그만해."

이찬형이 이맛살을 찌푸렸다.

"크리스틴호텔에서 인질 교환이 있다는 제보가 이정환 총경과 박동호 치안감 양쪽에 전달되었다는데, 이건 모양새는 그럴듯하게 갖추었지만 믿기지가 않아. 제보자가 치안감한테까지 전화를 한 것이."

"그렇지요. 보통 제보자라면 해당 파출소에나 하는 것이 고작입니다. 아니면 경찰서에 하거나."

"박동호가 직접 지시를 해서 유혁근 경감을 현장에 보냈어. 이정환은 그쪽 경찰서에 연락해서 형사들을 보내려고 했는데."

"확실한 증인이 필요했으니까요. 경찰청 경감이 증인이 되어버렸으니 더 말할 나위가 없지요."

이찬형이 입맛을 다시고는 의자를 돌려 앉았다. 이렇게 탁상

공론만 하는 것에 짜증이 난 몸짓이었다.

"도대체 이철우의 행방을 찾을 수가 없고, 이무섭도 마찬가지야."

"부장님, 기무사의 참모로 있는 황인규 대령이 제 후배가 됩니다. 고등학교 때부터 후배인데, 그 친구한테 부탁은 해놓았습니다."

고성섭의 말에 이찬형이 몸을 돌려 그를 바라보았다.

"지난번 저희들의 협조 의뢰 공문을 누가 어떤 식으로 처리했는지, 그리고 이무섭의 주변을 알려달라고요."

"믿을 만한 사람인가?"

"솔직히 모험을 했습니다. 그 친구가 곧고 군인으로서 책임감이 강한 사람이라는 것만은 압니다. 그래서……."

"……."

"저희가 불의라면 부탁하지 못했을 것이고, 받아들일 친구도 아닙니다. 저는 그것만을 믿습니다."

입맛을 다신 이찬형이 조그맣게 머리를 저었다.

"내가 경솔했어. 각하께 보고할 때 조금 더 신중하게 증거를 갖췄어야 하는데, 각하가 그것을 내무장관한테 흘린 모양이야."

"……."

"박동호의 이야기를 말씀드리지 않은 것이 천만다행이지. 만일 그랬었다면 그놈들의 역공을 받았을 거야."

"어쨌든 각하께서도 이철우나 이무섭, 그리고 그 주변의 군 조직에 관해서 염두에 두지 않으셨을까요?"

이찬형이 어깨를 늘어뜨렸다.

"내 생각에 각하는 사건이 일단락된 것으로 알고 계셔. 강 장관이 그렇게 분위기를 만들고."

"박용근이가 이무섭과 관계가 있는 인물이라는 것, 그것으로 이무섭의 배후설이 더 확실해지지 않을까요?"

"우리야 그렇지만 박용근이는 군납업자 출신이라 모르는 실력자들이 없어. 이무섭도 그중 한 명일 뿐이야."

"……."

"김원국 씨 기업들을 인수한 자금도 철저히 준비해 둔 것이라면서? 사전에 치밀하게 계획한 것이야. 이것을 의심하는 사람은 없어."

"유혁근 경감하고 이정환 총경이 있지 않습니까? 유혁근 씨는 우습게도 이번 사건의 결정적인 증인이 되어버렸지만 말입니다."

"박동호가 중간에 누르고 있을 테니 그들의 보고는 경찰청장한테까지 올라가지도 않을 거야."

입맛을 다신 고성섭이 머리를 들었다.

"정기욱이가 이무섭의 지시를 받고 움직였다는 증거는 어떻게 합니까?"

"김동천인가 하는 놈의 자백 녹음만 가지고는 안 돼. 더구나 그놈은 지금 병신이 되어 있다니 그것도 불리하고."

"……."

"이무섭이가, 아니 그의 배후가 밤의 세계를 장악하게 되었어, 테러와 공작으로. 김원국의 조직은 허무하게 허물어져 버렸고."

"수십 년 동안 전쟁 기술을 닦아 온 사람들입니다. 거기에 비교하면 김원국의 조직은 순진한 셈이지요."

이찬형은 의자에 등을 기대고는 우두커니 고성섭을 바라보았다. 그의 시선을 받은 고성섭이 머리를 돌렸다.

어쨌든 사회가 당분간 평온을 찾았다는 안도감 뒤에는 이번 일에 아무런 도움이 되지 못했다는 무력감이 자리 잡고 있었다. 강한석 장관만이라도 이무섭과 관계되었다는 사실에 주의해 주었더라면 그들의 의도를 지연시키거나 또는 좌절시킬 수도 있었을 것이다.

그러나 강한석은 이찬형이 대통령에게 보고한 내용을 묵살하거나 무시하는 태도를 보였는데, 그것은 검찰이나 경찰의 보고와는 달랐기 때문이다.

또 하나, 대통령은 국민의 시선이 밤의 조직 간의 폭력 사건으로 집중되고 있는 것에 짜증을 내고 있었다. 그것이 강한석을 서두르게 만든 것이다. 경제 부흥에 집중해야 할 시기였다. 거기에 이철우와 이무섭 등 예비역이 개입된 사건의 뿌리를 찾다 보면 나중에는 엄청난 것이 돌출될지도 모른다.

이찬형은 강한석이 그것을 겁내었을 것이라고 짐작할 수 있었다. 사회 문제의 전문가인 강한석은 각하를 대통령으로 만들기 위해 사회문제연구소를 차려 헌신해 왔다. 그는 자신의 미래에 대해서도 생각해 왔을 터였다. 그는 이 시점에서 군인 세력의 뿌리를 캐내는 것보다 김원국을 궤멸시켜 우선 사회를 안정시키는 것이 낫다고 생각했을 것이다.

이찬형은 머리를 들었다.

"경찰이 이철우의 수배를 해제시켰다면서?"

"네, 그놈은 이제 우리 앞에 나타나도 하루 이틀이면 풀려 나갈 겁니다."

고성섭이 뱉듯이 대답했다.

"그리고 어디에 처박혀 있는지도 아직 알 수가 없습니다."

태양이 수평선 위에 걸쳐지자 바다색은 검푸른색으로 바뀌었다. 햇살은 바다를 평행으로 비추고 있었는데 마치 흔적을 내면서 바다 위를 지나는 것 같았다.

통나무 어선 서너 척이 바다를 가로질러 가고 있었다. 원주민들의 몸은 검게 빛났고 그들의 배가 태양의 빗살 속으로 들어서면서 파도 끝의 반사광에 가려 잘 보이지 않았다.

이철우는 손에 쥐고 있던 담배를 모래 속에 쑤셔 넣고는 시계를 내려다보았다. 오후 5시가 조금 넘어 있었다. 태양의 위치로 보아 6시면 어두워질 것이다.

야자수 밑에 앉아 있던 서대식이 몸을 일으키더니 이쪽으로 다가왔다. 손에는 통조림 깡통이 쥐어져 있었다.

"조금 드시지요, 점심도 거르셨는데."

그가 내민 쇠고기 통조림을 받아 든 이철우가 야자수 숲 쪽을 바라보았다.

"애들은 자나?"

"6시까지 쉬라고 했습니다."

서대식이 모래사장에 털썩 주저앉았다.

"6시 10분에 출발하면 7시 반까지는 도착합니다."

쇠고기를 우물거리며 씹던 이철우가 잠자코 머리를 끄덕였다.

"서두를 것 없다. 도망칠 데도 없을 테니까. 작전 시간은 9시 정도가 적당해. 잠들 때까지 기다릴 것도 없고."

"대장님, 공격 대상을 분명히 말씀해 주셔야……. 목표는 김원국, 강만철, 김칠성입니까?"

이철우가 머리를 끄덕였다.

"한국 놈들은 모두. 오함마라고 보스급이 한 놈 더 있을 것이다."

"김원국 조직은 이제 씨가 마르게 되었습니다."

서대식이 이를 드러내며 웃었다.

"놈들은 우리가 여기까지 찾아왔을 줄은 꿈에도 생각하지 못하겠지요."

"……."

"그럼 준비하겠습니다."

서대식이 일어나 엉덩이에 붙은 모래를 털었다.

"선장은 자카르타까지 데려가실 생각입니까?"

"아니, 자카르타가 보이면 바다에 던져. 그때까지만… 감시는 잘해야 돼."

"알았습니다."

서대식이 야자수 숲 쪽으로 몸을 돌리자 이철우는 모래사장에 눕혀 놓았던 M-16을 세워 들고는 노리쇠를 당겨 보았다. 태양열에 총신이 달아올라 있었으나 묵직한 중량감만큼 든든한 무기였다. 그는 카키색 전투복으로 바꿔 입은 자신의 몸을 내려다보았다.

양쪽 가슴에 매달고 있는 두 발의 수류탄과 허리춤에 찬 30발들이 탄창 네 개. 그리고 오른쪽 허리춤에는 권총을 찼고 왼쪽 종아리에는 대검을 찌르고 있었다. 서대식을 비롯한 네 명의 부하들도 모두 비슷한 무장이었는데 이 정도의 화력이면 섬 전체를 쓸어버릴 수도 있을 것이다.

홍콩의 무기상인 후안이 자신의 배로 무기를 자카르타까지 날라주었는데 이철우는 그에게 운임을 포함하여 10만 달러를 지불했던 것이다. 그가 앉아 있는 모래사장 뒤쪽의 잡목 숲에서 부스럭거리는 소리가 들리더니 부하들이 다가왔다.

모두 그와 비슷한 차림으로 바짝 긴장된 표정들이었다. 그들로부터 두어 발짝 떨어져서 배의 선장이 따라왔는데 어깨를 늘어뜨리고는 힐끗거리며 이쪽의 눈치를 살펴보았다.

태양은 수평선 끝부분에 머리끝을 내보인 채 이제는 붉은 기운을 하늘로 뿜어내었다. 검푸른 바다 위의 빛줄기는 붉은색으로 바뀌었고 바닷속으로 빠져들어 가는 듯한 태양을 따라 멀어져 가는 중이었다.

부하들은 이철우의 앞에 가로로 정렬해 섰다. 모두 10여 년 군대밥을 먹은 하사관 출신이어서 시키지 않아도 규율이 잡히는 것이다.

"목표는 만탄 섬 중앙에 있는 2층 건물이니까 쉽게 찾을 수 있다."

이철우가 입을 열었다.

"저택은 선착장에서 약 500미터쯤 떨어진 언덕 위에 있고 특별히 경비를 하고 있지 않다고 한다. 하지만 조심해야 돼."

선장이 옆모습을 보인 채 비스듬히 서 있었는데 발을 떼기에도 겁이 나는 모양이었다.

"우리는 선착장에서 조금 떨어진 곳에서 내린 후 저택의 측면 지점으로 올라간다. 원주민은 방해가 되지 않을 것이다. 우리는 그 건물 안에 있는 한국인들만 공격하면 된다."

"저……."

우측 끝에 서 있던 하일수가 입을 열었다. 중사로 제대한 30대 초반의 사내였다.

"김원국, 김칠성, 강만철, 오함마가 있을 것이라고 들었습니다. 그리고 김원국의 처자식도 있을 텐데요."

이철우가 그를 바라보던 시선을 돌리자 서대식의 시선과 부딪쳤다.

"상관할 것 없다."

이철우가 짧게 말했다.

"방해가 되는 것은 모두 제거한다."

모두들 잠자코 그를 바라보기만 할 뿐 입을 열지 않았다. 그리고 이철우도 그들에게 더 이상 설명할 필요성을 느끼지 못했다. 이철우가 몸을 돌려 바닷가에 정박시킨 배를 향해 다가가자 부하들은 묵묵히 뒤를 따랐다.

태훈이를 안은 강만철이 2층의 응접실로 들어서자 김칠성이 소파에서 일어섰다.

"이 자식이 날 꽤 따른단 말이야. 나하고 놀자는데."

강만철이 내려놓자 태훈이는 베란다 쪽으로 달려 나갔다.

"어, 저 자식이……."

쫓아 나간 강만철이 태훈이를 안고 돌아왔다.

"형님, 난 방에 올라가서 잘 거요."

"아니, 8시밖에 안 되었는데 벌써 잔단 말이냐?"

"그럼 자지 않으면 뭘 합니까?"

"오늘은 술 마시지 않았으니 나하고 이야기나 하자."

"할 이야기 없어요. 답답하기만 하고."

"자빠져 자는 것보다는 낫다."

몸을 돌린 김칠성이 강만철과 태훈이를 번갈아 바라보았다.

"태훈이를 아래층에 데려다주고 와요, 번거로우니까."

"번거롭다니?"

"아, 글쎄, 번거롭지 않구요?"

김칠성의 얼굴이 벌겋게 달아올랐으므로 강만철이 이맛살을 찌푸렸다.

"너, 영옥이 생각나서 그러는구나?"

"지금은 처자식이 웬수요."

"바보 같은 놈."

"형님은 자식이 없어서 모릅니다."

한세라가 납치되고 나서부터 강만철은 김칠성의 언행을 한 수 접어주고 있는 편이었다. 그가 태훈이를 아래층에 내려놓고 올라왔을 때 김칠성이 소파에 앉아 있다가 머리를 들었다.

"형님, 큰형님은 우리더러 이곳에서 기다리라고만 하시는데, 난 더 이상 참을 수가 없습니다."

그의 얼굴은 핼쑥하게 야위어 있었는데 밤낮으로 위스키를 퍼마신 때문이다. 실핏줄이 이리저리 엉켜 있는 눈을 부릅떠 강만철을 바라보면서 그가 말을 이었다.

"사회에 분란을 일으키지 않겠다고 했지만 그걸 알아주는 사람이나 있습니까? 우리가 잠자코 있을수록 매도당하지 않습니까?"

"이봐, 지금 와서 그런 이야길 하면 뭐 해? 조금만 기다려 봐."

"죽든 살든 한국에 있었어야 해요."

"그래, 이철우란 놈을 잡으러 애들을 몰고 다닌다면 그 상황에서 네가 온전했겠다. 너나 나나 크리스틴호텔 사건으로 지금도 지명수배 중이야."

"정기욱이를 잡았어야 해요."

"그놈은 경찰들이 철저히 보호하고 있었어. 경찰들하고 싸운다면 끝장이다. 우린 두 번 다시 한국에 발 못 붙여."

"이미 끝장났다는 것을 모르시는구만. 우린 이제 발을 붙일 곳도 없단 말입니다."

김칠성이 상기된 얼굴을 들었다. 충혈된 두 눈이 번들거리고 있었다.

"기다려, 형님한테서 연락이 올 때까지."

"무작정 기다리라고만 하는 연락, 이젠 듣기도 싫어요."

"서둘러서 되는 일이 아냐. 일에는 시기가 있는 법이야."

김칠성이 일어나 벽 쪽으로 다가갔다. 선반 위에 놓인 위스키병을 집어 든 그는 병을 기울여 서너 모금을 삼켰다.

"형님, 지난 6개월 동안 난 사는 것 같지가 않았습니다."

선반에 등을 기댄 김칠성이 강만철을 바라보았다.

"나는 마누라에게 아무것도 해줄 수가 없었어요. 도움이 안 되었단 말입니다."

"글쎄, 그것이……."

"차라리 둘 중 하나가 죽어버렸다면 더 나았을 겁니다."

"……."

"이유야 어떻든 나만 살겠다고 이렇게 도망쳐 나온 것이 분해요, 부끄럽고."

김칠성이 손에 쥔 술병을 내려다보았으나 반쯤 들어 올리다가 도로 내렸다.

"형님, 난 더 이상 이곳에서 기다릴 수 없습니다. 내일 아침 배로 떠날 작정이오. 가서 죽는 것이 차라리 낫습니다."

"쓸데없는 소리 말어."

강만철이 와락 이맛살을 찌푸렸다.

"내가 있는 한 안 돼."

"가서 큰형님을 만날 거요. 설마 쫓아내지는 않으실 겁니다."

"이 자식이, 잔소리 말고 내 말을 들어!"

"이제까지 잘 들어 왔어요, 형님."

"이 자식이 듣자 듣자 하니까 정말……."

두 눈을 치켜뜬 강만철이 상체를 반쯤 세우고는 김칠성을 노려보았다.

"꼬박꼬박 말대꾸하지 마라! 건방진 놈 같으니. 나도 이러고 싶어서 이러는 줄 아냐?"

김칠성이 술병을 들고는 다시 서너 모금을 삼켰다.

"지금 우리가 나섰다가는 겨우 몇 개 버티고 있는 우리 기반마저 송두리째 날아간단 말이다. 놈들은 남아 있는 우리 애들까지 샅샅이 가려내어서 집어넣을 거다. 우리가 이쪽으로 피해 옴으로써 놈들의 기세를 잠깐 죽인 셈이야. 알아듣겠어?"

김칠성은 대답하지 않고 몸을 돌렸다. 그것을 모르고 있던 것이 아니다.

"쓸데없는 짓 했다가는 가만두지 않을 거야!"

응접실을 나서는 그를 향해 강만철이 다시 소리쳤다.

탐탐은 열두 살이었으나 또래의 아이들보다 성숙한 편이었다. 고기 바구니를 어깨에 걸친 그는 알몸에 반바지 차림으로 뛰듯이 저택을 향해 걷고 있었다. 아버지인 하무드는 어선의 선장이었고 그의 심부름으로 오늘 잡은 고기 몇 마리를 저택으로 가져가는 중이었다.

어두운 야자수 숲에 밤바람이 부딪치자 나뭇잎들이 부스럭대었고 그 소리에 놀란 새의 날갯짓 소리도 들려왔다.

탐탐은 이제 달리기 시작했다. 저택의 불빛이 환하게 사방을 비치고 있었으나 숲길은 어두웠다. 이제 야자수 숲 속을 조금만 더 빠져나가면 평평한 잔디밭이 나온다. 잔디밭 끝까지 불빛이 닿아 있어서 그곳에 닿으면 왠지 마음이 놓인다는 것을 여러 차례 경험해서 알고 있었다.

탐탐은 허리를 조금 숙인 자세로 샛길을 날렵하게 달려 올라갔으나 숨소리도 크지 않았고 맨발에 의한 발소리도 짐승의 그것처럼 가벼웠다. 숲에는 몇 마리의 토끼와 도마뱀 등이 살고 있을 뿐 큰 짐승은 없다. 탐탐이 조금 겁내는 것은 주술사의 무덤이 있는 중턱의 묘지였으나 이미 그곳은 지나쳤다. 내려갈 때에는 저택의 정문에서 곧장 뚫려 있는 큰길로 가면 될 것이다.

그가 샛길의 야자수 숲을 뛰어 지나쳤을 때 오른쪽의 숲에서 부스럭거리는 소리가 들렸다. 머리를 돌린 탐탐은 나무둥치 옆에 서 있는 두 명의 사내를 보았다. 거리는 20미터 정도였는데 사내들은 자신들을 나무로 보아 주기를 바라는 듯 움직이지 않고 그대로 서 있었다.

탐탐은 두 다리에 더욱 힘을 주어 달려 나갔다. 그러자 뒤쪽에서 거칠게 부스럭거리는 소리가 들려왔다. 그러고는 두런거리는 말소리가 섞여 들렸다. 주술사의 혼령이 친구들을 데리고 돌아온 것이다. 온몸에 땀을 흘리면서 탐탐은 잔디밭으로 뛰쳐 들어섰다.

고기 바구니를 덜렁이며 탐탐이 저택의 잔디밭을 건너 안쪽의 주방으로 뛰어들자 주방의 식탁에 앉아 있던 후마가 머리를 돌려 그를 바라보았다.

"탐탐, 오늘은 늦었구나."

"후마, 숲 속에 주술사가 있어요, 그 친구들하고."

탐탐이 헐떡이며 소리치자 후마가 붉은 입을 벌리고 웃었다.

"이놈이 샛길로 오다가 헛것을 보았구만. 꾀부리는 놈들한테는 주술사가 나타나는 법이지."

"후마, 그들의 말소리도 들었어요. 날 보고 놀라서 서 있었다구요. 나무처럼."

후마가 물컵을 내려놓고 탐탐을 바라보았다. 주방 일을 하는 엔자가 접시에 케이크를 담아 식탁 위에 내려놓았다.

"탐탐, 케이크 먹어라. 어디 고기 좀 보자."

그러자 후마가 자리에서 일어났다.

"어느 쪽이냐?"

"벼락 맞은 나무가 있는 쪽."

"탐탐, 아래층에 가서 사람들을 불러라, 어서."

탐탐이 주방에서 뛰쳐나가자 엔자가 바구니에서 고기를 끄집어내면서 그를 바라보았다. 비대한 몸집의 중년 여자였는데 후마와는 친척이었다.

"후마, 애가 헛것을 봤을지도 모르잖아?"

"주인님이 조심하라고 했어요. 수상한 사람을 들여놓으면 안 된다고 했는데."

"수상한 사람이 올 리가 없어, 이곳에."

그러자 서너 명의 사내가 주방으로 뛰어 들어왔다. 그리고 그들의 뒤를 따라 강만철이 들어섰다.

"무슨 일이야?"

위층에 있다가 탐탐의 소란에 사내들을 따라온 것이다. 영어가 통하는 것은 후마와 엔자밖에 없었다.

"저 애가 숲 속에서 사람을 보았다고 해서요. 헛것을 봤는지도 모르지만 아무래도 한번 나가 보아야 할 것 같아서."

"밖에는 아무도 없나?"

"네, 선생님."

"이런 병신 같은."

강만철이 한국어로 씹어뱉듯 말하고는 주위를 둘러보았다.

"어서 밖으로 나가 봐. 그런데 손에는 아무것도 없나?"

"총을 가지고 나갑니까?"

"당연하지. 맨손으로 무얼 한단 말이야?"

후마가 빠르게 사내들을 향해 지껄이자 다시 사내들이 주방을 뛰쳐나갔다. 탐탐이 구석에 서서 눈을 껌벅이며 강만철을 바라보았다.

"몇 명을 보았니? 둘? 셋?"

강만철이 손가락을 펴 보이며 묻자 탐탐이 엔자를 돌아보았다. 엔자가 탐탐에게 원주민어로 되묻고는 강만철을 바라보았다.

"둘인지 셋인지는 잘 모르겠답니다. 컸다고 합니다, 선생님."

"마을 사람들이 아니었을까?"

"마을 사람들은 밤에 숲 속에 가지 않습니다."

"왜?"

"밤에는 숲이 쉬는 시간입니다. 우리도 쉬고요. 저택에 오는 일 외에는 숲에 있을 사람이 없습니다."

강만철이 눈을 치켜뜨더니 몸을 돌렸다. 탐탐이 불안한 듯 머리를 돌려 엔자를 바라보았다.

"아이가 우리를 보았을지도 모릅니다. 그게 원체 토끼 새끼 같아서."

서대식이 저택을 바라보면서 소곤거렸다.

"하지만 이거 담도 없고, 경비하는 놈 하나 없군요."

그들은 잔디밭 끝 쪽에 엎드려서 저택을 바라보고 있는 중이다. 환하게 불을 밝힌 목조 저택과의 거리는 60미터쯤 되었다. 아래층의 창가에서 어른거리는 사람의 그림자도 보였다.

"수류탄 몇 발이면 끝나겠습니다."

이철우는 서대식의 옆쪽으로 머리를 돌렸다. 세 명의 부하들이 5미터쯤의 간격을 두고 나란히 엎드려 있었다.

"넌 한 명을 데리고 뒤쪽으로 돌아라. 난 현관으로 들어간다."

시계를 내려다본 이철우가 말했다. 야광 시계는 밤 9시 반을 가리키고 있었다. 그들이 막 잔디밭에서 상체를 일으켜 세웠을 때 건물의 오른쪽 모퉁이에 나 있는 문이 활짝 열렸다. 그러고는 원주민들이 쏟아져 나왔다.

"그 꼬마 놈이 말했구나."

이철우가 잇새로 말하면서 총을 고쳐 쥐었다.

"차라리 잘되었다. 우선 저놈들을 처치하고 집 안으로 들어간다."

철거덕거리며 총의 노리쇠를 당겼다가 놓는 소리가 거의 동시에 들렸다.

"걸리적거리는 놈들은 모조리 없애라."

사내들은 날렵한 몸놀림으로 이쪽을 향해 뛰어왔다. 그들은 제각기 길고 짧은 총을 쥐고 있었는데 아직 이쪽을 발견한 것 같지는 않다.

이철우는 앞장선 사내를 향해 방아쇠를 당겼다.

타타타탕!

갑자기 총성이 울려 퍼지더니 곧 귀청이 떨어져 나갈 것 같은 연속 사격음이 들려왔다. 강만철은 한걸음에 응접실을 건너뛰어 거실로 달려갔다.

"형수님! 형수님!"

주먹으로 문을 두드리며 강만철이 소리치자 곧 문이 열리더니 장민애의 놀란 얼굴이 보였다.

"형수님, 어서, 시간이 없습니다. 태훈이를 데리고 어서 피하세요."

밖의 총성에 장민애는 사태를 알아차린 듯 새파랗게 질린 얼굴로 몸을 돌렸다.

"형님, 무슨 일이오?"

계단 위에서 김칠성이 소리쳐 물었다.

"몰라서 물어? 너도 어서 준비해!"

"뭘 말이오?"

"이 자식아, 놈들이 쳐들어온단 말이다!"

"형님이나 서두르지 마시오."

계단의 난간을 훌쩍 뛰어넘은 김칠성이 달려가는 곳은 아래층 응접실이었다. 응접실의 벽장에 총기들이 진열되어 있었던 것이다.

태훈이를 품에 안은 장민애가 밖으로 나왔다. 총소리는 들려오지 않았는데 강만철에게는 그것이 더욱 불안했다.

"칠성아, 현관을 맡아라! 나는 형수님 모시고 뒷문으로 간다.

"염려 마시오."

저택의 1층은 현관과 로비가 30평쯤 되었고 오른쪽은 응접실이었다. 김칠성은 응접실의 유리장 안에서 손에 익은 M—16을 꺼내어 탄창을 채워 넣고는 현관을 바라보고 섰다.

장민애를 앞세운 강만철이 뒤쪽으로 달려가는 소리가 들려왔다.

그러자 현관문이 활짝 열리고 사내 한 명이 몸을 굴리면서 로비로 들어왔다. 전투에 익숙한 몸짓이었다. 서너 번 몸을 굴린 사내가 두 손으로 총을 움켜쥐면서 튕기듯이 일어섰다. 그러자 기다리고 있었던 김칠성의 총구에서 불꽃이 튀었다.

타타타탕!

사내가 두 팔을 제멋대로 흔들면서 뒷걸음질 치더니 현관 옆쪽의 벽에 부딪치면서 주저앉았다. 벽에 두어 개의 핏줄기가 사내의 몸을 따라 천천히 그어졌다.

그러자 현관의 유리창을 깨뜨리면서 돌멩이 같은 것이 로비에 떨어지더니 대여섯 번을 튕기면서 안쪽으로 굴러 들어왔다. 수류탄이다. 김칠성이 벽 쪽으로 몸을 숨기자 귀청을 찢는 듯한 폭발음과 함께 나뭇조각과 파편들이 응접실로 쏟아져 들어왔다.

타타타탕!

총성이 뒤쪽에서 들려온 것 같았으므로 김칠성은 머리를 들었다. 그 순간 로비에서 다시 한 번 수류탄이 폭발했다.

로비의 한쪽은 불길이 치솟고 있었는데 아직 심하지는 않다. 김칠성은 상반신의 반쪽만 내놓고 현관을 향해 방아쇠를 당겼다. 벽에 기대 앉아 있는 사내의 시체가 보였다. 놀란 듯 커다랗게 눈을 치켜뜬 사내의 얼굴은 말레이족이 아닌 한국인이었다. 다시 총알이 현관의 유리창으로 쏟아져 들어왔다.

김칠성은 상체를 구부리고는 튕기듯이 로비의 끝 쪽으로 달려 나갔다. 강만철과 장민애가 빠져나간 뒷문 쪽이었다. 총알이 로비로 쏟아져 들어왔고 바깥 허벅지 근처에서 뜨거운 것이 스치고 지나는 느낌이 왔다. 김칠성은 문을 박차고 로비로 뛰쳐나갔다. 그가 뛰어든 곳은 대기실이었지만 창고로도 쓰이고 있는 곳이다. 방 안은 물건이 가득 쌓여 있어서 발을 딛기에도 힘이 들었다. 이제 바깥쪽 문만 열면 밖으로 나갈 수 있는 것이다. 강만철과 장민애는 이미 이곳을 통과하여 밖으로 나갔을 것이므로 따라붙을 생각이었다.

다시 수류탄이 터졌는데 안쪽까지 굴러 와 폭발하면서 문짝의 파편이 날아와 김칠성의 등을 쳤다. 총소리가 어지럽게 들렸으나 뒤쪽인지 앞쪽인지는 분간할 수 없었다.

김칠성은 한쪽 어깨로 문짝을 떼어낼 듯 부딪치면서 밖으로 몸을 날렸다. 그의 몸이 밖의 어둠 속에 떠 있는 순간 김칠성은 서너 발짝 앞으로 내딛는 검은 그림자를 보았다.

사내는 뒷문으로 달려오는 중이었는데 김칠성이 갑자기 뛰쳐나오자 주춤 발을 멈추었다. 사내가 총구를 아래쪽으로 겨누는 것과 김칠성의 몸이 땅바닥으로 떨어진 것은 거의 동시였다.

김칠성은 땅에 떨어지는 순간 손에 쥐었던 총의 방아쇠를 당기면서 몸을 굴렸지만 제대로 조준할 수도 없었고 맞혔는지 확인할 수도 없었다. 그가 움직임을 멈추고 사내가 있던 쪽으로 시선을 돌리자 땅바닥에 주저앉아 있는 사내가 눈에 띄었다. 저택은 이제 불길이 치솟고 있었으므로 사내의 상체에 불길의 그림자가 어른거리고 있었다. 이를 악물고 있는 얼굴이었다.

김칠성은 상체를 세우면서 사내를 향해 방아쇠를 당겼다. 5미터도 안 되는 거리였다. 사내는 벌떡 상체를 뒤로 눕혔다가 두어 번 몸이 튕겨지듯 치솟더니 이내 움직임을 멈추었다. 김칠성은 두 팔을 휘저으며 미친 듯이 달려 나갔다.

뒷마당은 잔디밭이었지만 폭은 20미터도 되지 않는다. 단숨에 잔디밭을 넘어 잡목 숲으로 들어서려던 김칠성은 우뚝 걸음을 멈추었다. 사내 한 명이 쓰러져 있었다. 활개를 펴고 하늘을 바라보고 누운 사내의 얼굴이 불길에 얼핏 드러났다. 눈을 부릅뜬 사내는 죽어 있었다.

몸을 돌린 김칠성은 다시 멈추었다. 잡목 숲의 나무줄기에 몸을 기대고 앉은 사내가 보였기 때문이다.

"형님!"

메마른 소리로 외치며 그가 허둥지둥 달려들자 강만철이 손을 들어 그의 어깨를 밀었다.

"저리 비켜, 이 자식아."

"형님!"

강만철의 목소리는 가라앉아 있었다.

"나, 맞았다, 가슴에."

"형님, 형수씨는! 태훈이는!"

"내가 죽을죄를 지었다."

저택은 이제 불길에 싸여 있었다. 아래쪽에서 수십 정의 총소리가 들려왔고 북소리와 함께 함성 소리도 들렸다. 원주민들이 저택으로 몰려오는 모양이었다.

"형님!"

강만철의 어깨를 움켜쥐고 사납게 흔들던 김칠성이 온몸을 굳혔다. 바로 옆쪽의 풀숲에 가려져 있는 물체가 보였기 때문이다.

"둘 다 고통 없이 죽었어. 정말이야. 내가 확인했다."

억양 없는 목소리로 강만철이 중얼거렸다.

"눈 깜짝할 사이에 숨이 끊어졌어. 내가 보았어."

"이, 이, 이런, 어어!"

강만철의 어깨를 움켜쥔 김칠성이 비명인지 신음인지 분간할 수 없는 소리를 질렀다.

"어이고, 이, 이!"

김칠성은 이가 딱딱 부딪쳐서 이를 악물고 온몸을 떨었다. 땀과 함께 눈물이 쏟아져 내렸다.

"형님한테 내가 죽음으로 사죄한다고 전해라. 그리고 넌 어서 형님한테 돌아가. 내 몫까지 원수를 갚아라."

"어어어어……."

부들부들 떠는 김칠성의 얼굴을 바라보던 강만철이 손을 들어 김칠성의 얼굴을 부드럽게 어루만졌다.

"이 자식아, 정신 차려."

그러고는 김칠성의 얼굴을 밀고는 권총을 들어 자신의 귀 위에다 대었다.

"형, 형님!"

김칠성이 부르짖자 강만철이 얼굴에 희미한 미소를 띠었다.

"어서 돌아가."

그러고는 잡목 숲에 총소리가 울려 퍼졌다.

김원국이 방 안으로 들어서자 기다리고 있던 고성섭이 자리에서 일어섰다. 그의 옆자리에 앉아 있던 다부진 몸집의 사내도 그를 따라 엉거주춤 일어서는 것이 보였다.

"기다리게 해서 미안합니다."

그들을 향해 머리를 숙여 보인 김원국이 다가가자 고성섭이 팔을 들어 사내를 가리켰다.

"이 친구가 제 후배인 황인규 대령입니다. 기무사 참모로 있지요."

"처음 뵙겠습니다."

황인규가 머리를 숙이며 김원국이 내민 손을 잡았다.

"뵙게 되어서 반갑습니다."

고성섭에게서 귀띔을 받은 터라 김원국은 그를 향해 웃어 보였다. 햇볕에 그은 얼굴에 두 눈이 생기 있게 반짝이는 40대 초반의 사내였다. 그들은 원형의 탁자에 둘러앉았다.

영동의 주택가에 위치한 이 2층 양옥집은 안기부에서 사용하는 안가의 하나였다. 방음장치가 되어 있는지 바깥의 소음은 아무것도 들려오지 않았다.

"이렇게 도와주셔서 감사합니다."

김원국이 황인규를 향해 입을 열었다.

"본의 아니게 사회에 물의가 일어났는데 여러 가지로 부끄럽습니다."

"천만에요. 저는 당연히 해야 할 일을 하고 있다고 생각합니다."

황인규의 목소리는 굵었고 배 속에 기합을 넣고 뱉는 것같이 힘이 실려 있었다.

"저는 안기부에서 그런 협조 요청이 온 줄도 몰랐습니다. 제가 맡은 일은 군수 업무라서요."

고성섭이 잠자코 앞에 놓인 엽차 잔을 들여다보고 있는 것이 이미 들은 눈치였다.

황인규가 말을 이었다.

"안기부의 협조 요청은 정보과에서 참모장한테 넘겨졌고 참모장은 사령관에게 즉각 보고했습니다. 정보과장은 홍정수 대령으로 유능한 장교지요."

김원국이 잠자코 머리를 끄덕이며 고성섭을 바라보았다. 눈치를 챈 고성섭이 황인규 쪽으로 몸을 돌렸다.

"김 사장께 아는 대로 모두 말씀드려. 어차피 우린 같이 일해야 할 테니까."

"참, 선배님도."

황인규가 흰 이를 드러내며 웃었다.

"이건 민군 합동 작전도 아니고, 비공식 모임인 데다 음모의 성격을 띤 회합입니다. 우리는 상대방의 눈으로 보면 역모를 하는 것이지요."

"그 상대방이라는 것이 반역하는 도당일 가능성이 많단 말이야. 그래서 자네가 우리에게 협조해 주는 것이 아니겠나?"

황인규가 머리를 돌려 김원국을 바라보았다.

"참모장과 사령관은 맥이 통하는 사이입니다. 10년 가까이 같이 지내왔으니까요. 그 전에는 사단장과 사단 참모장으로 같이 있었고, 그 전에는 연대장과 대대장 사이였지요."

"……."

"사령관 선에서 어떤 명령이 떨어졌을 겁니다. 그래서 이무섭에 대한 자료가 넘어가지 않았겠지요."

"우리는 우리 나름대로 조사를 했어. 자네들보다는 못하지만."

고성섭의 말에 황인규가 머리를 끄덕였다.

"이무섭과 안영찬 참모장, 그리고 오성국 사령관과는 군 시절의 인연이 없습니다. 이무섭은 대령으로 예편했지만 그의 동기들 중 몇몇은 아직도 군에 남아 있지요. 별을 단 사람도 서너 명 있고."

"예편된 그의 동기들 명단도 가지고 있어. 같이 근무했던 상관들의 명단도."

"저도 조사해 보았는데 으스스해지더군요. 삼성 장군, 사성 장군들이어서."

황인규가 조그맣게 머리를 저었다.

"이무섭 씨하고 같이 근무를 했다는 것만으로도 그들을 이상하게 볼 수는 없습니다. 조사를 할 수도 없고."

"우리도 나름대로 조사를 해보았지만 성과가 없었어."

"도대체 이무섭이나 그의 배후, 그가 어떤 사람이든지 간에, 그들의 의도가 무엇이라고 생각하십니까? 밤의 세계를 장악해서 돈을 벌려는 것일까요?"

황인규의 시선이 고성섭을 지나 김원국에게 머물렀다.

"하긴 현재까지만 해도 몇백억이 넘는 업체들의 명의를 제삼자로 바꿔 놓았더군요. 엄청난 이권을 쥐게 되었습니다."

김원국이 머리를 들었다.

"밤의 세계에도 명예가 있습니다. 오히려 낮보다도 더 강하고 엄한 규율이 있지요. 그것이 그들의 체질에 맞았는지도 모릅니다."

"그렇다고 떳떳하게 얼굴을 들고 다닐 수는 없는 입장 아닙니까? 돈 때문이라면 몰라도 조직의 보스가 되려고 그런 짓을 했다는 것은……"

"더 큰 야망이 있는지도 모르지요. 일단 자금과 조직을 갖추고 나면 그들의 지원 세력과 손발을 맞출 테니까."

김원국의 말에 황인규가 고성섭을 돌아보았다. 딱딱한 표정으로 이맛살을 찌푸리고 있었다. 김원국이 말을 이었다.

"군 계통의 배후가 확실하게 드러나진 않았지만 경찰청이나 언론에는 그들의 지원 세력이 있습니다. 내 생각에 당신의 상관인 오성국 소장이나 안영찬 준장은 동조 세력이오. 배후의 주모자는 따로 있습니다."

황인규는 잠자코 탁자 위로 시선을 주었다. 만일 군을 수사하게 된다면 어떤 결과가 오리라는 것을 그가 모를 리가 없다. 확실한 증거도 없이 당사자들을 소환하거나 의심이 가는 사람들을 조사한다면 그들의 반발이 어떻게 확대될지 모르는 것이다. 위기감을 느낀 그들에게 어떤 행동을 일으킬 계기를 만들어 줄 수도 있다. 그것은 생각만 해도 소름이 끼치는 일이다. 정부 측에서 서둘러 이 사건을 김원국의 조직을 분쇄하는 것으로 뚜껑을 닫으려고 한 것도 더 이상 확대되는 것이 두려웠기 때문인지도 몰랐다.

황인규는 조그맣게 한숨을 내쉬었다. 기무사는 그들을 가려낼 책임이 있는 군 조직이다. 그러나 분위기를 보면 사령관과 참모장은 이미 그들에게 동조하고 있는 것이 틀림없었다.

"그러나 다행인 것은 황 대령 같은 분이 있다는 것이지요. 경찰청이나 안기부의 여러분이 있어서 든든하긴 합니다."

"이무섭은 이철우와의 관계로 심증만 가는 인물이어서 각하께 보고드릴 때도 우리 부장이 신중하게 말씀드렸습니다. 그것이 내무부 장관에 의해 가볍게 처리된 것이지요."

고성섭이 그들을 둘러보았다.

"강한석 장관은 얼른 사건을 덮어두고 싶었을 겁니다. 치안 문제는 그 사람 책임이니까."

그는 탁자 위에서 서류 한 장을 집어 들었다.

"어쨌든 정기욱의 유통 회사가 드러났고, 이제 박용근의 경비 용역 회사가 놈들의 하수인 노릇을 한다는 것이 밝혀졌으니 그것이 소득이라면 소득이오."

김원국이 황인규에게로 머리를 돌렸다.

"그리고 황 대령을 알게 되었다는 것도 나에겐 큰 힘입니다."

"천만에요."

머리를 든 황인규가 김원국을 똑바로 바라보았다.

"전 김 사장님을 위해서도, 그리고 고 차장님을 위해서도 일하는 것이 아닙니다. 오해하시면 안 됩니다."

"알고 있어요."

머리를 끄덕인 김원국이 눈가를 좁히면서 웃었다.

"당연히 그러셔야 합니다. 그 말씀을 들으니 더욱 힘이 납니다."

이틀째 비가 내리는 7월 말의 오후였다. 숲 속의 나무둥치는 물기에 젖어 어두운 색깔로 번들거렸고 풀잎들은 비바람에 쓸려 누워 있다. 회색 구름으로 덮인 흐린 하늘에서 빗줄기가 바람에 날려 끊임없이 휘몰려 오고 있었다.

숲 속의 길은 벌써 어두워지기 시작했으므로 백동혁은 현관의 처마 아래서 한 걸음 앞으로 나섰다. 비바람이 상반신을 금방 적셨다.

"야, 정문의 불을 켜라."

백동혁이 정문을 향해 소리치자 철문의 양쪽 기둥 끝에 붙여진 전등이 켜졌다. 빗줄기는 더욱 거칠어진 것 같았고 주변은 점점 더 어두워졌다.

김원국이 인천의 톨게이트를 통과했다는 연락을 받은 것이 한 시간 전이었다.

빗길에 속력을 내지 못한다고 하더라고 10분쯤 후에는 차가 도착할 것이었다.

"형님, 전화 왔습니다."

현관문이 열리더니 부하가 소리치듯 말했다.

"형님한테서 왔습니다."

"누구?"

"김칠성 형님입니다."

백동혁은 부하를 젖히고 안으로 들어섰다. 응접실의 탁자 위에 내려놓은 수화기가 보였다.

"큰형님을 찾으셔서 안 계시다고 했더니……."

부하가 뒤에서 말하는 소리를 들으면서 백동혁은 수화기를 집어 들었다.

"형님, 백동혁입니다."

소리치듯 그가 말하자 저쪽은 대답하지 않았다. 백동혁이 수화기를 귀에 바짝 대었다.

"형님, 백동혁입니다."

—그래, 큰형님 어디 가셨냐?

전화의 감이 먼 모양인지 김칠성의 목소리가 희미하게 들렸다.

"서울 가셨는데, 곧 오십니다."

—알았다.

저쪽에서 한동안 입을 열지 않았으므로 백동혁은 수화기를 든 채 눈을 껌벅이며 서 있었다.

—동혁아, 큰형님한테 전해라.

김칠성의 희미한 목소리가 다시 들려왔다.

"네, 형님. 말씀하십시오."

—어젯밤, 10시쯤, 이곳 섬에서… 우리는 놈들의 공격을 받았다.

백동혁이 턱을 내밀고 눈을 치켜떴다.

—그래서 만철 형님이 돌아가셨고, 형수님하고 태훈이도…….

손을 들어 이마에 흐르는 식은땀을 닦은 백동혁이 입을 벌린 채 벽을 쏘아보았다.

김칠성이 말을 이었다.

—모두 죽었다. 놈들은 한국 놈이었고, 다섯 놈이 왔는데 두 놈이 도망쳤다. 형님한테 그렇게 전해라.

"…네, 형님."

―장례를 치러야 하는데, 형님한테…….

김칠성의 말이 끊겼으나 백동혁은 수화기를 쥔 채 우두커니 서 있었다.

―그렇게 전해, 내가 기다린다고.

이윽고 중얼거리듯 말한 김칠성은 전화를 끊었다.

백동혁이 수화기를 내려놓고 허리를 펴자 응접실의 입구에서 이쪽을 바라보고 있는 부하와 시선이 마주쳤다.

"형님, 큰형님께서 곧 도착하신다고 연락이 왔습니다."

백동혁은 그를 스쳐 현관으로 다가갔다. 신발을 찾아 신고 문을 열자 비바람이 세차게 불어와 얼굴을 때렸다. 그는 온몸에 비를 맞으며 정문으로 다가갔다. 정문의 바깥쪽에서 자동차의 엔진 소리가 들려왔다.

숲길은 어두웠으므로 전조등을 켠 승용차가 구부러진 길을 꺾어 들어오고 있었다. 정문의 막사 안에서 부하 두 명이 뛰쳐나가 철문을 양쪽으로 열어젖히자 두 대의 승용차는 곧장 현관 쪽으로 다가왔다.

걸음을 멈추었던 백동혁은 몸을 돌려 차보다 앞질러 현관에 도착하려는 듯 서너 발짝을 떼었다. 승용차가 그를 스치면서 지나 현관 앞에 섰다.

김원국이 차에서 내리면서 비에 젖은 백동혁을 바라보았다. 앞좌석에서 내린 오함마가 그의 어깨를 잡아 현관의 지붕 밑으로 끌었다.

"웬일이냐? 이렇게 비를 맞고."

"큰형님에게 연락을……."

비에 흠뻑 젖어 물이 흐르는 얼굴로 백동혁이 김원국을 바라보았다. 김원국이 다가와 그의 앞에 섰다.

"무슨 연락이냐?"

"네, 형님."

그러다가 목이 멘 백동혁이 침을 삼키고는 턱을 들어 올렸다. 오함마가 다가와 그의 옆에 섰고 김원국은 잠자코 그를 바라보았다.

"큰형님, 저… 칠성이 형님한테서 방금 연락이……."

눈을 부릅뜬 오함마가 한 걸음 다가왔으나 입을 열지는 않았다. 백동혁은 이를 악물었으나 온몸이 떨렸다.

"저… 만철 형님이 돌아가셨답니다."

"뭐라고?"

버럭 고함을 지른 것은 오함마였다. 그가 손을 뻗어 세차게 어깨를 움켜쥐었으므로 백동혁의 시선에 초점이 잡혔다. 김원국의 굳은 얼굴이 보였다. 눈썹을 추켜올린 채 굳게 입을 다물고는 이쪽을 쏘아보고 있었다.

"자세히 이야기해 봐, 이 자식아!"

오함마가 그의 어깨를 흔들자 백동혁이 겨우 정신을 차렸다.

"한국 사람들이 습격해 왔다고 했습니다. 다섯 명 중 두 명은 도망쳤고, 만철 형님은 돌아가셨다고……."

"……."

"그리고 큰형수님과 태훈이가……."

김원국이 어깨를 부풀리는 듯한 자세로 그를 바라보았다. 오함마의 손이 슬그머니 백동혁의 어깨에서 떨어졌다.

"돌아가셨다고 했습니다."

"어이구!"

비명 같은 외마디 소리를 내지른 오함마가 현관 안으로 뛰어 들어갔다. 김원국의 시선이 백동혁의 얼굴에서 아래쪽으로 떨어졌다.

"언제냐?"

빗소리에 섞여 들려오는 그의 목소리는 낮게 가라앉아 있었다.

"어젯밤 10시쯤입니다, 형님."

아무 말 없이 몸을 돌린 김원국이 현관 안으로 들어서자 백동혁은 어깨를 늘어뜨리고는 머리를 숙였다. 빗발이 마구 휘몰려 와서는 그의 등을 쳤다.

제3장

권부의 암투

밤의 대통령

대통령의 의자는 베이지색 양탄자가 깔린 응접실의 중앙에 놓여 있었다. 등받이가 넓고 높은 데다 봉황을 수놓은 흰 시트가 씌워진 가죽 의자였다.

그 의자의 좌우로 세 명이 앉을 수 있는 소파가 두 개씩 길게 놓여 있어서 방이 가득 찬 느낌이 들었다.

그 소파 사이로 윤기가 흐르는 나무 탁자가 놓여 있는 것이 전부인 이 방은 대통령이 은밀한 회담을 할 때만 사용하는 곳이었다.

소파에 앉아 있던 강한석은 다시 시선을 문 쪽으로 주었다. 10분쯤 기다리는 것은 아무것도 아니다. 이곳에서 각하를 만난다는 것이 의미가 있는 것이다.

분위기와 상황에 따라서 대통령은 청와대의 여러 장소를 사용하고 있었다. 우선은 대회의실과 소회의실이 있고 비서실장이 자동으로 참석하는 접견실도 있다. 대통령의 집무실에서도 각료들을 만나지만 집무실 옆의 응접실을 사용하는 경우는 극히 드물었다. 강한석이 알기로는 당 대표인 한영수 씨와 두 번 정도 응접실을 사용한 것이 고작이었다.

그가 다시 시선을 들었을 때 문이 열리며 대통령이 들어섰다.

"어, 기다렸나?"

"아닙니다, 각하."

자리에서 일어선 강한석에게 이중섭이 웃어 보였다.

"세상 이야기나 할까 하고 불렀어."

자리에 앉은 이중섭이 앞쪽에 앉은 강한석을 바라보았다.

"요즘은 사건들이 줄어들어서 다행이야. 밤거리가 많이 정화된 것 같아."

"네, 각하. 모두 각하께서……."

"이봐, 그따위 소리 듣기 싫어. 날 왕처럼 대하지 말란 말이야."

이중섭이 가볍게 나무라자 강한석이 머리를 숙였다.

"전처럼 날 대하게나. 입바른 소리도 좀 하고. 나라고 완벽한 사람은 아니지 않은가?"

"각하, 그럴 수는 없습니다."

강한석이 머리를 들었다.

"지금은 대통령과 내무장관의 관계입니다. 말씀은 감사합니다만.”

“흥, 내가 대통령을 그만두어야 자네하고 이야기가 되겠구먼 그래.”

의자에 등을 기댄 이중섭이 잠시 말을 멈추고는 강한석을 바라보았다.

“이봐, 어제저녁에 김동진 장관이 다녀갔어. 그 사람하고 이야기를 조금 했는데…….”

이중섭의 말에 강한석의 얼굴이 굳어졌다. 김동진은 국방장관으로 참모총장 출신이었다. 그는 지난 정권 아래서도 인정을 받고 있었는데 능력만 있으면 가리지 않고 사람을 쓰는 이중섭에 의해 파격적으로 발탁되었던 것이다.

“그 사람 이야기가 군의 사기는 걱정할 것 없다는 거야. 복지 문제도 향상시켜 가고 있는 데다 이젠 국방의무에만 충실하도록 정신교육을 강화하고 있으니까 말이야.”

“당연한 일입니다, 각하. 이젠 군도 정상을 되찾는 것 같습니다.”

“그런데 예비역이 개입되어 있다는 사건, 아직도 해결되지 않았지?”

“네, 각하.”

이중섭의 이야기가 본론으로 들어온 느낌이 들었으므로 강한석은 긴장했다.

“하지만 이 모라는 예비역 소령은 사건과 관련이 없는 것 같습니다. 최 모라는 사내는 이제 이 모 소령의 이름을 댄 적이 없다고 한다는군요."

이중섭이 잠자코 머리를 끄덕이자 강한석이 말을 이었다.

"이 모 대령의 이름도 나왔습니다만, 그 진원지를 알아보니까 김원국의 조직에서 흘러나온 것이었습니다. 믿을 수가 없는 정보입니다."

"그 두 사람 모두 행방을 알 수 없다면서?"

"네, 각하. 이 모 소령은 가족이 그렇게 되어서 자살한 것이 아닌가 하는 추측도 있습니다만."

"지금 김원국의 업체들을 인수한 사람 중에 하나는 군납업자였다면서?"

"네, 각하. 그렇지만 지금은 경비 용역 회사를 운영하고 있습니다."

김동진 장관이 보고를 했다면 기무사를 통해 자료를 수집했을 것이다. 강한석과 시선이 마주친 이중섭이 머리를 끄덕였다.

"국방장관한테는 현역의 장성이나 장교의 동향을 잘 살피라고 말했어. 어느 사회나 불평분자는 있게 마련이니까. 하지만 예비역은 자네가 맡아야 하네. 물의를 일으키는 사람이 있어서는 안 돼."

"네, 각하."

"하지만 안기부의 보고는 조금 달라. 이철우, 이무섭 등을 요주의 인물로 하고, 그 배후에 무엇이 있다는 의심을 버리지를 않아."

강한석의 머릿속에 이찬형의 얼굴이 떠올랐다.

"각하, 물론 안기부의 역할이나 기능을 모르는 것이 아닙니다만, 저는 모처럼 진정되어 가는 사회 분위기를 생각해야만 하는 입장입니다."

상체를 반듯이 세운 강한석이 이중섭을 향해 말을 이었다.

"증거도 확실치 않는 사건에 그 사람들을 연루시키고, 거기에다 인과관계가 있는 사람들까지 끌어들인다면 이것은……."

"김 장관도 그런 이야기를 하더구만. 그런 식으로 하면 현역까지 조사해야 할 것이라고 했어."

"물론 그래야겠지요."

"군이 술렁거리게 되면 안 돼. 지휘관은 안정된 위치에 있어야 돼."

"물론입니다, 각하."

이중섭은 탁자 위에 놓인 주전자를 들어 찻잔에 유자차를 따랐다.

"자네도 한 잔 들겠는가?"

"네, 각하."

유자차를 따라 주면서 이중섭이 얼굴에 웃음을 띠었다.

"만일 예비역들이 밤의 조직을 접수해서 운영해 나간다면 어떻게 될까? 자네, 그런 생각 해보았나?"

"각하, 저는 도저히……."

"있을 수가 없는 일이라는 거지? 하지만 최악의 경우도 생각해 보아야 하는 거야. 어떻게 될 것 같나?"

"있을 수가 없는 일입니다, 각하. 만일 그렇게 된다면 그들도 법에 따라 처벌을 받아야 하겠지요."

"흠."

유자차를 한 모금 마신 이중섭이 찻잔을 내려놓았다.

"김 장관도 자네와 거의 같은 의견이더군. 그 사람은 조금 더 강경했어. 군인의 자존심까지 이야기를 하더구만."

"……."

"하지만 이 부장의 의견은 조금 달라. 그때에는 현역에 있는 불평 세력과 쉽게 결탁이 될 수 있다는 거였어. 밤의 조직도 어떻게 보면 군사 조직과 비슷하니까."

"……."

"이건 야당이나 노조 집단과는 다른 양상의 행동 집단이 된다는 거야. 그들은 얼마든지 우리 사회 속으로 파고들 수 있다고도 하더구만."

"각하, 그런 일이……."

"예를 들어서, 그들 집단은 밤의 사회를 쉽게 공포에 빠뜨리고 민심을 흉흉하게 만들 수가 있지. 국민들은 정부를 탓하게 될 것이고……."

말을 멈춘 이중섭이 입맛을 다셨다.

"이건 내가 이 부장한테 물어본 최악의 시나리오야."

"각하, 그런 일은 없습니다."

몸을 굳힌 강한석이 단언하듯 말하자 이중섭이 머리를 끄덕였다.

"물론 그래야겠지, 우리 모두를 위해서."

*　　　*　　　*

"넌 어치코 여그 왔냐?"

조웅남이 묻자 백동혁이 주춤대며 다가왔다.

"형님 퇴원하신 것을 축하하러 왔습니다."

조웅남이 주위를 둘러보았다.

"그려? 별일은 없고?"

"…네."

백동혁은 조심스럽게 조웅남의 앞자리에 앉았다. 오늘은 조웅남이 퇴원하여 리즈호텔의 사장실에 첫 출근을 한 날이다.

그러나 조웅남의 표정은 어두웠다. 세무조사 끝에 200억에 가까운 세금을 추징당했으므로 공매처분을 당하기 전에 인수해 갈 사람을 찾아야 할 것이다. 200억이란 거금이 있을 리가 없다.

주위를 두리번거리던 조웅남이 어금니를 물고는 주먹으로 의자의 팔걸이를 쳤다.

"나는 여그서 죽을 텡게 느그덜은 그렇게 알고 있어라."

"……."

"어디 나를 쫓아내 보라고 혀."

"형님, 저……."

백동혁이 상체를 세우자 그가 벌떡 자리에서 일어섰다. 큰 몸집에 어울리지 않는 날렵한 행동이었다. 뚜벅이며 방문 앞으로 다가간 조웅남이 그를 돌아보았다. 그러고는 턱을 조금 들어 따라 나오라는 시늉을 했다.

문을 열고 밖으로 나간 조웅남은 복도에 등을 기대고 서 있었다.

"씨발 놈들이 도청 장치를 허놓았을 거다. 그리서 그런 거여."

다가선 백동혁에게 그가 웅얼거리듯 말했다. 복도를 지나던 직원들이 그들에게 머리를 숙여 인사를 했다.

"그려, 형님은 안녕허시장?"

"네, 형님."

"칠성이랑 만철이는 섬에 잘 있고?"

"…네, 형님."

"그동안 일은 어치코 되어 가냐?"

"큰형님이 조사하고 계십니다. 그래서……."

"조사는 맨날 무신 조사. 정기욱인가 뭔가 허는 놈허고, 뭣이냐 박가라는 놈, 그놈들을 잡어 족쳐야 헌다. 그러믄 되는 거여."

소리가 조금 커졌으므로 백동혁이 그에게 다가섰다.

"큰형님도 알고 계십니다, 형님. 그래서……."

"그래서 뭘?"

"형님은 당분간 움직이지 마시라고 큰형님이 당부하셨습니다."

"당부는 무신."

조웅남의 얼굴이 잔뜩 찌푸려졌다.

"내가 앉아만 있을 줄 알었다믄 잘못 생각헌 거여. 인자 나 혼자 남었는디."

"큰형님 말씀입니다, 형님."

백동혁이 머리를 들어 조웅남을 찬찬히 바라보았다.

"큰형님이 다시 연락하신다고 했습니다. 그동안만이라도."

"…알겄다."

이윽고 시선을 돌린 조웅남이 말했다. 그는 손을 뻗어 문의 손잡이를 잡았다.

"허지만 돌아가는 거 봐서 내가 언지 뛰쳐나갈지 모른다고 전해라. 참는 디도 한도가 있는 거여."

조웅남이 방으로 들어섰고, 문이 닫혔다. 어깨를 늘어뜨린 백동혁이 몸을 돌리자 앞쪽에서 김선주가 다가왔다. 아마 그들의 이야기가 끝나기를 기다리고 있었던 모양이다.

"사장님께 인사하러 들어가도 되겠죠? 보고할 것도 있고요."

백동혁이 대꾸 없이 한쪽으로 비켜서자 그녀가 그의 앞에 멈추어 섰다.

"요즘 어떻게 지내세요? 연락도 안 주시고."

"바빴어."

"이재영 언니는 잘 있어요?"

"잘 있어."

"제가 안부 전하더라고 해주세요."

"그러지."

김선주가 그의 얼굴에서 시선을 떼었다. 표정이 딱딱하게 굳어 있었다.

"이것 봐, 안에 들어가서 쓸데없는 이야기 하지 마라."

백동혁의 말에 김선주가 퍼뜩 시선을 들었다. 그러나 선뜻 입을 열지는 않았다.

"도청하고 있을지도 몰라서 그래."

"알았어요."

"조심하란 말이야."

"글쎄, 알았다니까요!"

백동혁이 팔을 뻗어 그녀의 팔목을 움켜쥐었다. 맨살이라서 말랑한 감촉이 손바닥에 전달되어 왔다.

"왜 이래요?"

김선주가 팔을 잡아 빼려고 몸을 비틀면서 그를 노려보았다. 눈 주위가 분홍빛으로 물들어 있었다.

"생각해서 하는 소리야. 놈들은 사람을 가리지 않는다고."

"그걸 누구 모르나? 어쨌든 이 팔이나 놓아요."

지나치던 직원들이 애써 외면하고 있는 것이 눈에 띄었다.

백동혁은 그녀의 팔을 놓았다.

"딴 놈들은 눈치 봐가면서 아직 인사를 오지도 않는데 당신이 뭐라고 이렇게 서두르는 거야?"

"난 겁나는 것 없어요. 누구도 무섭지 않아요."

잡혔던 부분을 주무르며 김선주가 그를 쏘아보았다.

"언제는 날 시켜 먹구선 이제 와서 새삼스럽게 왜 이래요?"

김선주는 그를 스쳐 조웅남의 방 앞으로 다가섰다.

며칠간 내리던 비가 그치자 하늘은 파랗게 개어 있었다. 대기 중에 떠 있던 온갖 불순물이 빗발에 씻긴 듯 하늘은 맑았고 햇살을 받은 바다는 하얗게 빛났다. 바다 쪽에서 불어온 서늘한 바람이 베란다를 스치고 지나자 한쪽에 세워둔 난의 기다란 잎이 출렁이며 흔들렸다.

김원국은 한 시간이 넘도록 베란다의 등의자에 앉아 앞쪽을 바라보고 있었다. 그의 시선은 하늘을 향했다가 깜박이는 순간에 바다 쪽으로 내려졌지만 몸은 나무토막처럼 굳은 듯 움직이지 않았다.

오함마는 새벽에 인도네시아행 비행기를 타고 떠났다. 그는 김칠성과 함께 장례식을 치를 것이다. 장민애와 그의 아들 김태훈, 그리고 강만철은 인도네시아의 조그만 섬에 묻히게 된다.

김원국은 손을 뻗어 탁자 위에 놓인 담배를 집어 입에 물었다. 또다시 장민애의 얼굴이 눈앞에 떠올랐다.

그녀는 누구의 간섭도 받지 않는 섬에서 살고 싶어 했는데 이제는 자식과 함께 그곳에 묻히게 되었다. 그녀와 태훈이는 고통없이 숨이 끊어졌다고 김칠성이 말해주었는데 현장을 본 것은 강만철인 모양이었다.

김원국은 담배 연기를 길게 뿜어내었다. 강만철이 자신의 머리를 쏜 것은 장민애와 태훈이에 대한 죄책감 때문일 것이다.

그는 가슴에 두 발의 총상을 입었지만 그런 식으로 목숨을 버릴 사내가 아니었다. 홍성철은 마약과의 싸움에서 조직의 명예를 지키려고 목숨을 끊었으나 강만철은 개인에 대한 죄책감으로 자신의 머리를 쏜 것이다.

김원국은 두 눈을 치켜뜨고 수평선 끝을 바라보았다. 바다 건너편은 중국 땅이다. 남지나해를 지난 인도네시아의 만탄 섬은 수천 킬로미터 떨어져 있고, 그곳에서 장민애와 태훈이는 영문도 모른 채 총에 맞아 죽었다.

김원국의 머릿속에서는 장민애와 태훈이, 강만철의 영상이 끊임없이 스쳐 지나고 있었다. 갈매기 한 마리가 거친 날갯짓을 하며 바위 위에 내려앉았다. 부리가 휘어진 추한 모습이었다.

길게 담배 연기를 뱉어낸 김원국은 담배를 천천히 재떨이에 내려놓았다. 갈매기가 머리를 들어 힐끗 그를 바라보다가 날개 속을 부리로 더듬기 시작했다.

그때 베란다의 유리문이 소리를 내며 안쪽에서 열렸다. 놀란 갈매기가 요란하게 날개를 치며 아래쪽으로 날아갔고 이강일이 다가왔다. 시선이 마주치자 그의 눈동자가 이리저리 흔들렸다.

"저, 큰형님, 전화가 왔습니다. 급한 일이라고 해서."

"……."

"이 부장님이십니다."

자리에서 일어선 김원국은 응접실로 들어섰다. 탁자 위에 내려놓은 전화기가 보였다. 소파에 앉은 그는 수화기를 들었다. 이찬형은 그의 전화번호를 알고 있는 유일한 외부인이었다.

"여보세요."

—아, 김 사장님, 접니다.

이찬형의 목소리가 들려왔다.

—이것이 좋은 소식인지 나쁜 소식인지 선뜻 판단할 수는 없군요. 하지만 수사에 진전이 있다는 말씀을 드리려고.

"아, 네."

—역시 우리 예측이 맞습니다. 문제의 인물 이무섭을 포착했어요.

"……."

—그 장소가 어딘지 궁금하지 않습니까? 이천 근처에 있는 산속의 양옥집입니다. 그를 찾아낸 건 우연이었지요.

"……."

—김 사장님, 듣고 계십니까?

"네, 듣고 있습니다."

—어디, 편찮으십니까?

"아닙니다. 수고하셨습니다, 부장님."

—그렇다고 그를 어떻게 할 수는 없습니다, 우선 감시를 하는 수밖에.

"……."

—공식적으로 그에게는 어떤 혐의도 없습니다. 잘못하면 인권 침해나 명예훼손으로 내 목이 날아갈 수도 있어요. 이철우도 수배자 명단에서 빠진 상황이라.

"……."

—이무섭을 지금 당장 어떻게 할 수가 없단 말입니다, 감시나 하는 수밖에.

"이해합니다."

—부근 주민들한테 서울의 사업가로 알려져 있는데 사흘 걸러 하루쯤 와서 묵기도 하고, 어떤 때는 일주일 내내 집에 처박혀 있기도 한답니다. 가끔 손님이 찾아올 때도 있고.

"……."

—그 손님이라는 인물들이 우리에겐 관심거리지요. 그렇지 않습니까?

"그렇지요."

—김 사장님, 정말로 괜찮으십니까?

"네, 괜찮습니다."

김원국은 상체를 세우고는 머리를 들었다. 응접실의 내부가 시야에 들어왔다. 창문을 통해 들어온 햇살로 방 안은 환했으나 부연 먼지가 빛줄기 속에 떠 있었다.

—김 사장님, 기운 내시오. 이건 개인적으로 말씀드리는 겁니다만.

그러다가 전화기를 타고 그의 낮은 웃음소리가 들려왔다.

—아니, 처음부터 이 일은 개인적인 것이었지, 공식적인 것은 아니었지요.

"……."

—난 정치적인 분위기에 둔한 편입니다. 그것이 그분한테 좋게 보였던 모양인데 지금은 그분의 뜻을 거스르고 있는지 모르겠어요.

"저는 부장님이 업무에 소신을 갖고 계신 점을 존경하고 있습니다."

—아직 선악이 확실하게 구별되지 않았다고 믿고 있을 뿐입니다. 그냥 덮어 버리려는 분위기를 내버려 둘 수가 없었고, 사건의 진상을 명확하게 알아내고 그것을 각하께 보고드리는 것, 난 그것으로 일을 마칩니다. 결정은 그분이 하실 테니까.

"부장님은 내가 선 쪽에 있다는 확신이 있으신 겁니다. 그래서 이런 사적인 협조를 해주시는 거죠."

그 말에 이찬형은 대답하지 않았다.

수화기를 내려놓은 김원국은 한동안 탁자 위를 내려다본 채 움직이지 않았다. 뱃고동 소리가 들려왔고 정문 쪽에서는 자갈을 밟는 소리도 들렸다. 이제까지 귀에 들려오지 않았던 소리들이었다. 응접실의 문이 열리는 소리가 들렸으므로 그는 머리를 들었다.

이재영이 들어서고 있었다. 화장기가 없는 얼굴이 싱싱하게 반들거렸고 흰색 바지에 하늘색 셔츠 차림이었다.

김원국은 낯선 사람을 만난 것처럼 물끄러미 그녀를 바라보았다.

"저, 오늘은 시내에 좀 나갔다 오겠어요. 물건 살 것들이 많습니다."

이재영이 밝은 표정으로 말했다. 그녀는 납치 사건 이후로 이곳에 손님으로서 머물고 있었는데 신문사에는 휴직원을 제출해 놓은 상태였다. 그녀가 사회부장인 안청준에게 건네준 이철우와 이무섭에 대한 자료는 현역과 예비역 등 가능성 있는 모든 인물들을 망라한 보고서였다. 그것은 안기부의 고성섭이 자신의 정보 조직을 활용하여 작성한 것이었는데 무고한 사람이 섞여 있을 가능성도 있었지만 충격적인 보고서였다.

이찬형은 후유증을 생각하여 그 보고서의 일부분만을 각하에게 귀띔했지만, 그 전문을 보고했다면 현재의 분위기로 보아 무사하지 못했을 것이다.

이재영은 자신이 처한 입장을 잘 알고 있어서 외출도 삼가는 편이었다.

"필요하신 것 없으세요?"

그녀가 한 발짝 다가서면서 소파의 등받이에 허벅지를 대었다. 허리춤의 단추가 정면으로 보였고 그것이 호흡에 맞춰 가볍게 움직이고 있었다. 김원국이 잠자코 머리를 돌렸으므로 눈을 깜박이며 그를 바라보던 이재영도 몸을 돌렸다.

장우길이 홀 안으로 들어서자 몰려 서 있던 사내들이 일제히 그를 바라보았다.

"형님."

사내 한 명이 그를 부르며 다가왔고 그의 뒤를 서너 명의 사내들이 따라와 장우길을 둘러쌌다.

"형님, 우리 모두 오늘 자로 그만두랍니다. 이건 약속이……."

"야, 개떡 같은 소리 말어."

뒤쪽에서 버럭 고함치는 소리가 들리더니 대여섯 명의 사내가 다가왔다. 앞장선 사내는 안면이 있다. 지난주에 클럽을 접수한 사장 측에서 고용한 영업부장이었다. 그는 사내들을 헤치고 장우길의 앞에 서서 두 다리를 벌렸다. 그러고는 두 손을 옆구리에 대었으므로 신병을 교육시키는 하사관 같은 자세가 되었다.

"이것 봐, 정신들 차려. 너희들이 이래 봤자 아무 소용이 없어. 구찌클럽의 모든 재산을 접수한 건 우리란 말이야. 너희들이 된다, 안 된다 하고 소동을 부릴 이유가 없단 말이다."

그의 목소리가 찌렁찌렁 빈 홀을 울렸다. 아직 한낮이어서 영업을 시작할 때까지는 꽤 시간이 남아 있었다.

사내가 우람한 체구에 비해서 작은 머리통을 흔들면서 다시 소리치듯 말했다.

"우리 사장님께서는 특별히 사정을 봐주셔서 너희들에게 보름간의 일당을 지불하시겠단다. 그리고 우리도 먹여 살려야 할 식구들이 있단 말이야."

30대 후반의 이 사내는 천 아무개라고 자신을 소개했었는데 장우길은 이름을 기억할 수 없었다. 조직 사회에 있어 본 적이 없는 사내였고 그렇다고 전과자도 아니다. 그러나 턱을 쳐들고 말하는 태도나 몸짓이 오랫동안 단련되었다는 것을 보여주고 있었다.

장우길을 머리를 들었다.

"당신 사장이 인수할 때 나한테 그랬는데, 종업원은 그대로 두겠다고. 영업은 전처럼 하겠다고."

사내가 큼직한 이를 드러내며 웃었다. 그러자 주위에 서 있던 사내들도 따라 웃었다.

"그건 사장님이 모르시고 한 말씀이지. 앞으로 관리하는 것은 나다. 이 천일준이가 한단 말이다."

"그래서 우리더러 모두 나가라는 거요?"

"그래, 형님뻘이 되어서 그런지 잘 알아듣는군. 웨이터 보조와 마담, 주방에 있는 애들은 우리가 계속 쓸 거야."

"그렇다면 웨이터급하고 영업부 직원들만……."

"그렇지, 이해가 빠르구만."

장우길은 어깨를 올리면서 숨을 길게 들이쉬며 마음을 정했다. 어깨를 늘어뜨리면서 숨을 천천히 뱉은 장우길이 사내를 바라보았다.

"그런데 이 씨발 놈아, 왜 말을 놓는 거냐?"

천일준의 조그만 머리가 뒤로 조금 젖혀졌고 두 눈이 번쩍 크게 뜨여졌다. 그 순간 장우길의 오른발이 럭비의 펀트킥을 하는 것처럼 천일준의 사타구니에 있는 두 개의 볼에 적중했다.

"헉!"

목구멍에서 짧게 쇳소리를 뱉으면서 천일준의 얼굴이 금방 하얀 휴지색이 되었고 허리는 90도로 앞쪽으로 꺾어졌다. 그러나 턱을 치켜든 채 이쪽을 바라보았다. 두 손으로 사타구니를 감싼 그가 다리를 X 자로 꼬는 것을 보면서 장우길을 다시 발끝으로 그의 턱을 차올렸다.

"이 새끼들, 모두 죽여라!"

장우길의 고함 소리가 미처 끝나기도 전에 부하들이 제각기 사내들에게 달려들었으므로 금세 홀은 난장판이 되었다.

"한 놈도 살려 보내지 말어!"

그러자 부하 두어 명이 문 쪽으로 달려갔다. 숫자는 10여 명씩으로 비슷하였지만 이쪽은 악에 받쳐 있는 상황이다. 이제까지 궁지에 몰리고 몰려서 개라도 호랑이에게 덤빌 판국이었는데 상대는 호랑이가 아니고 이쪽도 개가 아니다. 그리고 이쪽은 싸움에 단련되어 있었다. 홀 안에 나뒹구는 병을 요령 있게 깨서 찌른다든가, 어느 탁자의 받침대가 잘 빠진다든가, 이곳의 지형에 익숙하기도 했다.

곧 이곳저곳에서 비명 소리가 터져 나왔다. 저쪽은 천일준이 방울이 터져 기절해 버리면서 중심이 흔들려 순식간에 기세를 잃었다.

장우길은 옆쪽으로 지나가는 사내 한 명의 옷깃을 잡아채면서 주먹을 날렸다. 서두르는 바람에 양미간을 친다는 것이 정통으로 입을 때려서 주먹에 통증이 왔으나 사내의 입은 금방 피투성이가 되었다.

머리를 숙이면서 사내가 피와 함께 여남은 개의 이빨을 뱉어 내었다. 부하 한 명이 탁자 받침대로 사내의 뒤통수를 후려치고는 곧장 달려갔다.

이제 홀은 쫓고 쫓기는 아수라장이 되었다. 7, 8명의 사내가 홀 안에 쓰러져 있었는데 훑어보자 이쪽은 한 사람도 포함되지 않았다. 한두 명이 절름거리거나 피를 흘리고 있었지만 악을 쓰며 놈들을 쫓고 있는 것이다. 사내들은 출입구가 봉쇄되어서 안으로만 쫓겨 다니고 있었다.

장우길은 탁자에서 굵직한 받침 기둥을 뽑아 들었다. 그러고는 두 손으로 움켜쥐고 휘두르면서 소리쳤다.

"모두 죽여라!"

"이제는 그놈들이 발악을 하는 모양이군. 정말 야단이야."

이맛살을 찌푸린 박동호가 혀를 찼다.

"열네 명이 중상을 입었다면 큰 사건인데. 그래, 가해자 측은 한 놈도 잡지 못했단 말인가?"

"네, 홀의 문을 안에서 걸어 잠그고 싸운 모양입니다. 사건의 신고도 늦었고 그때는 이미 모두 도망친 후여서……."

이정환의 얼굴도 찌푸려져 있었는데 턱을 가슴 쪽으로 끌어당긴 자세여서 턱의 군살이 더욱 두드러졌다.

"열네 명을 반죽음 상태로 만들어 놓았다면 아마 저쪽은 50, 60명은 되었겠구만. 그 이상일 수도 있고. 문을 걸어 잠그고 그랬다니 계획적이야. 그렇지 않나?"

"그렇게 생각할 수도 있습니다."

"그게 무슨 말인가?"

박동호가 턱을 들었다.

"그 밖에 어떤 가정이 있겠느냔 말이야. 그렇게 생각할 수도 있겠다니."

"제가 확실히 본 것도 아니어서요. 우선 피해자의 증언도 들어 보아야……."

"조웅남이가 퇴원해 나오니까 놈들이 기세를 올린 거야. 아니, 조웅남이가 시켰는지도 모르지."

"……."

"한동안 잠잠하더니 조웅남이가 퇴원하고 나니까 즉각 시작되는군."

서류철을 접은 박동호가 손을 뻗어 인터폰의 스위치를 눌렀다.

—네, 청장님. 비서실입니다.

마이크에서 여비서의 맑은 목소리가 흘러나왔다.

"나, 박 국장인데, 청장님 계신가?"

—저어, 오늘은 몸이 아프셔서요…….

주저하는 듯한 비서의 목소리가 들리자 박동호가 입맛을 다셨다.

"어제도 편찮으시더니, 다른 연락 온 것은 없었나?"

—없었습니다, 국장님.

"알았어."

스위치를 끈 박동호가 머리를 들어 이정환을 바라보았다.

"아무래도 장관께 직접 보고해야 될 것 같아. 자네는 사무실에서 대기하고 있도록 해. 무슨 말인지 알겠나?"

"알겠습니다, 국장님."

"아직 어떻게 결정이 될지 모르니까 언론에 단단히 말해 두게. 이쪽에서 이야기를 할 때까지 절대 보도해서는 안 된다고 말이야."

"알겠습니다."

"매를 맞는 것은 우리야. 어서 나가 보게. 나가서 입막음을 해 놔."

자리에서 일어선 이정환은 국장실을 나와 위층에 있는 자신의 방으로 돌아왔다. 유혁근이 소파에 앉아 신문을 뒤적이고 있다가 일어섰다.

"다녀오셨습니까?"

"다녀왔지, 그럼 놀다 온 줄 아나?"

이정환이 쏘아붙이듯이 말하자 유혁근이 입술 끝으로만 웃었다.

"청장은 사흘째 출근하지 않습니다. 들리는 말로는 청와대에 투서가 들어가 조사를 받고 있다고도 합니다만……."

상의를 벗어 옷걸이에 걸던 이정환이 와락 이맛살을 찌푸렸다.

"자네가 어떻게 그런 일을 잘 아나? 그래, 내 뒷소문은 뭐라고 났던가?"

"과장님, 무슨 안 좋은 일이 있으십니까?"

"시끄러. 난 어서 퇴직해 가지고는 연금이나 받고 싶어, 낚시나 가고."

"붕어한테 영장을 발급하실 수는 없지 않습니까? 안 잡히면 답답하실 텐데."

"아니, 이놈이."

이정환의 얼굴이 벌겋게 달아올랐다. 아무리 호흡이 맞는 사이라도 오늘 같은 분위기에서는 참을 수가 없는 것이다.

“오늘따라 웬 수작이냐? 건방지게.”

그가 눈을 부릅뜨자 유혁근이 손을 들어 뒷머리를 쓸었다.

“용서하십시오. 기분 좋아서 그랬습니다.”

“뭣이 어째? 기분 좋은 일이 뭐가 있다는 거야?”

“그놈들, 속이 후련하게 작살이 나지 않았습니까? 그 대장 격인 한 놈은 방울이 터졌다고 하더군요.”

이정환이 눈을 치켜뜨고 그를 바라보았으나 유혁근은 말을 이었다.

“이제까지 당하기만 하다가 폭발해 버린 거죠. 이제 빼앗길 것도 없지 않습니까?”

“…….”

“그리고 그 경비 용역 회사 측은 겁이 난 모양입니다. 아직 경찰서에 진정을 해오거나 언론사로 달려가지 않습니다.”

이정환이 잠자코 있었으므로 유혁근은 밝은 얼굴로 말을 이었다.

“구찌클럽의 장우길이라는 놈이 주모자일 겁니다. 지난번에 당한 박기섭의 심복 부하지요. 박기섭이는 백동혁의 동생뻘이고, 장우길은 박기섭의 앙갚음을 한 것 같습니다.”

“박 국장은 조웅남을 지목하고 있어. 그가 시켰다는 거야.”

“조웅남은 그럴 사람이 아닙니다. 손을 보려면 아마 직접 나섰을 겁니다.”

“그걸 누가 믿나? 어차피 같은 조직인데 말이야.”

입맛을 다신 유혁근이 손가락으로 탁자 위를 가볍게 두드렸다.

"과장님, 제 생각에는 청장이 곧 물러날 것 같습니다. 그 자리에는 박 국장이 승진하게 되겠구요."

"무슨 소문이야, 도대체? 청와대 조사라니?"

턱을 치켜든 이정환이 거칠게 묻자 유혁근이 자리를 고쳐 앉았다.

"여자관계랍니다. 이중생활을 하고 있다는군요. 아이까지 낳은 젊은 여자가 있다고 합니다."

"빌어먹을, 어떤 놈이."

"청장이 결근한 첫날부터 본부 청사 안에 소문이 좌악 퍼져나갔습니다. 모르는 사람이 없을 정도더군요."

"음모로군."

"틀림없습니다. 하지만 그건 사실인 모양입니다."

"어떤 놈의 짓인지 알 것 같구만."

"하지만 어쩔 수 없는 일이지요."

"박 국장은 우리더러 언론을 단단히 단속하래. 별도 지시가 있을 때까지 절대 발표하면 안 된다는 거야."

"사건이 보도되면 각하가 진노하실 테니까요. 장관이 문책을 당할 겁니다."

이정환이 물끄러미 유혁근을 바라보았다.

"그렇다면 일을 당한 저쪽 놈들이 언론사에 달려가지 않는 것도 그것 때문인가? 전에는 경찰보다 언론사에 먼저 정보를 주었는데 말이야."

"장관이 그들과 맥을 통하고 있다고 생각되지는 않습니다."

유혁근이 그의 시선을 받으며 말했다.

"그저 책임지기 싫어하는 성격, 조급하게 공을 세우려는 생각, 아마 그런 것들 때문일 겁니다."

"……."

"이런 일은 수습되어도 큰 인정을 받지 못하고, 일어나면 골치만 아프니까요. 심각하게 생각하지는 않는 겁니다. 더구나 강한석 씨는 남한테 지기 싫어하는 성격이라고 들었습니다. 치안 문제에 안기부나 다른 기관이 간섭하면 자신의 권위가 손상되었다고 믿을 겁니다."

"……."

"박 국장이 장관과 호흡을 잘 맞추어 갈 것 같군요."

"이봐, 남의 일처럼 말하지 마라."

"과장님은 퇴직하는 날만 기다리신다면서요?"

그들은 서로 얼굴을 바라보다가 제각기 이맛살을 찌푸리며 머리를 돌렸다.

장우길에게 김칠성이나 강만철, 조웅남은 무서운 사람이 아니었다. 그들은 아저씨나 선생님 같았고, 김원국의 경우에는 만난 적도 없는 관계로 대통령쯤으로 생각하고 있었을 뿐이다. 대통령은 국민에게 무서운 사람이 아니다. 대통령을 무서워하는 것은 기껏해야 바로 밑의 비서실장이나 장관, 좀 더 내려와서 차관급의 높은 사람들이다.

따라서 조직의 소두목 격인 장우길이 제일 겁내는 인물은 직속 형님뻘인 개백정이었다.

그는 여러 차례 헛기침을 하고 나서 쓸데없이 목청을 가다듬고는 옷차림을 내려다보았다. 새 옷으로 갈아입었으므로 검은색 정장은 구김 한 줄 없이 말짱했다. 그는 가볍게 방문을 두드리고는 문을 열었다. 이쪽을 바라보고 앉아 있는 백동혁과 시선이 마주치자 그는 허리를 꺾었다.

"어서 들어와."

백동혁의 던지는 듯한 말투가 다시 온몸을 긴장하게 만들었다.

"거기 앉아."

"네, 형님."

"내가 식사 시켜 놓았어. 먹어라."

바닷가에 있는 중국집이었는데 갖가지 요리 접시가 한 상 가득 차려져 있다. 그러나 무조건 젓가락을 들 수도 없고 입맛도 없다.

백동혁은 젓가락으로 탕수육을 한 점 집더니 어적이고 씹었다. 구찌클럽에서 놈들을 박살 낸 장우길이 클럽을 뛰쳐나와 제일 먼저 한 일은 백동혁을 찾는 것이었다. 명령도 없이 놈들을 쳤으므로 그는 단단히 각오를 하고 있었다. 조직이 전쟁을 만들지 않으려고 기를 쓰고 있다는 것을 잘 알고 있었기 때문이다.

다행히 리즈호텔에 있던 백동혁과 연락이 되었고 그의 지시로 부하들을 끌고 인천 바닷가의 중국집에 도착한 것이다.

"애들은 어디 있어?"

문득 백동혁이 물었으므로 장우길이 머리를 들었다.
"저 아래층 홀에 있습니다, 형님."
"애들 든든히 먹여라."
"먹고 있습니다, 형님."
"너 때문에 웅남 형님이 곤란하게 되었어. 경찰에서는 웅남 형님이 시킨 일로 알 것이 틀림없거든."
장우길이 상체를 반듯이 세웠다.
"저, 지금 당장 경찰에 자수하겠습니다. 그래서 제가 한 일이라고 말하겠습니다."
"앉어, 앉어."
막 일어서려는 장우길을 향해 백동혁이 젓가락을 든 손을 저었다.
"네 덕분에 리즈호텔에 버티고 계시겠다던 웅남 형님이 엉덩이를 들었다. 큰 싸움을 작은 싸움으로 막았다고 큰형님이 말씀하시더구만."
"네?"
"잘 쳤다. 나도 속이 시원하다."
장우길이 입안에 고인 침을 소리 내어 삼키자 백동혁이 음식을 가리켰다.
"먹어라. 어서 먹어."
"네, 형님."
"앞으로는 네 멋대로 움직이지 마라."
"네, 형님."

"당분간 애들하고 어디 숨어 있어야 하는데, 한곳 알아 놓았다."

젓가락만 손에 쥔 채 장우길이 그를 바라보았다. 가슴이 무엇인가로 가득 차 있는 것 같아서 아무것도 먹고 싶은 생각이 없었다.

백동혁이 머리를 들었다.

"앞으로 우리가 할 일이 많아, 나하고 네가. 형님들이 돌아오실 때까지 말이다."

"네, 형님. 제가 죽을 때까지……."

"나도 그래."

젓가락을 내려놓은 백동혁이 장우길을 노려보았다.

"나도 그렇단 말이다. 난, 몸이 떨려서……."

장우길의 가슴이 철렁 내려앉았고 얼굴이 나무껍질처럼 굳어지는 것이 느껴졌다. 이를 악문 백동혁이 이쪽을 쏘아보고 있었는데 부릅뜬 눈에서 물줄기가 흘러내리고 있었던 것이다.

이윽고 백동혁이 소매를 들어 얼굴을 닦았다. 그러고는 다시 손을 들어 음식 그릇을 가리켰다.

"먹어라. 이건 큰형님이 내시는 거다."

장우길이 눈을 껌벅이며 그를 바라보았다.

박용근이 눈을 번득이며 안재일을 바라보았다. 얼굴이 잔뜩 찌푸려져 있었다.

"병신 같은 놈들, 한 놈도 빠짐없이 모조리 당하다니. 내가 이런 놈들을 어떻게 믿고 일을 맡긴단 말이냐?"

승용차가 다리의 난간 근처를 지나면서 덜컹거렸다.

"이거 창피해서 얼굴 들고 다니겠나?"

"놈들은 계획적이었던 것 같습니다. 말을 들어 봤는데 밖에서 문을 걸어 잠그고 있었다는군요. 우리 애들을 안으로 몰아넣고 공격해 온 것입니다."

"아무리 그렇다손 치더라도."

박용근이 비대한 몸을 들썩여 안재일 쪽으로 돌아앉았다.

"그, 천일준이는 거시기가 터졌다면서?"

"네, 중태입니다."

병원에 다녀온 참이어서 안재일은 찌푸린 얼굴로 시선을 돌렸다. 천일준이 퇴원해도 기동하기에 불편한 몸이 될 것이라고 하면 박용근의 혈압은 더 오를 것이다.

"병신같이."

혼잣소리처럼 투덜대던 박용근이 머리를 들었다.

"어떻게 보면 잘된 일인지도 몰라. 졸 몇 개하고 저쪽의 차나 포를 바꾼 셈이 되었고, 조웅남이가 이번 일을 시킨 주모자로 수배가 되었으니까."

"그건 그렇습니다. 그렇게 일을 만들어 버린 셈이 되었어요."

안재일이 생기 있게 대답했다.

"이젠 저쪽은 보스급이 한 놈도 없게 되었습니다."

"하지만 우습게 보면 안 된단 말이다."

"물론이지요, 사장님."

그것의 대상이 이무섭인지, 김원국의 잔존 세력인지, 또는 정기욱의 세력인지 알 수 없었지만 안재일은 머리를 끄덕였다.

"앞으로는 그런 일이 없을 겁니다. 철저히 무장하고 나설 테니까요."

"이철우는 아직 소식이 없나?"

"네, 아직."

"이무섭 씨도 그놈 행방을 모르는 모양이야. 잠시 쉬겠다면서 연락을 끊었다는데."

"모를 리가 있겠습니까? 알면서도 모르는 척하겠지요."

박용근은 머리를 돌려 창밖을 바라보았다. 어두워지기 시작한 거리에 하나둘씩 불이 켜지고 있었다.

"앞으로는 이철우의 부하들을 내세워야 돼. 이무섭 씨는 그놈들을 보냈다면 그렇게 당하지 않았을 거라고 했어."

"……."

"안정태라고, 너도 한번 보았지? 눈초리가 맵고, 입술이 얇은 놈. 그놈이 우리 일을 도울 거야."

"이철우 대신입니까?"

"이철우가 돌아올 때까지라고 하던데, 이철우의 부하인 모양이야."

박용근이 의자에 등을 기대고 앉으면서 팔짱을 끼었다. 그들은 차 안이라 도청 걱정은 하지 않고 있었다.

"이무섭 씨한테야 우리가 뻔하게 아는 사람이니까 부끄러울 것은 없습니다. 하지만 그 정기욱이라는 작자는 좋아할 것 같군요."

안재일이 입을 열자 박용근이 입맛을 다셨다.

"이제 곧 정리가 되겠지. 우리가 불편해한다는 것을 그 사람도 알고 있을 테니까."

박용근이 찌푸린 얼굴로 말을 이었다.

"난 솔직히 이무섭 씨한테 그런 이야기를 하기 싫었다. 만일 그런다면 정기욱이를 인정해 주는 것 같아서."

"사장님, 이무섭 씨는 이미 두 개의 조직을 운용하고 있었던 겁니다. 하지만 이대로 두었다가는 어떻게 될 것인가도 생각하고 있을 겁니다."

"전쟁이 일어나는 것이지."

"사장님, 우리는 이철우의 지원이 없으면 어제 같은 일을 또 당하게 됩니다. 애들이 총을 잘 쏘는지는 모르지만 그런 싸움에는 익숙하지 않습니다. 차라리……."

"차라리라니?"

박용근이 이맛살을 찌푸리며 묻자 안재일이 침을 삼켰다.

"정기욱의 조직이 막돼먹은 전과자 집단이지만 그런 능력은 우리보다 낫습니다."

"……."

"이무섭 씨는 우리 얼굴을 필요로 했지만 힘을 키워주지는 않았습니다. 그저 이철우가 지휘하는 용병 집단을 빌려주었을 뿐입니다. 우리는 그것이 우리 힘인 줄 잠시 착각하고 있었습니다."

"……."

"사장님, 이 기회에 우리도 힘을 길러야 합니다. 김원국이한테 밀려난 조직이 하나둘이 아닙니다. 그놈들을 포섭해 나갑시다."

안재일이 짙은 눈썹 밑의 눈을 들어 그를 바라보았다. 눈이 물기에 젖은 듯 번들거리고 있었다.

"김원국의 조직이 넘어진 상황이라 그들도 신경을 곤두세우고 있을 겁니다. 밤의 세계가 어떻게 정리되어 가는가를 잘 알고 있겠지요. 그들에게 우리는 막강한 배경을 가진 조직입니다."

"이 기회에 그놈들을 끌어들이잔 말이지?"

낮은 목소리로 박용근이 물었지만 그는 부리부리한 눈을 치켜뜨고 있었다.

"그렇습니다. 그들은 그래 봬도 자존심이 있는 조직입니다. 정기욱의 밑으로는 가지 않습니다."

"이무섭 씨가 알면 좋아하지 않을 텐데."

안재일이 차 안을 둘러보는 시늉을 하더니 얼굴에 웃음을 띠었다.

대형 승용차는 뒷좌석과 앞좌석이 유리 칸막이로 가려져 있어서 앞쪽에서는 뒤쪽의 이야기를 들을 수가 없다.

"우리도 이철우의 용병 집단처럼 조직을 키우는 것이죠. 어제 일에 대한 자구책이라고 말해도 좋겠지요."

"말할 필요는 없다."

박용근이 상체를 세워 똑바로 앉았다. 표정이 나무껍질처럼 굳어 있었다.

"그들이 원하는 것은 돈이야. 그다음이 알량한 권위지. 그것 모두를 만족시켜 줄 수가 있을 것이다. 포섭해라."

"은밀하게 진행시키겠습니다."

안재일이 생기 있는 목소리로 말하자 박용근이 머리를 끄덕였다.

"돈은 얼마든지 써도 좋아."

"그건 우리 돈도 아니니까요."

"이철우의 용병들처럼 일단은 표면에 나타나게 하지 말고."

"물론입니다."

"더 이상 꼭두각시 노릇은 하지 않겠다."

"적절한 시기에 결정하신 겁니다. 빠르지도 늦지도 않은 때입니다."

박용근이 잠자코 앞쪽으로 머리를 돌렸고 안재일도 길게 숨을 내쉬며 그와 같이 의자에 등을 묻었다. 승용차는 어둠이 깔린 국립묘지 앞을 지나가는 중이었다.

실내복으로 갈아입은 정기욱이 응접실로 나와 머리의 물기를 두 손으로 어지럽게 털었다.

"아이, 물 떨어져요. 화장실 안에서 말리고 나오지 밖에서……."

주방에 있던 박주현이 이맛살을 찌푸리며 그를 바라보았다.

"화장실에 수건 있잖아요? 왜 꼭 밖에서 털어요?"

"이런, 빌어먹을."

정기욱이 손을 멈추고 그녀를 노려보았다.

"망할 년이 사사건건 시비를 걸고 있어. 주둥이를 그냥."

"저 봐, 또 욕해. 툭하면 욕질이야, 몰상식하게."

"뭣이 어째?"

젖은 머리가 헝클어진 채로 정기욱이 버럭 소리를 지르면서 그녀에게 다가갔다. 마룻바닥이 쿵쿵 울렸다.

"이 쌍년이 요즘 왜 이렇게 앙탈이야? 너, 죽고 싶어?"

기세에 눌린 박주현이 몸을 돌렸으나 정기욱은 와락 어깨를 움켜쥐었다.

"너, 왜 말끝마다 시비냐?"

박주현이 머리를 들었다.

"나, 집에 갈 거야. 내보내 줘요, 제발."

"네 맘대로?"

"나, 이렇게는 못살아요. 밖으로 나가지도 못하게 하고, 이건 감옥살이야."

주먹으로 한두 대 두들길 것 같았던 정기욱의 어깨에서 힘이 빠져나갔다. 이제 박주현은 두 눈에 가득 눈물을 담고 있었다.

"내보내 줘요, 그러지 않으면."

"그러지 않으면 어쩌려고?"

어깨에서 손을 뗀 정기욱이 턱을 들고 물었다.

"네가 내 손에서 벗어날 것 같으냐?"

"차라리 날 죽여요."

박주현의 눈에서 눈물이 주르르 흘러내렸다.

"나 이렇게 짐승처럼 살기 싫어."

“망할 년이 호강에 겨워서.”

몸을 돌린 정기욱은 응접실의 소파로 다가갔다.

“술 시중 들고 구멍 팔아 사는 것보단 낫지, 뭘. 옛날 생각을 해봐, 이년아.”

“정 없이 살기 싫단 말이야.”

소파에 앉으려던 정기욱이 주춤 움직임을 멈추었다가 엉덩이를 내려놓았다.

“돈이고 패물이고 다 싫어. 날 내보내주기만 해요.”

“안 돼, 이년아.”

정기욱은 등받이에 상체를 기대고는 탁자 위에 놓인 신문을 펼쳐 들었다. 실버클럽에서 만난 박주현에게 아파트를 얻어주고 그녀와 동거 생활을 시작한 것이 석 달째가 되어 가고 있었다. 정기욱으로서는 여자와 살림을 차린 것이 처음 있는 일이어서 이제 막 재미를 알아 가는 참이다.

그러나 박주현은 이제까지 네 번의 동거 생활을 해본 경험이 있었는데 그중에서 대리운전을 하는 김상민과 6개월 같이 산 것이 제일 길었다. 도무지 한 남자와 석 달이 넘어 가면 그 남자가 홍콩의 배우라도 싫증을 내는 성격이었다.

그런 데다 정기욱은 외출도 허락해 주지 않는다. 시장에 갈 때도 두 명의 부하가 따라와서 이제는 신경이 곤두설 정도였다. 박주현이 응접실로 들어와 그의 앞자리에 앉았다.

“왜 날 못 나가게 하는 거예요?”

단단히 마음을 먹은 듯 그녀의 표정은 긴장으로 굳어 있었다.

그녀를 향해 신문을 펼쳐 든 정기욱은 대답하지 않았다.

"내가 바람피울까 봐요? 딴 남자 만날까 봐?"

"흥, 지랄허고 있네."

"친구도 마음대로 못 만나고 집에도 한 번 가보지 못했어요. 내가 무슨 죄인이에요?"

"……."

"하루에도 몇 번씩 당신하고 섹스하는 것만으로 살 수 있다고 생각해요?"

"미친년, 저도 좋아하면서."

아랫입술을 깨문 박주현이 그를 쏘아보았다.

"도대체 뭐가 겁나서 이래요?"

"겁나? 내가?"

정기욱이 신문을 옆쪽으로 집어 던졌다.

"이년아, 다 너를 생각해서 하는 짓이야. 내가 얼마나 중요한 일을 하는지나 알아?"

그러자 박주현이 피식 웃었다.

"당신이 높은 사람이라는 건 알아요. 그런데 그게 나하고 무슨 상관이에요?"

"상관이 없다니?"

"나 당신 부인도 아니고 결혼을 약속한 사이도 아네요. 동거하기로 계약만 했을 뿐이지."

"……."

"당신은 나한테 같이 살자고 했을 때 이런 말은 안 했어요. 난 이제 싫어요. 떠날 테야."

"죽어서 송장이 되면 나가."

요즘 들어 한두 번 있었던 일이 아니었다. 박주현은 자주 짜증을 내었고 말끝마다 떠난다고 했는데 그럴수록 정기욱은 단호해졌다.

여태까지 그녀에 대한 감정이 확실하게 잡혀 있지 않았던 것이 자극을 받아 반사작용을 일으켰는지도 모른다.

눈을 부릅뜨고 그녀를 노려보던 정기욱이 입을 열었다.

"너 이놈의 기집애, 네가 자꾸 이렇게 나오면 아예 없애 버릴 거야. 알아들었어?"

"……."

"조금만 기다리면 집 밖으로 나갈 수 있게 된단 말이야, 이년아. 그때는 네 맘대로 쇼핑도 가고 놀러도 갈 수 있어."

"……."

"빌어먹을, 돈 달라는 것 이상으로 주었겠다, 한밑천 잡았을 텐데 조금만 기다리라는 것도 참지 못하고."

박주현이 머리를 들어 힐끗 정기욱을 바라보았으나 입을 열지는 않는다.

입맛을 다신 정기욱은 다시 신문을 집어 들었다.

* * *

마을의 중심을 통과하는 일 차선의 포장도로는 마을 끝의 공회당에서 끊겨 있었다. 가구 수 20여 호의 일천마을은 산골이었다. 뒤쪽에 낮기는 하지만 두 겹의 산맥이 마을을 감싸 안듯이 웅크리고 있어서 산 너머로 가려면 하루에 두 차례씩 오는 시외버스를 타고 읍내로 나가 산맥의 뒤쪽으로 돌아가는 것이 나았다. 공회당에서 포장되지 않은 샛길이 산맥 사이로 뻗어 있는 것이다.

바퀴 자국을 제외한 나머지 부분이 잡초에 덮여 있어서 얼핏 보면 두 줄기의 도랑 같은 샛길이었다. 샛길은 산속 깊숙이 들어가 끝이 보이지 않았다.

그러나 그 끝에 2층 양옥집이 세워져 있다는 것은 마을 사람 모두가 알고 있었다. 서울에서 큰 병원을 운영한다는 사람이 늙은 부친을 위해 양옥집을 지을 적에 마을의 남자들은 대부분 일당을 받고 일했던 것이다.

여든 가까이 된 병원장의 부친은 이곳을 아주 마음에 들어 했다. 마을의 노인들도 서울 노인 덕에 처음 구경하는 양주나 조미료 선물 세트를 받기도 했다. 그러나 3년쯤 후에 서울 노인이 세상을 떠나자 양옥집은 으스스한 빈집이 되었다. 마을에서 1킬로미터쯤의 거리였고 근처에는 밭도 없었으므로 아무도 찾지 않는 폐가가 되었는데 6개월쯤 지나자 이번에는 서울의 사업가가 집주인이 되어 찾아왔다. 그는 서너 명의 직원들과 같이 생활하고 있었다.

직원 두어 명이 거의 매일 승용차를 타고 밖으로 나갔다 왔기 때문에 두 줄기의 도랑이 파인 것이었다. 그러나 그들은 마을 사람들과 아는 체도 하지 않았다. 마을에서 하나밖에 없는 구멍가게에 들러 무엇을 살 적에도 돈만 내고 물건을 집을 뿐 입이 근질거리는 아줌마에게 말 한마디 던지지 않았던 것이다.

그래서 한때는 마을 사람들이 양옥집에 있는 사내들이 간첩일지 모른다는 공론을 한 적이 있었다. 그러나 4킬로미터쯤 떨어진 지서 순경이 양옥집을 다녀간 후로 그 공론은 자취를 감추었다.

순경은 가게에 들러 콜라를 마시면서 집주인은 높은 사람이라고 한마디만 하고 떠났는데 텔레비전을 밤늦게까지 보는 마을 사람들은 금방 알아차렸다.

그들은 한때 무서웠던 사람들이 지금은 힘을 잃었다는 것도 안다. 그러나 비록 힘을 잃은 그들이라도 마음만 먹으면 이런 마을쯤이야 단숨에 절단 난다는 것도 알고 있었다. 가게 주인 임 씨는 문지방에 걸터앉아 부채로 가슴에 바람을 활활 부쳐 넣으면서 공회당 쪽을 바라보았다.

30대 초반의 건장한 사내가 이쪽으로 다가오고 있었는데 군에서 나왔다는 산림청 직원이었다. 그들은 모두 세 명으로 어제부터 공회당을 숙소로 하고 일을 하는 중이었다.

다가오던 사내가 임 씨와 시선이 마주치자 빙긋 웃었다. 그들은 인사성이 밝아서 마을 사람들에게 인기가 있었다.

"아주머니, 라면 열 개만 주십시오."

"아이고, 예."

서둘러 일어난 임 씨는 라면 박스를 선반에서 내렸다. 그들은 이제 마을에서 제일 손이 큰 고객이었다.

"콜라도 시원한 것으로 세 병만 주시구요."

"병에 든 것밖에 없는데."

"괜찮습니다."

사내는 가게 앞의 평상에 앉아 담배를 피워 물었다. 땡볕이 내리쪼이는 오후 2시경이어서 마을은 텅 비어 있는 것처럼 고요했다. 마을 안쪽의 나무 위에서 매미가 느릿느릿 울었다.

"나머지 두 분은 산에 가셨수?"

비닐 봉투에 라면과 콜라를 넣으며 임 씨가 묻자 사내는 머리를 끄덕였다.

"네, 저쪽 용두산에 누가 벌목을 한다고 해서."

"용두산이면 아마 안평마을 사람들일 게요. 그 마을 사람들은 독해. 면사무소하고 맨날 싸운다우."

"그래요?"

그러나 사내는 흥미를 느끼지 않는 듯 주머니에서 돈을 꺼내어 물건 값을 치렀다.

"그 키 큰 양반 있지요? 눈이 크고……."

임 씨가 얼굴에 웃음을 띠고 묻자 돌아서려던 사내가 움직임을 멈추었다.

"네, 그런데요?"

"어제 통조림 사가면서 2천 원을 달아놓고 갔는데, 오늘 준다고."

"그래요? 내가 치르지요."

사내는 지갑에서 돈을 꺼내 임 씨에게 건네었다.

"에이구, 이 더운 날에 산에 가서 고생하시는구만."

미안한 듯한 임 씨의 말에 사내가 머리를 끄덕였다.

"할 수 없지요, 직업인데."

숲 속은 바람 한 점 불어오지 않아서 마치 쑥 사우나에 들어앉은 것 같았다.

지한영은 얼굴에 흐르는 땀을 셔츠 자락으로 닦고는 나뭇잎 사이로 보이는 양옥집에 시선을 주었다. 붉은 벽돌로 지은 직사각형의 2층 양옥은 아래위층 합해서 건평이 70평은 되어 보였다. 아래층의 대형 유리창이 반쯤 열려 있는 곳이 응접실이고 그 오른쪽이 침실일 것이다.

잡초가 무성한 앞마당의 나무 그늘에 승용차 두 대가 나란히 세워져 있었다. 승용차에 물을 뿌리던 사내가 허리를 펴고 손바닥으로 얼굴의 땀을 닦았다.

"이봐, 지 형. 집에 있는 것은 모두 네 놈이야. 정문 옆의 나무 그늘에 한 놈, 그리고 두 놈은 집 안에 있어."

옆쪽에서 잡초를 헤치며 이동화가 다가왔다. 검게 탄 그의 얼굴도 땀으로 범벅이 되어 있었다.

"역시 이 자리가 제일 낫구만."

이동화가 목에 걸고 있던 카메라를 들어 올리더니 차를 닦는 사내에게 초점을 맞추었다.

"차를 닦는 걸 보면, 어디 나갈 작정인가?"

지한영이 머리를 저었다.

"아냐, 어제도 차만 닦았지 나가지 않았어."

빽빽하게 들어찬 잡목과 풀숲으로 앉을 자리도 마땅하지 않은 데다 공기가 흐르지 않아서 숨을 들이쉴 때마다 독하고 비린 숲 냄새가 코로 들어왔다.

"네놈은 모두 찍었으니까 이무섭이만 한 방 찍으면 해방이야."

이동화가 이쪽저쪽으로 카메라의 렌즈를 조준하면서 중얼거렸다. 양옥집과의 거리는 40미터밖에 안 되었으나 이쪽은 풀숲에 가려 보이지 않을 것이다.

"제기, 우라질 놈, 더럽게 나타나지 않는구만. 방구석에 자빠져서 낮잠을 자고 있는 모양인데."

이쪽은 양옥집을 비스듬하게 바라볼 수 있는 각도여서 옆면과 정면, 그리고 부분이기는 하지만 뒷면까지 보였다. 보이지 않는 한쪽 옆면에는 2층 창 한 개만 있을 뿐 출입구가 없다.

이무섭으로 보이는 중년의 사내가 11시쯤 잠깐 마당으로 나와 옆모습을 보였다가 들어갔는데 이동화는 그 기회를 놓쳐 버린 것이다. 정문의 사내에게 무언가를 지시하고 돌아선 그 사내가 이무섭이라고 그들은 확신하고 있었다.

이곳에는 이무섭을 포함하여 모두 다섯 명의 사내가 있었다. 네 명의 사내는 정문 근처에서, 차를 닦는 모습을, 그리고 옥상에서 빨래를 너는 장면을 모두 찍어 놓았지만 가장 중요한 중년 사내를 찍지 못한 것이었다.

"어이구, 우라지게 덥구만."

얼굴의 땀을 닦으면서 이동화가 다시 투덜거렸다. 이무섭의 사진만 찍으면 일단은 마을로 돌아가 쉴 수가 있었다. 마을의 입구를 막아 놓고 있으면 이놈들은 움직일 수가 없는 것이다.

지한영은 손목시계를 내려다보았다. 오후 3시 반이 되어 있었다.

제4장

도마뱀의 꼬리

밤의 대통령

"야, 너, 이리 좀 와 봐라."

조웅남의 목소리가 찌렁찌렁 울렸다. 정원의 나무 그늘 밑에서 부하들과 이야기를 하고 있던 백동혁이 몸을 돌렸다.

"예, 형님."

정원을 가로질러 뛰어온 백동혁이 베란다 밑에 서서 그를 올려다보았다.

"일루 들어와."

조웅남이 응접실 쪽을 가리키며 몸을 돌려 안으로 들어갔다.

백동혁은 서둘러 현관으로 들어섰다.

조웅남이 이곳 바닷가의 별장에 온 것은 어젯밤이었다. 리즈호텔의 사장실에 앉아 있겠다고 고집을 피우던 그도 김원국의 전화를 받고는 마음을 돌린 것이다. 호텔 직원의 이야기를 들으면 조웅남이 방을 떠난 지 30분도 안 되어 영장을 가진 수사관들이 들이닥쳤다는 것이다.

백동혁은 소파에 앉아 있는 조웅남에게로 다가갔다.

"부르셨습니까?"

"응, 거그 앉어라."

턱으로 앞자리를 가리켜 보인 조웅남이 찬찬히 백동혁을 바라보았다. 상체를 반듯이 세우고 앉은 백동혁이 그의 시선을 받았다. 그가 갑자기 부른 이유는 알 수 없었으나 조웅남의 앞에 있으면 언제나 긴장이 된다. 언제 터질지 모르는 불발탄을 보는 느낌인 것이다.

"거시기, 내가 물어볼 것이 있는디."

조웅남이 말을 던지고는 주위를 둘러보았다.

"너, 나한티 속이는 것이 없어야 한다. 알겄냐?"

"예, 형님."

침을 삼킨 백동혁이 목에 힘을 주었다.

"저, 형님은 지금 주무시고 계신다는디, 2층에서. 어저끄 얼굴 보고 나서 오늘은 통 보덜 못 혔어."

힐끗 2층의 계단에 시선을 던진 조웅남이 말을 이었다.

"2층에 그, 기자 있잖냐? 여자 말이다. 그것이……."

"예, 형님."

어깨를 늘어뜨린 백동혁이 소리 죽여 숨을 내쉬었다.

"그것이 말여, 갸도 2층에서 자는 모양인디."

"그렇지요, 형님. 숙소가 2층에 있습니다."

조웅남이 입맛을 다셨다.

"너허고 나허고 사인디, 너도 인자 아들 거느리는 입장이고, 그리서……."

"예, 형님."

"근디 왜 하루 종일 둘이 안 내려온다냐? 저녁때가 다 되었는디."

"큰형님께서는 방에 계십니다. 제가 점심때쯤 지시도 받고 나왔습니다."

"그려?"

조웅남이 이맛살을 찌푸렸다.

"그러믄 나도 올라가 볼까나?"

"저, 큰형님은 곧 내려오실 겁니다."

"언지? 그러고 니가 어치코 알어?"

"네, 저……."

조심스럽게 손을 들어 이마의 땀을 훔친 백동혁이 자세를 고쳤다.

"저녁때쯤이면 내려오십니다."

"맨날 그러냐? 하루 종일 방구석에만 있고?"

"아닙니다, 형님. 요즘에……."

"그런디 그 여자, 기자 말여, 갸는 또 왜 안 보여? 같이 있는 거여?"

"아닙니다, 형님."

조웅남이 와락 얼굴을 찌푸렸다. 입술이 뒤틀려 올라갔고 두 눈썹이 곤두섰다.

"이 씨발 놈의 시키, 바른대로 말 안 혀? 그 지지배허고 어치코 된 거 아녀?"

"그, 그럴 리가 없습니다, 형님."

이제는 백동혁도 눈을 치켜떴다.

"큰형님을 어떻게 보시고 그러십니까? 형님, 그건 말도 안 되는 말씀입니다."

"내 말이 말도 안 되야?"

그러면서 조웅남의 시선이 다시 계단을 스치고 지났다.

"그렁게로 내가 나하고 너허고만 허는 얘기라고 혔잖여?"

"……."

"물론 형님이 그러실 분이 아녀. 나도 알어. 그런디 내가 여그와 있는디 말도 안 허고, 내려오덜 않는단 말여."

"……."

"그 여자도 그렇고. 그렁게로 내가 너한티만 물어보능 거여."

머리를 돌린 조웅남이 입맛을 다셨다. 백동혁이 굳게 입을 다물고 있었으므로 방 안에는 한동안 정적이 흘렀다. 정원에서 자동차의 엔진 소리가 들려왔다. 정문 열리는 소리가 들리지 않는 걸 보면 엔진을 점검하는 모양이었다.

"그런디 함마는 뭣 허러 섬에 갔다냐? 칠성이랑 만철이랑 다 있는디."

조웅남의 목소리가 정적을 깼다.

"형수씨 모셔 올라고 갔냐?"

"저는 잘 모릅니다, 형님."

이마의 땀을 씻은 백동혁이 머리를 들었다.

"정말입니다, 형님."

"너는 시키야, 아는 것이 뭐여?"

"……."

"형님이 이런 일로 기가 죽을 사람이 아녀. 내가 알어. 그런디 어저끄 밤에도 이상허더란 말여, 눈치가. 말도 없고, 그냥 내 얼굴만 치다보고."

"……."

"씨발, 업체들은 도로 뺏어 오믄 되는 거여. 싹 뒤집어 버리믄 되는 거란 말여."

"……."

"너는 씨발 놈아, 왜 말도 안 허냐?"

"네, 형님."

무릎 위에 올려놓은 두 주먹을 움켜쥔 백동혁이 상체를 빳빳이 세운 채 시선을 늘어뜨렸다.

"저는 잘 모릅니다, 형님."

"허허, 정말로 답답허고만."

조웅남이 입을 벌리고 천장을 바라보다가 머리를 내렸다.

"그러믄 이것 하나만 더 물어보자. 저 지지배, 기자 말여, 갸는 여그서 뭐 하냐?"

"네, 형님. 언론을 상대로 하는 일을 하고, 여러 가지로 큰형님께 도움을 주고 계십니다."

"어치코?"

"네, 그건 잘……. 하지만 지난번에 놈들한테 당하려는 찰나에 저희들이 빼내 왔기 때문에 위험합니다. 그래서……."

"흥."

조웅남이 손바닥으로 턱을 쓸었다.

"갈 디가 여그밖에 없다데?"

"아닙니다. 큰형님께서 이곳에 묵으라고 하셨습니다."

"나아, 참."

조웅남이 다시 계단을 흘겨보았다.

"내가 말혀줘야겄고만. 딴 디다가 하숙방이나 하나 얻어주라고. 이게 무신 꼴이여? 형수가 알믄 뭐라고 허겄어?"

"……."

"남녀칠세부동석이여. 가운뎃다리는 아무도 장담 못 허는 거여. 그놈은 제멋대로 움직인단 말여. 알겄냐?"

백동혁이 헛기침을 하였으나 입을 열지는 않았다. 입맛을 다신 조웅남이 의자에 등을 기대었다.

"가봐라."

"예, 형님."

백동혁이 응접실을 나가고 한참이 지나도록 조웅남의 찌푸린 얼굴은 펴지지 않았다.

"아저씨, 나, 떡볶이 먹고 싶어요."

몸을 돌린 박주현이 커다랗게 소리치자 옆을 지나던 사람들이 일제히 그녀를 바라보았다. 사내들이 주춤 걸음을 멈추더니 서로의 얼굴을 돌아보았다.

"아저씨들도 잡수실래요?"

"아니, 우린……."

키 큰 사내가 찌푸린 얼굴로 말했다.

"우린 여기 있을 테니까 들어갔다 와요."

"10분이면 돼요. 천 원어치만 먹고 나올 테니까."

시장 안이어서 오가는 사람들로 한곳에 서 있을 수도 없었으므로 사내들은 떡볶이 가게의 바깥쪽에 바짝 붙어 섰다.

두 평도 되지 않는 가게 안에 들어와 사람들 틈에 끼어 앉는 것보다는 낫다고 생각한 모양이었다. 가게 안은 소음으로 가득 차 있었다. 주로 여자들의 떠드는 소리였는데 옆 사람의 목소리보다 이쪽의 소리가 커야 대화가 소통이 되기 때문인지도 몰랐다.

"아줌마, 여기 떡볶이 천 원어치만요!"

바빠서 정신을 못 차리는 주인에게 소리친 박주현은 나무판자에 받침만 댄 의자에 앉은 사람들 사이로 몸을 비벼 넣고 앉았다. 옆쪽에 앉은 사내가 엉덩이를 움직여 자리를 조금 넓혀 주었다. 떡볶이와 순대를 섞어 먹고 있는 20대 후반의 사내였다.

"오늘 밤 12시야. 정각에 문을 열어 놔."

순대를 젓가락으로 집으면서 그가 말했다. 박주현은 앞쪽을 바라본 채 엽차 잔을 들어 한 모금 마셨다. 앞에 앉은 20대 여자 두 명이 깔깔대며 웃었다. 남자 이야기를 하고 있는 것을 말 끝부분으로 알 수 있었다.

"집에 세 명이 있어, 문간방에. 그 사람들은 안 자."

가게 안을 둘러보는 시늉을 하던 박주현이 엽차 잔으로 시선을 떨구면서 말하자 사내가 우물거리면서 순대를 삼켰다.

"상관없대, 몇 명이 있든. 12시 정각에 문만 열어. 그러면 돼."

"……."

"우릴 책임진다는 거야. 그리고 난 천만 원을 받았어. 잔금 2천은 오늘 밤에 준대."

아줌마가 다가와 떡볶이를 내려놓고 돌아갔다.

"집 안에 돈이 있어. 나한테 집 안에 있는 돈의 반을 주라고 해."

박주현이 떡볶이를 집으면서 말하고는 힐끗 문 쪽을 바라보았다.

"집 안에 있는 돈?"

의외라는 듯이 김상민이 머리를 들고 처음으로 박주현의 얼굴에 시선을 주었다가 떼었다.

"그래, 3천은 상민 씨가 다 가져. 하지만 사람들이 집 안에 들어올 것 아냐? 그 사람들한테 금고 있는 데를 알려주면 그 속에 있는 돈의 반을 나한테 줘야 돼."

박주현의 얼굴이 긴장으로 팽팽하게 굳어 있었다.

"그렇게 하지 않으면 안 해."

"좋아, 그렇게 전하지."

"어차피 돈이 목적이 아니지 않아?"

"네가 그걸 어떻게 알아?"

김상민이 젓가락에 순대를 낀 채 물었다.

"나도 그쯤은 알아. 요즘 세상 돌아가는 걸 쪼끔은 안단 말이야."

"……."

"할 거야, 안 할 거야?"

다그치듯 박주현이 묻자 앞에 앉은 여자들이 말을 멈추고 그녀를 바라보았다.

"전한다니까 그래."

김상민이 이맛살을 찌푸리며 말했다.

"어차피 그러면 나도 수지맞은 거야. 돈이 다 내 몫이니까."

"그렇게 하겠다면 8시 정각에 전화를 해. 누가 받으면 끊고, 벨만 울리란 말야. 그러면 승낙한 줄 알 테니까."

다시 떠들기 시작한 여자들에게서 시선을 뗀 박주현이 말했다.

"어차피 이 생활, 오늘로 끝이니까."

김상민이 굳어진 얼굴로 말하자 그녀의 얼굴에 웃음이 떠올랐다.

"상민 씨는 여전히 순진해. 우린 도망칠 필요도 없어."

"……."

"난 오늘 밤 들어올 사람이 누군지 알아. 상민 씨를 처음 만났을 때부터 짐작하고 있었어."

"그게 누군데?"

"상민 씨는 몰라?"

"글쎄, 나는 잘……."

"나를 밤마다 못살게 구는 자식이 해를 끼친 조직이겠지, 그렇지?"

"……."

"그 사람들이 상민 씨를 보낸 거지? 어떻게든 나를 만나 포섭하라구 말야."

"……."

"마침 잘되었어. 난 그 돈의 반만 가지면 돼."

"도대체 얼마나 있는데?"

박주현이 힐끗 문 쪽으로 시선을 주었다.

"몰라, 나두. 하여튼."

"3천은 정말 내가……."

"그래, 상민 씨 다 가져. 그리고 우리는 헤어지는 거야. 도망치려면 상민 씨나 도망쳐. 난 안 가. 8시에 전화나 해."

"알았어."

머리를 끄덕인 김상민이 젓가락을 쥐었다.

"주현이 너, 많이 달라졌구나."

"흥."

머리를 돌린 박주현이 떡볶이를 하나 입에 넣고는 입맛을 다시며 씹었다.

김상민이 자리에서 일어나 가게를 나갔으나 그녀는 눈길도 돌리지 않았다.

계단을 내려오던 김원국이 조웅남을 바라보았다. 응접실의 소파에 깊숙이 앉아 있던 조웅남이 부스럭대며 엉덩이를 들었다. 이맛살을 잔뜩 찌푸리며 눈을 여러 번 깜박이고 있었다.

"저녁 식사는 했니?"

응접실로 들어서며 김원국이 묻자 조웅남이 입맛을 다셨다.

"지금이 몇 신디 밥을 안 먹어요?"

김원국이 힐끗 그를 바라보고는 자리에 앉았다.

"넌 집에 전화도 하지 않았더구나."

"전화는 무신."

"이곳에서 아래쪽으로 3킬로미터쯤 가면 꽤 아담한 별장이 있어. 외진 곳이라 사람들 눈에 띄지도 않고."

조웅남이 이맛살을 찌푸린 얼굴로 그를 바라보았다. 갑자기 무슨 엉뚱한 소리냐는 듯한 표정이었다.

"한 시간쯤 후에 제수씨하고 대호가 도착할 게다."

조웅남이 턱을 추켜들면서 입을 반쯤 벌렸다. 김원국이 말을 이었다.

"아무래도 짐을 옮기는 게 나을 것 같아서 내가 시켰다. 만철이네도 같이 올 것이고."

"형님, 뭐 허러……."

"시끄럽다."

눈을 치켜뜬 김원국이 목소리에 힘을 주었다.

"잔소리 말아라. 내가 알아서 했으니까."

"……."

"내일쯤 한번 찾아가 봐라. 제수씨도 궁금해할 테니까."

"그러믄 형수씨도 이곳에 오시는 거요? 그리서 함마가 갔어요?"

번쩍 눈을 치켜뜬 김원국이 눈을 한 번 깜박이며 시선을 내렸다.

"그런디 저그, 기자라는 여자 말이오, 나는 아침부터 못 보았는디."

"그 여자는 왜?"

"하루 종일 2층에서 뭐 허는가 혀서."

"그러니까 무슨 일이냐니까?"

"그냥 궁금허서요."

그러고는 조웅남이 김원국을 찬찬히 바라보았다.

"글쎄, 그건 나도 모르겠다."

"내가 전에도 봤는디, 색기가 있습디다."

"……."

"나헌티도 꼬랑지를 치던디, 아마 만철이헌티는 더 그랬을 거요."

김원국이 머리를 돌려 창밖을 바라보았다.

"2층에 방이 네 개람서요?"

"……."

"그렇지, 여자들이 심심헐 텡게 그 기자를 그쪽으로 보내는 것이 낫겄고만."

김원국이 조그맣게 머리를 끄덕이자 조웅남이 어깨에서 힘을 빼었다.

"남자들만 있는 디 여자가 끼어 있으믄 아주 안 좋아요. 안 그럽니까, 형님?"

"쓸데없는 소리."

"인자부터는 내가 여그 살림을 헐 작정인디, 안살림을 말요. 형님이 쬐깬한 것까지 신경 쓰믄 체통이 안 승게로."

"……."

"내가 다 알어서 헐 텡게 맡겨 놓으쇼."

"네놈은 단순해서 좋다. 남자 여자가 같이 있다고 하면 하나밖에 생각 안 나는 모양이야."

어두운 창밖으로 시선을 준 채 김원국이 말하자 조웅남이 커다랗게 머리를 끄덕였다.

"그러믄 딴 거 헐 짓이라도 있능가요?"

"미친놈."

머리를 돌린 김원국이 그를 향해 고쳐 앉았다. 벽시계가 저녁 8시를 가리키고 있었다.

"너, 옷 입고 준비해라. 갈 데가 있다."

김원국이 말하자 조웅남이 눈을 치켜떴다.

"어딘디요?"

"이무섭을 잡아야겠어."

"그, 이철우라는 놈의 배후라는 놈……."

"그래."

조웅남이 큰 몸을 튕기듯 일으켜 세웠다.

"가야지. 그런디 어디로 가요?"

"이천, 장우길이가 널 따라갈 게다. 걔가 위치도 알고 있어."

"장우길이가 누군디요?"

"구찌클럽에서 일하던 애다."

"그러믄 박기섭의 똘마니겄는디."

"이번에 저쪽 놈들을 치고 도망쳐 온 애야. 쓸 만한 놈이다."

"아아, 그놈이고만."

자신이 장우길 때문에 수배자가 된 것은 아랑곳하지 않고 조웅남이 벙긋 웃었다.

응접실을 나서던 조웅남이 우뚝 발을 멈추고 2층의 계단을 올려다보았다. 이재영이 계단을 내려오고 있는 중이었다. 시선이 마주치자 그녀가 가볍게 머리를 숙여 보였다.

"어어, 우리 기자 양반, 오랜만인디. 오랜만이여."

커다란 목소리로 조웅남이 말하자 그녀가 놀란 듯 눈을 크게 뜨고 걸음을 멈추었다. 어젯밤에도 조웅남을 만났기 때문이다.

조웅남은 몸을 돌려 안쪽으로 들어섰고 이재영이 눈을 깜박이며 김원국에게로 시선을 돌렸다. 무엇인가 색다른 분위기를 눈치챈 듯 긴장한 표정이었다. 그러나 김원국은 잠자코 옆얼굴을 보인 채 움직이지 않았다.

시계를 내려다본 백동혁은 승용차의 문을 열고 밖으로 나왔다.

여름밤의 눅눅한 대기가 피부에 닿자 온몸이 금방 끈적거리기 시작했다. 하늘에는 한 점의 별도 보이지 않는 것이 비가 올 것 같은 날씨였다. 그가 밖으로 나오자 주차장의 담가에 서 있던 이강일이 다가왔다.

"형님, 10분 전에 불이 켜졌어요."

"알고 있어."

그들의 시선이 동시에 908호실 쪽으로 향해졌다가 돌려졌다.

백동혁은 가벼운 셔츠 차림이었는데 발에는 운동화를 신었다. 이강일은 비슷한 차림에 커다란 골프 가방을 메고 있어서 골프장에서 돌아오는 모습이었다.

아파트 안은 11시가 넘어서부터 인적이 드물어지더니 지금은 한두 대씩 늦은 귀가 차량이 들어서고 있을 뿐이다. 백동혁은 다시 시계를 내려다보았다. 시계침은 10분 전 12시를 가리키고 있었다.

"가자."

백동혁이 앞장을 서자 골프 가방을 덜렁거리면서 이강일이 뒤를 따랐다. 그들은 주차장을 나와 9동의 8호와 9호실의 현관을 향해 거침없이 다가갔다. 현관의 계단에 앉아 있던 사내가 머리를 들었다. 그와의 거리는 30미터 정도였는데, 현관 위에 켜진 방범등의 불빛에 크게 치켜뜬 그의 두 눈이 보였다. 백동혁은 사내의 시선을 붙잡아 두려는 듯 그를 바라보며 다가갔다.

사내가 엉거주춤 엉덩이를 들었을 때는 백동혁과의 거리가 20미터도 넘게 떨어져 있었다. 그러자 사내의 뒤쪽으로 아파트의 벽에 붙듯이 소리 없이 다가오는 사내들의 모습이 드러났다. 백동혁이 흰 이를 보이며 소리 없이 웃자 놀란 사내가 몸을 돌렸고 그 순간 눈앞의 사내들을 보았다.

'퍽!' 하고 둔탁한 충격음이 들렸고 머리를 야구방망이로 얻어맞은 사내가 계단 위로 굴러떨어졌다.

백동혁과 이강일은 거침없이 현관으로 다가갔고, 그들을 앞질러 두 명의 사내가 현관의 경비실로 뛰쳐 들어가고 있었다. 경비실에서 나이 든 경비와 나란히 앉아 텔레비전을 보고 있던 사내가 튕기듯이 일어섰다.

그가 미처 손을 뻗어 무엇인가를 잡기도 전에 '팍, 팍!' 하고 짧고 강한 발사음이 들렸다. 입을 쩍 벌린 사내가 어깨를 움켜쥐고 경비실 안쪽의 벽에 등을 부딪치자 문을 박차고 들어선 사내 한 명이 공기총의 개머리로 그의 머리를 쳤다.

경비가 혼비백산한 표정으로 두 손을 번쩍 추켜들었고 백동혁과 이강일은 잠자코 경비실을 지나 엘리베이터로 다가갔다. 뒤쪽에서 수선거리는 소리가 들려왔다. 부하 두 명이 그들의 뒤에 다가와 섰고 서너 명의 부하들은 분주하게 뒤처리를 하고 있었다.

백동혁은 시계를 내려다보았다. 5분 전 12시다.

엘리베이터는 5층에서 내려오고 있는 중이다. 몸을 돌린 백동혁이 손을 내밀자 이강일이 골프 가방을 어깨에서 내려 그에게 내밀었다. 백동혁은 가방 안에서 검게 빛나는 목검을 빼어 들었다.

이강일은 장식이 화려한 육연발 공기총을 꺼내 들었고 두 명의 부하들은 이미 공기총을 쥐고 있었다.

엘리베이터가 멈추더니 곧 문이 열렸다.

정기욱은 마치 싸우는 사람처럼 몸을 부딪치고 있었다. 그의 뱃가죽이 부딪쳐 올 때마다 땀이 밴 피부가 철벅이는 소리를 내었고 박주현은 무의식중에 그의 어깨를 움켜쥐었다. 그의 상반신에서 땀방울이 떨어져 내릴 때마다 온몸에 선뜻한 느낌이 왔다. 정기욱은 증기기관차가 언덕을 달려 올라갈 때처럼 거칠게 숨을 뱉어내고 있었다. 이제 곧 절정이 올 것이다.

박주현은 머리를 돌려 침대 옆의 탁자 위에 놓인 탁상시계를 바라보았다. 2분 전 12시다.

"잠깐만요."

엉덩이를 비틀자 그의 연장이 손쉽게 집을 빠져나갔다.

"이, 이년이."

언덕을 오르다가 갑자기 엔진이 멈춘 기차의 기관사 꼴이 된 정기욱이 숨을 몰아쉬었다.

"야, 이 개년아."

박주현은 몸을 반 바퀴 굴려 침대 밑으로 내려섰다.

"조금만 쉬었다 해요. 오늘은 조금 더 길게 해줘요, 응?"

이런 말은 처음이었으므로 정기욱이 허덕이며 다음 욕설을 잇지 않았다.

"야, 어디 가?"

방문 쪽으로 다가가는 그녀에게 정기욱이 소리쳤다.

"물 마시려요."

문을 열고 밖으로 나오는 박주현은 알몸이었다. 응접실의 불은 꺼져 있었으나 소파의 구석에 앉아 있던 사내가 엉거주춤 엉덩이를 들었다. 그의 바지 가운데 부분이 무언가를 집어넣은 것처럼 되어 있는 것이 어둠에 익숙한 그녀의 눈에 똑똑히 보였다. 사내는 방 안의 정사 소리를 듣고 있었을 것이다.

사내가 등을 보이며 현관 옆의 방문을 열고 들어갔다. 주방 쪽으로 다가가던 박주현은 발길을 돌렸다.

현관의 자물쇠는 세 겹이었다. 찰칵이며 맨 아래쪽의 문고리가 돌려지고, 두 번째 고리가 돌려졌다. 쇳소리가 집 안에 커다랗게 울렸다. 세 번째 쇠사슬에 손을 대었을 때 문간방의 문이 열리고 사내가 이쪽을 바라보았다. 그러나 차마 선뜻 다가오지를 못한다.

"이것 봐요, 왜……."

끝쪽으로 밀었다가 쇠사슬을 잡아채었는데 두 번째에야 쇠사슬이 떨어져 나왔다. 문간방에서 사내들이 나오고 있었다. 두 명이다.

박주현은 뒤로 손을 뻗어 문의 손잡이를 잡아 뒤쪽으로 밀었다. 문이 열리는 기척이 났다.

"어, 이거……."

사내들이 눈을 치켜뜨고 이쪽으로 다가왔고 바깥에서 서늘한 바람과 함께 사내들이 뛰쳐 들어왔다.

사내들에게 밀려 비틀거리며 옆쪽으로 물러난 박주현은 '빡, 빡!' 하면서 바가지가 깨지는 것 같은 소리만 들었으나 정신을 차린 순간 활개를 펴며 자빠지는 두 명의 사내가 눈에 들어왔다.

침입한 사내들은 거칠지만 절도 있게 움직였고 소리도 내지 않았다. 한 명은 집 안의 전등 스위치를 찾아 불을 켰고 다른 한 명은 문간방으로 뛰쳐 들어갔다. 두 명의 사내는 이제 막 침실의 문을 여는 참이었다.

정기욱은 연장을 식히지 않으려고 움켜쥐고 있었는데 어렴풋이 철컹이는 쇳소리를 들은 듯했다. 그러나 부하들이 가끔씩 오가곤 했으므로 금방 잊었다.

박주현이 길게 끌어 달라고 한 것은 처음 있는 일이어선지 연장은 기대를 저버리지 않고 있었다. 이내 무엇인가 부딪치고 넘어지는 소리가 들렸다. 정기욱은 상체를 일으켜 세웠다. 그러나 아직 한 손은 연장을 감싸 쥐고 있었다.

곧 문이 벌컥 열리면서 응접실 쪽의 환한 불빛이 안으로 쏟아져 들어왔다. 문을 가로막고 선 사내의 그림자가 보였으므로 정기욱은 벌떡 침대에서 내려와 몸을 일으켜 세웠다.

"그대로 있어, 이 새끼야. 죽여서 끌고 가기 전에."

사내의 목소리는 굵지도 높지도 않았는데 그것이 정기욱의 피부에 금방 소름이 돋게 만들었다.

"넌, 넌 누구냐?"

배에 힘을 준 정기욱이 물었다. 그러나 몸을 움직이지는 않았다.

"난 개백정이다."

"개백정."

정기욱이 숨을 들이마셨다. 나름대로 철저하게 경비를 했었고 집 안에는 파출소와 연결된 비상벨도 있었다.

"그 자리에 꿇어앉아."

개백정의 목검이 뻗어 나와 정기욱의 상반신을 가리키고 있었다. 그의 뒤쪽으로 사내의 모습이 보이더니 곧 방 안의 불이 켜졌다.

"꿇어앉으라고 했다."

백동혁이 낮으나 조금 빠른 말투로 다시 말하자 정기욱은 한 걸음 물러섰다. 그러자 갑자기 아래쪽으로 선뜻한 느낌이 왔다. 백동혁의 목검 끝이 자신의 연장 위에 올려져 있는 것이다. 연장은 분위기에 얼른 적응을 하지 못하고 아직 건들거리고 있는 중이었다.

"이걸 잘라주랴?"

다리가 침대 모서리에 걸려 정기욱은 침대에 엉덩방아를 찧고 주저앉았다.

"방바닥에 꿇어앉아."

동시에 어깨에 격심한 충격이 왔다. 이를 악물고 어깨를 움켜쥔 정기욱이 눈을 치켜떴다.

"어서!"

다시 다른 쪽 어깨뼈가 부서지는 듯한 통증이 왔으므로 정기욱은 두 팔을 늘어뜨렸다. 이제 두 팔은 덜렁거리기만 할 뿐 들어 올릴 수도 없다.

"날 죽여라."

정기욱이 백동혁을 쏘아보았다.

"이 개백정 놈, 날 어서 죽여."

"그렇게 쉽게는 안 돼."

목검 끝으로 정기욱의 연장 끝을 가볍게 건드리면서 백동혁이 웃었다. 그러자 사내 한 명이 방 안으로 들어섰다.

"형님, 준비되었습니다."

"이놈을 걷게 할 수는 없겠다."

백동혁의 목검이 위쪽으로 들려지는 것을 눈으로 좇던 정기욱의 시선이 위쪽으로 향해졌을 때 그는 옆머리에 극심한 충격을 받고는 침대 위로 넘어졌다.

"이놈, 옷을 입혀라. 싣고 가자."

이강일과 부하 한 명이 정기욱에게 달려들었다.

그때 박주현이 문 앞에 모습을 드러내었다. 급하게 입은 모양인지 원피스의 단추가 채워지지 않은 채였다.

"저어."

그녀의 시선이 백동혁을 잡고 떨어지지 않았다.

"저어, 드릴 말씀이……."

박주현은 온몸을 흐느적거리며 시체처럼 뒹굴고 있는 정기욱에게는 시선을 돌리지 않았다. 부하들은 그에게 바지를 입히고 있는 중이었다.

"뭡니까?"

백동혁이 그녀의 아래위를 훑어보았다. 알몸에 원피스만 걸쳐 입은 것이 틀림없는 듯 젖가슴의 생생한 모양이 옷감 위로 돌출되어 있었다.

"약속하신 것, 제가 말씀드렸는데."

"돈 말이오?"

"네에."

"집 안에 돈이 있다구?"

"네에."

"어디에?"

"반은 주시는 거죠?"

백동혁의 퍼뜩이는 시선이 그녀를 스치고 지났다. 박주현은 그의 머리가 조그맣게 끄덕이는 것을 본 순간 침대 쪽으로 몸을 돌렸다. 침대 옆의 탁자 앞에 쪼그리고 앉은 그녀는 서랍을 열고 꽤 커다란 가죽 가방을 움켜쥐었다.

이제 상의를 입히던 정기욱의 팔 하나가 떨어지면서 그녀의 앞쪽을 가로막았다. 박주현은 팔을 집어 침대 안쪽으로 던져 놓고는 겨우 가방을 끄집어내었다.

"2억이 조금 넘을 거예요."

이마 위로 흘러내린 머리칼을 넘기면서 박주현이 백동혁을 올려다보았다.

"3억이 있었는데, 며칠 동안 지출이 있었거든요."

박주현이 재빠른 손놀림으로 가방의 지퍼를 열고는 막 안에 든 내용물을 방바닥으로 쏟으려는 순간 백동혁의 목검이 가방

위에 닿았다.

"아가씨, 잠깐만."

방바닥에 한쪽 무릎을 세운 자세로 앉은 박주현이 눈을 치켜떴다.

"돈 쏟을 필요 없어."

"……."

"그 돈 모두 가져. 우린 필요 없어."

박주현이 소리 내어 침을 삼켰다.

"하지만 우리하고 같이 가. 왜냐하면 당신을 보호하기 위해서야. 그리고 이야기를 들을 것도 있고."

"……."

"저놈이 없어진 줄 알면 사람들이 당신을 찾게 돼. 그리고 며칠 못 가서 당신은 놈들에게 잡혀. 내 말 알아듣겠어?"

"……."

"잡히면 우리 이야기를 하게 돼. 견뎌내질 못한단 말이야. 우리한테 제일 쉬운 방법은 이곳에서 당신을 죽이고 가는 것인데, 이렇게 말하는 것 이해할 수 있지? 우린 약속을 지키는 사람이야."

"알겠어요."

가방의 지퍼를 잠그면서 박주현이 머리를 끄덕였다.

"이 돈을 다 준다면 어딜 가도 상관없어요, 죽지만 않는다면."

"형님은 될 수 있으면 죽이지 말라고 했지만 상관없다. 이무섭인가 지랄인가 허는 놈만 잡고 나머지는 싹 쥑여라."

조웅남이 소리치듯 말하자 앞자리에 앉아 있던 장우길이 어깨를 움츠렸다.

"이것이 육연발이냐? 긍게로 여섯 방을 쏠 수가 있단 말이여?"

조웅남이 손에 쥔 공기총을 바라보며 묻자 장우길이 몸을 돌렸다.

"예, 형님. 아까 말씀드린 대로 그쪽 안전장치만 푸시면 됩니다."

"여섯 방이믄 너무 적은디, 한 백 방쯤 연방으로 쏴야 허는디."

"……."

"그러고 소리도 너무 작어. 어디서 사냥총이라도 사야겄다, 앞으로는."

혼잣소리 같았으므로 장우길이 슬그머니 몸을 돌려 앞쪽을 바라보았다.

승용차는 속력을 내어 국도로 달려가고 있었다. 12시가 넘어 있어서 국도를 오가는 차량은 드물었고 가끔씩 트럭이 지나칠 뿐이었다. 검은 장막을 친 것처럼 짙은 어둠에 덮인 국도를 세 대의 승용차는 속력을 내어 달려가고 있었다.

"인자는 힘만 가지고는 안되는 세상이여. 성냥개비 같은 놈도 총만 가지믄 대장이 된단 말이다."

한 손으로 총신을 움켜쥔 조웅남의 말소리가 차 안을 울렸다.

"생각혀 봐라. 내가 총 맞고 넘어징게로 을매나 챙피혔겄냐?

사람들이 을매나 웃었겄냐?"

"……."

"실바스타 스탈롱 그놈은 활에다 폭탄을 달고 쏘든디. 차라리 그것이 이 새총보다 나슨디."

"……."

"칠성이허고 함마 갸들이 총 사는 디를 잘 알어. 갸들 오믄 큰 놈으로 몇 개 사라고 혀야겄다."

승용차가 속도를 줄이더니 곧 국도에서 벗어나 오른쪽의 일직선 도로로 들어섰다. 전조등이 비탈진 밭과 자갈투성이의 불모지를 비추고 있었다.

일 차선 샛길이었지만 포장이 되어 있어서 차들은 다시 속력을 내었다. 불빛 한 점 보이지 않는 짙은 어둠 속이었고 들리는 것은 차량의 엔진 소리뿐이었다. 조웅남은 입을 다물고 앞쪽을 바라보았다. 이제 가슴이 조금 진정이 된 것이다.

차량들이 마을 안쪽의 공회당에 도착한 것은 그로부터 40분쯤 지난 후였다. 마을 입구에서부터 속력을 줄이고 조심스럽게 진입하였는데, 두어 마리의 개가 짖어 대서 두어 집의 불이 켜졌으나 문밖으로 나오는 사람은 없었다. 조웅남이 차에서 내리자 사내 한 명이 다가왔다.

"어서 오십시오."

큰 키에 말끔한 용모를 가진 사내였는데 긴장한 듯 얼굴이 굳어 있었다.

"저희 직원 두 명은 집 근처에 있습니다. 아직 별다른 이상은 없습니다."

"다섯 놈이라고 혔등가요?"

"네."

조웅남이 머리를 끄덕였다.

"그러믄 갑시다."

사내들이 안기부 요원이라는 것만 알 뿐 다른 것은 모른다. 조웅남과 장우길은 사내의 뒤를 따랐고 그들의 뒤를 여덟 명의 사내들이 따랐다.

"뒤쪽에 산이 있어서 나가는 길은 이쪽뿐입니다. 산 두 개를 넘어야 건너편 국도가 나오지요. 그리고 아직 저희들을 눈치채지 못했습니다."

밤길을 걸으며 사내가 조웅남에게 말했다.

"하지만 산 쪽에도 몇 명은 배치시켜 둬야 할 것 같습니다. 만일의 경우를 생각해서요."

조웅남이 어둠 속에서 눈동자를 굴려 사내를 바라보았다.

"이무섭이만 빼놓고 싹 쥑일 작정잉게 그리 아시오."

"저는 안내만 해드릴 뿐입니다."

"알겄습니다."

잡초에 덮인 샛길은 어둠에 묻혀 잘 보이지 않았으므로 그들은 더듬거리면서 앞으로 나아갔다. 산줄기의 끝부분이 그들을 향해 좁혀지듯 다가왔고 골짜기 안에 들어섰을 때는 새벽 1시 반이 넘어 있었다. 산새 한 마리가 퍼덕거리며 옆쪽의 풀숲으로 날아올랐다. 앞장을 선 지한영은 주머니에 넣었던 휴대폰을 꺼내 스위치를 올렸다.

"저기, 불빛이 보입니다."

장우길이 손을 들어 앞쪽을 가리켰다. 숲 사이로 반짝이는 불빛이 보였는데 별빛도 없는 밤이어서 어른거리는 붉은빛은 선뜻한 느낌을 주었다.

입맛을 다시는 소리가 들리더니 지한영이 휴대폰의 스위치를 내렸다.

"골짜기여서 교신이 잘 안 됩니다. 하지만 상관없습니다. 동료들이 잠복해 있는 곳을 아니까요."

30분 전에도 통화를 했으므로 그쪽도 기다리고 있을 터였다. 그들은 소리 죽여 불빛을 향해 다가갔다. 거리는 이제 100미터쯤으로 좁혀졌고 양옥집 안의 불빛으로 인해 건물의 윤곽이 뚜렷하게 보였다. 50미터쯤으로 거리가 좁혀졌을 때 조웅남은 손을 들어 전진을 멈추었다.

"여그서 흩어진다."

얼굴의 땀을 손등으로 닦으며 조웅남이 소리 죽여 말했다.

"두 명씩 짝을 지어서 사방을 맡어라."

장우길이 손가락으로 제각기 짝을 지어주고 맡을 구역을 재빨리 정해 주었다.

"바깥으로 나오는 놈은 쏴 죽여라. 알겄냐?"

부하들이 일제히 머리를 끄덕였다. 그들은 모두 육연발 공기총을 쥐고 있었는데 20미터쯤에서라면 사람도 죽일 수 있는 것이었다.

김원국의 지시를 받은 조웅남은 장우길을 시켜 부하들 모두에게 공기총을 나누어주었는데 그것은 전에 김칠성이 사 모아둔 것이다. 김원국이 잔소리를 한다면 끝까지 대들리라고 마음을 먹었던 조웅남은 그가 지시만 하고는 얼굴을 보이지도 않자 가슴을 쓸었다.

조웅남은 이강일과 지한영을 이끌고 정문으로 다가갔다. 그들의 옆쪽에서 정문 쪽을 맡은 두 명의 부하들이 조심스럽게 발을 옮기고 있었다. 이제 저택과의 거리는 30미터가 되었다.

"어이, 이 형, 강 형."

목을 늘어뜨린 지한영이 소리 죽여 숲을 향해 말했다.

"우리 왔어. 어이, 이리 나와."

숲 속은 나뭇잎 하나 흔들리지 않고 고요했다. 장우길이 머리를 돌려 조웅남을 바라보았다.

"가봐라."

조웅남이 턱으로 숲을 가리키자 앞에총을 한 장우길이 숲 쪽으로 발을 떼었고 지한영도 권총을 빼어 들고 앞장을 섰다.

조웅남은 풀숲에 쪼그리고 앉아 저택을 바라보았다. 새벽 2시가 다 되었지만 2층과 아래층의 불이 켜져 있었다. 전등은 들어오지 않을 것이므로 가스등이나 촛불일 것이다.

"아앗!"

숲 속에서 억눌린 듯한 목소리가 들려왔다. 조웅남은 튕기듯이 일어나 반사적으로 숲 쪽으로 두어 걸음 뛰었다. 날렵한 몸놀림이어서 땅을 딛는 소리도 거의 들리지 않았는데 무의식중에 총구를 두 손으로 움켜쥐어서 야구방망이를 쥔 형태가 되었다. 장우길이 숲을 헤치고 뛰어나왔다.

"형님, 당했습니다, 두 명이."

그의 목소리는 흥분으로 떨려 나왔다.

조웅남은 그 순간에 몸을 돌렸다. 저택의 불빛이 눈앞에 보였다.

"에라이, 씨발 놈들."

버럭 소리를 지르자 산이 쩌렁쩌렁 울렸다. 조웅남은 한 손에 총을 세워 든 채 정문을 향해 달려 나갔다. 그의 발길질 한 번에 쇠창살문이 삐거덕거렸고 두 번째에 문짝 하나가 떨어져 나가면서 비스듬히 쓰러졌다. 한 손에 쥔 공기총을 도끼처럼 휘두르면서 조웅남은 마당을 가로질러 현관문을 발로 차 열었다. 문은 유리창이 부서지면서 쉽게 열렸다.

응접실의 탁자 위에 켜놓은 촛불이 보였다. 촛불은 갑자기 움직이는 공기의 흐름으로 꺼질 듯 흔들렸으나 집 안에서 다른 기척은 느껴지지 않았다.

헐떡이며 들어선 장우길과 지한영은 응접실의 복판에 버티고 선 조웅남을 보았다. 그는 어금니를 물고는 들어서는 그들을 노려볼 뿐 입을 열지 않았다.

창밖에서 아이들의 떠드는 소리가 들려왔다. 저희들끼리 싸우는 것 같았는데 앳되고 맑은 목소리여서 남녀의 구분이 되지 않았다. 말이 빨라 알아듣기도 힘들었다. 마치 새가 시끄럽게 지저귀는 느낌이었다.

이무섭은 자리에서 일어나 베란다의 창으로 다가갔다. 한낮의 햇살이 빌라의 마당 위로 어지럽게 반사되고 있었다. 아래층 그늘에서 다투는지 아이들의 모습은 보이지 않았다. 커튼을 잡아당겨 창을 가린 이무섭은 몸을 돌려 어둑해진 응접실로 돌아섰다.

70평형의 이 빌라는 그의 휴식처 가운데 하나였다. 이천의 양옥집을 한밤중에 탈출해 나와 산을 두 개나 넘었던 피로는 이제 말끔히 가셨다.

그가 소파에 등을 기대고 앉아 막 담배를 피워 무는데 문에서 노크 소리가 났다. 그러고는 문이 열렸다.

"부르셨습니까?"

방 안에 들어선 안정태가 부동자세로 서서 이무섭을 바라보았다. 얇은 입술을 꽉 다물고 있어서 오직 일자로 찢어진 입술의 자국만 드러났다.

"음, 거기 앉아."

이무섭이 앞자리를 가리키자 안정태가 조심스럽게 앉았다.

"이철우는 아직 연락이 없나?"

"네, 아직 없습니다."

머리를 끄덕인 이무섭이 잔잔한 눈길로 안정태를 바라보았다.

"그 친구는 자타가 공인하는 내 심복이었다. 자네도 잘 알고 있겠지?"

"네."

"내 분신이나 마찬가지인 사람이야. 내 혈육보다도 더 가까운 사람이지."

이무섭이 재떨이에 담배를 비벼 껐다. 연기 때문인지 눈살을 찌푸리고 있었다.

"이 일을 추진할 적에 처음에는 망설였어. 이철우와의 관계 때문에. 그런데 그 예감이 맞아 들어갔지. 이철우의 윤곽이 잡히자마자 기관에서는 나를 지목했으니까."

"……."

"하지만 이제 첫 단계는 거의 끝이 났다. 그렇지 않나?"

"그렇습니다."

상체를 똑바로 세운 안정태가 대답했다.

"그리고 마무리도 잘된 것 같습니다만."

"기관에서 이철우나 나에 대한 수배를 중지한 것 말이냐?"

웃는 얼굴로 이무섭이 물었으나 눈길은 매서웠다. 그의 시선을 받은 안정태가 눈을 깜박였다.

"김원국의 잔당이 남아 있어. 아니, 그 뿌리라고 해야 옳다. 김원국, 조웅남, 강만철, 김칠성, 이놈들 모두가 살아 있단 말이야."

"……."

"이철우는 김원국을 찾아 인도네시아로 떠났다. 그걸 알고 있냐?"

안정태가 눈을 치켜떴다.

"아닙니다. 모르고 있었습니다."

"나도 홍콩에 있는 내 거래선을 통해 들었다. 그놈, 엉뚱한 놈이야."

"……."

"제 처자식의 원수를 갚으려는 거다. 조무래기는 상대라고 생각하지 않고 머리를 쳐 없애려고 갔어. 본래가 통이 큰 놈이다."

"……."

"하지만 약점이 없는 것이 아냐. 치명적인 약점이 있어. 무엇인고 허니 명분을 중요하게 생각하지만 그것이 조직보다도 개인의 명분이라는 거야."

"……."

"조직은 명분을 따지지 않고 희생하는 사람을 필요로 하지. 개인의 명분, 자존심은 버려야 한다."

"잘 알고 있습니다."

머리를 든 안정태가 똑바로 이무섭을 바라보았다.

"저는 조직의 작전에 따릅니다. 개인적인 인연이나 감정은 개입시키지 않습니다."

"고맙다."

머리를 끄덕인 이무섭이 이제는 얼굴을 활짝 펴며 웃었다.

"이철우는 곧 돌아온다. 그 결과가 어떻게 되었든 간에 우린 아직 해야 할 일이 많아."

창가에서 자지러지는 듯한 울음소리가 들려왔다. 아이들은 결국 치고받는 것으로 결말을 내는 모양이었다. 창 쪽으로 머리를 돌린 이무섭이 한동안 입을 열지 않았다.

그의 옆모습을 바라보던 안정태가 뻣뻣해진 목을 조금 움직여 근육을 풀었다. 아이의 울음소리가 차츰 가늘어지기 시작하자 이무섭이 머리를 돌려 그를 바라보았다.

"어젯밤 날 치러 온 놈은 조웅남이었다. 말하자면 안기부와 조웅남이 합동작전을 편 것이지."

안정태가 잠자코 그를 바라보았다.

"이제는 안기부가 적극적으로 김원국의 잔당을 돕고 있는 거야. 이찬형 부장이 반역을 하고 있는 것이다."

그러면서 이무섭이 입 끝을 올려 얼굴에 웃음을 띠었다.

"우습지 않나? 몇 달 전에 그런 상황이 벌어지고 있을 때에는 우리가 반역하는 것처럼 보였었다. 아니, 반역이었지. 그런데 지금은 이찬형이 반역을 한다. 정권에 반대하고 있는 거야."

"……."

"지금은 우리가 선이다. 그렇지 않나?"

"그렇습니다."

"조웅남을 잡아 없애야 한다."

"알겠습니다."

"그놈의 부하, 목검을 들고 다니는 놈이 있다고 들었다. 그놈도."

"네."

"그놈들과 인과관계가 있는 놈들을 모조리 잡아 족쳐라. 그러면 나올 테니까."

"염려 마십시오."

"군에서 발휘하지 못했던 기량을 펴보아라. 조직은 자네에게 큰 기대를 걸고 있어."

"감사합니다."

이무섭이 머리를 끄덕였으므로 안정태는 자리에서 일어섰다.

안정태가 활기차게 방을 나가자 이무섭은 한동안 자리에 앉아 움직이지 않았다. 창가의 아이들은 놀이터를 다른 곳으로 옮긴 것 같았다. 아무 소리도 들려오지 않았다.

팔짱을 끼고 앉아 있던 정기욱은 복도를 울리는 발소리에 머리를 들었다. 그는 등을 나무 의자의 등받이에 붙이고는 어금니를 물었다. 이제 놈들은 고문을 시작하거나 어쩌면 죽일지도 모른다. 인연도 별로 없는 이 세상, 언제든지 떠날 준비는 되어 있었다.

정기욱이 다리 한쪽을 들어 한쪽 무릎 뒤에 올려놓는데 문이 열리더니 백동혁이 들어섰다. 그리고 그 뒤를 따라 300리터 용량의 냉장고만 한 사내가 모습을 드러냈다.

그 순간 정기욱의 가슴이 소리를 내며 뛰었다. 조웅남이다. 이놈과 맞닥뜨린 것은 처음이었다. 조웅남이 눈을 휘둘러 그를 바라보았으므로 정기욱은 어금니를 힘껏 물었다. 다리가 불편한 것 같았으므로 다리를 내렸다.

"야가 정기욱이여?"

조웅남이 바짝 다가서서는 머리를 돌려 백동혁을 바라보았다.

"네, 형님."

"쬐깨 늙었는디, 야가 몇 살이여?"

여전히 백동혁을 향해 묻는다.

"마흔네 살입니다, 형님."

머리를 끄덕인 조웅남이 눈을 껌벅이며 정기욱을 바라보았다.

"죽을 사자가 두 개잉게로 죽을 팔자여, 잘되었다."

그러고는 불쑥 팔을 뻗어 정기욱의 한쪽 팔을 움켜쥐자 그가 놀라 입을 쩍 벌렸다.

"어디, 우선 팔뚝 한 개만."

조웅남은 정기욱의 한쪽 팔을 두 손으로 움켜쥐었다. 그러고는 나뭇가지를 부러뜨리듯 두 손에 힘을 주었다.

"아으아아으……."

저도 모르게 정기욱의 입에서 찢어질 듯한 비명 소리가 터져 나왔다. 그는 온몸을 뒤틀며 조웅남의 팔에 매달린 형상이 되었다. 조웅남은 팔을 한일자로 가로놓은 채 양쪽 끝을 잡은 손에 힘을 주기 시작했다. 그러고는 한마디씩 뱉는다.

"이 시키가!"

"아아아아……."

"늙어서 긍가!"

"아으으으……."

"뻑다구가!"

"으으으악……."

"단단헌디!"

'따악' 하고 마른 나뭇가지가 부러지는 소리가 들렸고 눈을 부릅뜬 정기욱이 입을 한껏 벌린 채 살점 밖으로 튕겨져 나온 자신의 팔목 뼈를 바라보았다.

"아아아아악!"

정기욱은 온몸으로 흠뻑 땀을 쏟았고 벌린 입가에서는 침이 줄줄이 흘러내렸다.

그는 덜렁거리는 팔을 조금 추켜든 채로 서서 온몸을 떨었다.

"내가 쪼깨 심이 약혀졌어. 다음."

조웅남이 팔을 뻗어 성한 한쪽 팔을 움켜쥐자 정기욱의 눈에 흰자위가 많아졌다. 그러고는 눈물을 쏟았다.

"아이고, 형님, 형님, 형님."

"내가 왜 니 성님여, 이 시키야."

조웅남이 다시 한쪽 팔을 두 손으로 움켜쥐었을 때 방문이 열리더니 사내 한 명이 들어섰다. 눈빛이 날카롭고 이목구비가 뚜렷한 사내였다.

"어이고, 어이고, 어이고."

정기욱이 고통으로 온몸을 뒤틀며 울부짖었다. 이제 자신을 돌아볼 겨를이 없는 것이다.

"그만둬라."

사내가 낮게 말하자 조웅남이 힐끗 사내를 바라보고는 팔목을 움켜쥔 손을 풀었다.

김원국이다. 정기욱은 자신의 바짓가랑이를 타고 따뜻한 액체가 흘러내리는 것을 느꼈다. 참으려고 아랫배에 힘을 주었지만 그것은 좀처럼 멈추지 않는다. 조웅남에게 명령을 할 놈은 한 놈밖에 없다. 이놈이 김원국이다.

정기욱의 눈에는 앞에 서 있는 사내들의 얼굴이 두 개로 보이다가 잠시 후에는 각각 세 개씩으로도 보였다.

팔에 깁스를 하고 있는 정기욱은 아직도 통증이 가라앉지 않은 모양인지 얼굴색이 좋지 않았다. 그는 성한 팔을 들어 찻잔을 쥐었다가 마실 생각이 달아났는지 도로 내려놓았다.

김원국이 머리를 들어 그를 바라보았다.

"당신은 이무섭의 꼭두각시였어. 그렇지 않나?"

그의 옆에 앉아 있던 조웅남이 입맛을 다시는 것으로 보아 아직도 못마땅한 모양이었다.

그는 정기욱의 두 팔과 다리를 모두 분지르고 맨 나중에는 목을 360도로 돌린 다음 바다에 빠뜨리자고 고집하다가 김원국에게 야단을 맞았던 것이다.

정기욱은 대답 대신 머리를 숙이고 탁자를 내려다보았다.

"당신이 어떻게 될 것인가를 생각해 보았나, 정기욱 씨?"

김원국이 다시 묻자 조웅남이 마침내 와락 상체를 앞으로 숙였다.

"너, 대답 안 헐터?"

"합니다."

정기욱이 머리를 들었다.

"솔직히 저는, 그 사람이 무얼 하는지도 모르고, 또……."

"관심도 없었단 말이지?"

"예."

"우리 업체들을 인수하는 조건으로 협력했단 말인가?"

"예."

그는 팔을 들어 이마에 흐르는 땀을 씻어냈다.

"그리고 회사를 만들라고 자금을 대줬고, 또 정부에서 허가가 나오도록 힘도 써주었기 때문에……."

"이철우의 가족을 해친 것은 이무섭이 보낸 놈들이었지?"

"예? 저는 그건 잘……."

정기욱이 힐끗 조웅남을 바라보았다.

"저는 이쪽에서 해친 줄 알았습니다만."

"뭣이여?"

주먹으로 탁자를 친 조웅남이 그를 노려보았다.

"우리가 여자허고 애기들을 쥑였단 말이여?"

"아닙니다, 그런 말이 아니라."

"그럼 뭣이여, 이 새끼야!"

"저도 처음에는 그런 줄 알았습니다. 그런데 상황을 보니까 아무래도 이상해서 제 부하인 김동천이한테 물어보았지요."

정기욱의 시선이 분주하게 김원국과 조웅남의 사이를 오갔다.

"그놈도 경황이 없어서 버스에 누가 들어갔는지 못 보았다고……."

"이무섭이 보낸 놈의 얼굴은 기억해?"

김원국이 묻자 그가 커다랗게 머리를 끄덕였다.

"압니다. 이무섭 씨의 심복 중 하납니다. 하지만 이름은 모릅니다."

"당신, 이무섭이하고 어떤 계획을 세웠지?"

"그건 모릅니다, 형님."

정기욱이 땀을 줄줄 흘러내리는 얼굴을 들고 김원국을 바라보았다.

"저는 그저 지시만 받고 움직여서, 그 사람은 계획 같은 것은 말해주지 않았습니다. 당장 할 일만 일러 줍니다."

"업체들을 소유하게 되면 어떻게 할 작정이었지?"

"예, 그건……."

분주하게 눈을 깜박인 그가 말을 이었다.

"별로 어떻게 할 생각이, 그저 지시만 받고 움직일 뿐이어서요."

"그렇다면 살 가치가 없다, 너 같은 놈은."

김원국의 목소리는 낮았으나 정기욱은 똑똑히 알아들었다.

"형, 형님, 저는……."

"얻다 대고 형님여, 이 시키야!"

다시 조웅남이 탁자를 내려쳤는데 그 진동으로 커피 잔이 튀어 올라 그의 셔츠를 적셨다. 조웅남의 얼굴이 벌겋게 달아올랐다.

"형님, 그렇게 내가 뭐라고 헙디까? 진작 쥐이장게로, 의사 불러서 시멘트까지 해주고."

조웅남이 자리에서 일어서자 턱을 치켜든 정기욱이 눈썹을 내리깔고 그를 올려다보았다.

"형님, 죽을죄를 지었습니다. 제발 목숨만은."

"죽을죄를 지었담서? 긍게로 죽어라."

조웅남이 손을 뻗어 그의 목덜미를 쥐었다.

"아이고, 형님."

"잠깐만 기다려라."

김원국의 말에 조웅남이 와락 이맛살을 찌푸리며 그를 돌아보았다. 그러나 목덜미를 움켜쥔 손은 놓지 않는다.

"너는 지금 살려고 어떤 약속도 하겠지만, 이곳을 벗어나면 금방 배신하겠지. 그렇지?"

"아닙니다, 형님. 저는 절대로."

세차게 머리를 저으며 정기욱이 조웅남의 팔목 사이로 김원국을 바라보았다.

"약속합니다, 약속합니다."

다급한 그의 목소리를 듣자 조웅남이 김원국을 바라보았다.

"넌 어차피 이무섭이한테도 도태될 놈이다. 지금은 네가 몇 개의 업체를 소유하게 되었지만 네가 거느리고 있는 집단을 조직이라고 할 수는 없다."

김원국의 목소리가 방 안에 울렸다.

"전과자가 모인 이기적인 집단일 뿐이야. 핵심도 없고 집단에 대한 애정도, 유대 관계뿐만 아니라 신의도 없다. 왜냐하면 집단의 정의가 없기 때문이야."

"……."

"따라서 이무섭이 처음에는 너를 이용했을지라도 제대로 된 조직을 갖추려면 널 제거해야 할 것이다. 더 이상 꼭두각시가 필요 없을 테니까. 너에게 그들의 계획을 말해주지 않는 이유도 그것이야. 그들은 애초부터 그럴 생각이었어."

조웅남이 정기욱의 목덜미를 놓아주고는 손바닥을 털면서 자리에 앉았다.

목덜미 부분의 옷깃이 머리 뒤쪽으로 치솟아오른 채로 정기욱이 눈을 껌벅이며 김원국을 바라보았다.

"어떠냐? 나한테 인정을 받고, 나아가서 보호를 받게 된다면 너는 앞으로 네가 차지한 몫도 지키게 될 것이다. 그래, 더 이상 꼭두각시 노릇을 할 필요도 없지. 왜냐하면 넌 내 부하가 되는 것이고, 그 업체들은 본래부터 우리 소유였으니까."

"네, 형님."

정기욱의 울대가 위아래로 움직였다.

"지시만 하십시오. 명령에 따르겠습니다."

"네가 이무섭이한테 의리를 지킬 이유도 없을 것이다. 넌 돈 받고 시키는 대로만 했을 테니까."

"그렇습니다, 형님."

"이무섭의 대외적인 얼굴은 박용근의 회사야. 박용근은 군의 조직에 익숙한 사내지. 그리고 조금 앞을 내다볼 줄도 알고."

"……."

"박용근이 널 의식하고 있다는 것도 넌 알 것이다. 그것을 이무섭도 알고 있고. 넌 지금 고립되어 있어."

정기욱이 손바닥으로 얼굴의 땀을 훔치고는 우두커니 김원국을 바라보았다.

"제가 쓸모가 있으시다면……."

그가 안간힘을 쓰듯이 입을 열었다.

"저는 그저 저를 대표로 뽑아준 것만 해도 고마워서 그냥 이렇게 지내 왔습니다만, 연줄도 없고, 기반도 없어서."

김원국이 잠자코 그를 바라보았고 조웅남은 입술을 비튼 얼굴로 천장을 바라보고 있었다.

"기회를 한번 주신다면 제가……."

정기욱이 눈을 치켜뜨고 김원국을 바라본 채 한동안 시선을 떼지 않았다.

제5장
귀향하는 사람들

밤의 대통령

김선주가 방으로 들어서자 책상에 앉아 있던 안정태가 머리를 들었다.

"어서 오시오."

그가 이를 드러내며 웃었다.

"내가 찾아가 인사를 드려야 하는데 오라고 해서 미안합니다."

"아네요."

책상 앞에 선 김선주의 시선이 힐끗 방 안을 스치고 지났다.

책상 위에 놓인 꽃병이나 벽에 붙여진 책장, 책상 앞의 소파까지 모두 그대로였지만 사람만은 바뀌었다. 이곳은 김칠성이 쓰던 방이었다.

"여기 앉읍시다."

책상에서 일어난 안정태가 소파로 다가오며 말했다. 다부진 몸매였고 회사 안에서 들리는 소문에 의하면 그는 예비역 장교였다.

김선주는 소파에 앉아 무릎 위에 서류를 올려놓고 그를 바라보았다. 조웅남이 구찌클럽 사건의 주모자로 몰려 지명수배를 당하고 나서 리즈호텔은 일주일 후에 고용만이라는 사람에게 소유권이 이전되었다. 조웅남으로부터 위임을 받은 이수종이라는 사람이 명의를 옮겨주었다는데 김선주로서는 이수종이나 고용만 모두 처음 듣는 이름이었다.

"내가 알기로는 호텔의 홍보 업무를 맡고 계시다는데."

앞자리에 앉은 안정태가 입을 열었다. 아직도 얼굴에는 부드러운 표정이 남아 있었지만 번뜩이는 눈빛과 굳게 닫힌 얇은 입술 때문에 만만치 않은 인상을 풍기고 있다.

"네, 하지만 요즘은 제대로 일을 못 했습니다. 잘 아시겠지만."

"이해합니다."

안정태가 머리를 끄덕였다.

"요즘 시끄러웠지요, 이곳뿐만이 아니라 나라가. 그렇지만 이제 끝났어요. 그렇지 않습니까?"

힐끗 그를 바라본 김선주가 머리를 끄덕였다. 소유권을 옮겨받은 사장은 나타나지 않았고 호텔은 안정태에 의해 운영되고 있었다. 사우나와 나이트클럽, 오락실과 카지노는 정상적으로 영업이 되고 있었다. 주인만 바뀌었을 뿐 호텔의 영업은 예전처럼 활기를 띠고 있는 것이다.

안정태가 말을 이었다.

"그렇지만 아직 몇 가지 해결되지 않은 것도 있어요, 김선주 씨도 잘 아시겠지만."

"뭔데요?"

"전의 관리자들 말입니다. 사장부터 부사장, 영업부장, 이 사람들……."

"……."

"모조리 도망쳐 버리지 않았습니까? 경찰이 수배 중이기는 하지만 그 사람들, 보통이 아니어서."

안정태가 얇은 입술을 비틀어 올리면서 웃었다.

"깡패 조직이었지요, 원조가. 그렇지 않습니까?"

"……."

"내가 알기로 김선주 씨는 전 영업부장인 백동혁이를 잘 아신다던데."

그제야 갑자기 부른 이유를 알 수 있었으므로 김선주는 머리를 들었다.

"그래서요? 잘 안다는 표현은 뭣하지만 저한테 무엇을 바라시는 거죠?"

"허어, 이렇게 즉각적인 반응이 오리라고는 생각하지 못했는데. 과연 듣던 대로 당돌하시구만."

"그따위로 말하지 말아요. 난 이런 곳에 더 이상 미련이 없으니까."

김선주는 서류를 탁자 위에 내려놓았다. 더 이상 리즈호텔에 출근할 생각이 없던 참이다. 호텔을 비열하게 강탈한 무리가 뻔뻔스럽게도 조웅남 등을 매도하는 것을 참을 수 없었다. 백동혁의 이야기를 끄집어낸 것이 결정적인 작용을 한 것이다.

"백동혁 씨하고 제가 어떤 사이든 간에 이젠 상관할 일이 안 되겠죠? 회사를 그만두었으니 말예요."

자리에서 일어선 김선주가 그를 내려다보았다. 안정태의 얼굴은 이미 웃음기가 가셔 있었다. 가늘고 끝이 위쪽으로 치켜진 눈이 찬찬히 김선주를 바라보았다.

"자리에 앉아."

그가 잇새로 말을 뱉자 김선주가 이를 드러내며 웃었다.

"기가 막혀서. 당신 말대로 난 깡패 조직 속에서 생활한 사람이야. 그렇게 하면 웃음만 나온다구."

안정태의 시선이 퍼뜩 김선주의 뒤쪽으로 옮겨졌다가 다시 돌아왔다.

바람을 내며 몸을 돌린 김선주가 문 쪽으로 두 걸음을 떼었을 때 안정태가 다가와 그녀의 어깨를 움켜쥐었다.

눈을 치켜뜬 김선주가 머리를 돌렸다.

"이거 놔!"

그 순간 김선주는 옆구리에 격심한 충격을 받고는 방바닥에 무릎을 꿇었다. 두 손으로 옆구리를 움켜쥔 그녀의 입에서 억눌린 신음 소리가 터져 나왔다.

안정태는 몸을 돌려 방문으로 다가가더니 재빨리 안에서 자물쇠를 채웠다.

눈을 한껏 치켜뜨고 반쯤 입을 벌린 김선주가 그를 올려다보았다.

"깡패 새끼들은 여자를 어떻게 대하는지 모르지만, 난 이렇다."

그녀 앞으로 다가선 안정태의 발끝이 또다시 김선주의 아랫배를 찼다.

"아악!"

고통으로 숨이 막힌 김선주가 아랫배를 움켜쥔 채 방바닥 위에 모로 쓰러졌다.

"난 철저한 사람이야. 네년이 백동혁의 애인이라면 그놈이 날 찾아오게 만들어주마. 내가 찾아낼 필요 없이 말이다."

바지의 혁대를 풀면서 안정태가 웃었다.

김선주는 눈앞으로 떨어지는 안정태의 바지를 보았다. 고통으로 두 눈에는 눈물이 가득 고였고 숨조차 제대로 쉴 수가 없었다.

바지를 벗어 던진 안정태가 방바닥에 무릎을 꿇더니 김선주의 스커트를 두 손으로 쥐었다.

김선주는 두 손을 들어 안정태의 머리칼을 움켜쥐었다. 그러자 다시 아랫배에 충격이 왔으므로 팔을 떨어뜨렸다.

그녀는 흐릿해지는 정신을 가다듬으려고 아랫입술을 물었다. 스커트가 종아리를 스쳐 내려가는 것이 느껴졌다. 사내의 찬 손이 아랫배에 닿자 그녀는 몸을 뒤틀었다가 고통으로 신음 소리를 내었다.

"멋진 몸이군. 그놈한테는 아까운 몸이야."

안정태의 목소리가 들려왔다.

"안정태를 리즈호텔의 관리자로 둘 줄은 생각지도 못했어."

차에서 내린 박용근이 뱉듯이 말하자 안재일이 잠자코 시선을 돌렸다.

하바나클럽의 현관 앞에 지배인과 영업부장, 10여 명의 종업원이 두 줄로 늘어서서 이쪽을 바라보고 있었다.

이쪽의 일행도 그만큼은 되었으므로 한동안 현관 앞은 정장 차림의 사내들로 가득 차 있었다. 붉은색 양탄자가 깔린 클럽의 복도를 걷던 박용근이 머리를 돌려 옆을 따르는 안재일을 바라보았다.

"국제백화점을 우리가 장악하게는 되었지만 그것도 마음 놓을 수가 없다."

몇 발짝 앞에 지배인이 걷고 있어서 그의 목소리는 낮았다. 그들은 안쪽에 있는 밀실에 들어가 앉았다.

하바나클럽은 역삼동의 번화가에 있는 룸살롱이었다. 김원국 조직의 소유였던 것을 박용근이 인수하고 나서 보조 웨이터까지 모조리 자기 사람으로 바꿔 놓아서 박용근은 마음 놓고 술을 마실 수 있는 곳 중의 하나였다. 지배인이 밖으로 물러나자 방에는 그들 둘만이 남게 되었다.

"용꼬리보다는 닭대가리가 낫다는 말이 실감이 난다. 대기업의 이인자보다는 소기업의 일인자가 되겠다는 거야, 내 말은."

박용근이 소파에 등을 기대고 앉아 안재일에게 말했다.

"내가 그렇게 되면 너도 분가해라. 업체를 떼어 줄 테니까."

"사장님, 저는 아직……."

"너도 때가 되면 나같이 된다."

안재일이 팔을 들어 시계를 내려다보았다. 저녁 7시 반이었다.

"이무섭이 무슨 속셈을 가지고 있는지 도무지 알 수 없단 말이야. 하는 짓을 보면 이것으로 끝낼 것 같지가 않아."

박용근이 입맛을 다시며 말을 이었다.

"본래의 계획은 밤의 조직을 장악하는 것이었는데, 다 끝나지 않았어?"

"그렇지요, 사장님."

안재일이 커다랗게 머리를 끄덕였다. 이제 유흥업소들은 밤의 주인이 누구인지를 알게 되었다. 박용근은 대부분의 주요 업체들을 장악했고 소유하지 않은 곳은 자신의 영향력 아래 두었다. 그의 부하들은 경비 용역의 마크가 붙은 승용차를 몰고 밤거리를 누비고 다녔는데 그로 인해 마치 밤만 되면 경찰권이 바뀌는 것 같았다. 그러나 박용근의 입장에서 보면 자신은 이무섭의 하수인에 불과한 허울 좋은 통치자였다.

업체들로부터 거둬들이는 엄청난 액수의 세금은 이무섭에 의해서만 통제를 받는 것이다. 조직의 성패는 오직 힘에 의해서만 좌우된다. 아무리 계획이 치밀하다고 해도 힘이 없으면 헛일이 되고 마는 것이다. 이무섭은 양쪽을 모두 갖추고 있는 사람이다. 그는 정보력과 함께 기획력이 있었고 이철우와 안정태에 의해 움직이는 기백 명의 행동 집단이 있다.

그리고 박용근을 제일 두렵게 만드는 것이 이무섭의 배후였다. 이무섭은 자신의 배후에 대해서 한 번도 이야기해 준 적이 없었다. 그러나 군과 경찰, 그리고 언론과 정계에 이르기까지 광범위하게 퍼져 있을 이무섭의 배경을 생각하면 그는 절로 위축이 되었다.

그러나 이대로 지낼 수만은 없는 노릇이다. 박용근은 자신의 입장에 대해 잘 알고 있었다. 자신은 사냥이 끝난 후의 사냥개 신세는 되지 않는다손 치더라도 힘이 없으면 없을수록 값어치가 줄어들 것이라는 것쯤은 아는 사람이었다. 노크 소리가 들리더니 지배인이 들어섰다.

"저, 최 사장님이 오셨습니다."

"들어오라고 해."

안재일이 말하자 그가 몸을 돌렸다. 지배인과 엇갈리듯 들어선 30대 후반의 사내가 방 안을 향해 머리를 숙였다.

"여어, 최 사장. 어서 오시오."

자리에서 일어선 안재일이 웃음을 띠었다.

"우리 사장님께서 기다리고 계셨습니다."

박용근이 무거운 몸을 의자에서 엉거주춤 들어 올렸다.

"사장님, 뵙게 되어서 영광입니다. 저, 최장수입니다."

사내는 박용근이 내민 손을 두 손으로 움켜쥐었다.

"인사가 늦었습니다. 진작 축하를 드려야 한다고 생각했지만 기회가 없었습니다."

"괜찮소. 나도 이렇게 만나게 되어서 기뻐요."

"말씀 낮추십시오, 사장님."

그들이 자리를 잡고 앉자 때를 맞춘 듯 술과 안주 접시들이 날라져 왔다.

"여자는 필요 없다."

박용근이 지배인을 향해 자르듯 말했다.

지배인이 물러나자 박용근은 술병을 들어 최장수의 잔에 술을 따랐다.

"자세한 이야기는 안 전무한테서 들었을 테고. 그래, 해보겠는가?"

이제 그는 말을 낮추고 있었다.

"예, 사장님."

술잔을 쥔 채 최장수가 그를 바라보며 대답했다.

"하겠습니다."

"애들은 몇 명이나 모을 수 있겠어?"

"그거야 얼마든지 모을 수 있습니다만, 일정한 목표를 정해주시는 것이 낫겠습니다. 이를테면 업체 몇 개의 경비에 필요한 인원이라든가."

"난 내 직속의 행동대가 필요해. 일이 생기면 즉시 투입될 수 있는 행동대 말이야."

"아아, 예."

최장수가 머리를 끄덕였다.

"사장님 정도의 신분이라면 100명쯤 잡아도 됩니다."

"난 실전에 강한 사람이 필요해. 그리고 내 행동대에 관한 것은 비밀로 해야 할 것이고. 그렇지, 인원은 200명쯤이 낫겠군. 모을 수 있겠나?"

"돈만 있으면 됩니다."

"어떤 사람들인가?"

"전과자나 그런 종류가 아닙니다. 마약쟁이들도 아니고, 규율이 잡혀 있는 놈들입니다. 대한민국에 김원국 씨의 조직만 있었던 것이 아닙니다."

박용근이 힐끗 안재일을 바라보더니 머리를 끄덕였다. 최장수는 오래전부터 신촌을 근거지로 세력을 폈던 사내였다. 그가 거느렸던 조직은 강만철에 의해 순식간에 붕괴되어 떠돌이 신세가 되었는데 그는 강만철의 동생이 되기를 거절하고 호주로 이민을 갔던 것이다.

안재일이 조사한 대로라면 그는 밤의 세계에 대한 미련을 버리지 못하는 사내였다. 고집과 배짱이 있었고, 실력도 뛰어났으므로 부하들에게 신망을 얻고 있었다.

"그럼 자네에게 내 목숨을 맡기겠어. 자네도 나에게 그렇게 해 주겠는가?"

박용근이 부리부리한 눈을 들어 그를 바라보았다. 최장수의 얼굴은 굳어 있었다.

최장수가 상체를 세우고는 그의 시선을 받았다.

"저는 김원국 씨가 몰락한 마당에 제 나름대로의 세력을 잡으려고 했었습니다. 그런데 알아보니까 그것이 아니더군요. 저로서는 감당 못 할 세력이었습니다."

최장수가 말을 이었다.

"안 형한테서 그런 제의를 받았을 때 처음에는 조금 이상했습니다. 강한 조직이 있고, 얼마든지 부하를 모을 수가 있는 입장인데 저같이 옛날 놈을 만나려 하는 것이 이해가 안 되었지요. 하지만 듣고 보니 그것이 아니더군요."

"나도 마찬가지야. 잘나갈 때 오는 놈들은 편하게 놀고먹겠다는 심보밖에 없어. 사내라면 힘을 들여 쟁취하는 보람이 있어야 돼."

"제가 손발이 되겠습니다."

"잡은 것을 굳게 다지는 거야."

"알고 있습니다, 형님."

"나에게 자네는 여기 안 전무와 함께 이인자야. 안 전무는 머리이고 자네는 내 손발이 되는 거야."

"목숨을 바치겠습니다."

"나도 이미 목을 내놓았네. 이 일이 알려지면 나도 위험해져."

"그렇게 만들지 않겠습니다, 형님."

"자아, 이제 술들을 한잔씩 하시지요."

열띤 분위기를 진정시키려는 듯 안재일이 술병을 들고 그들을 바라보았다.

"저어, 여자들을 부를까요?"

"필요 없다."

상기된 얼굴로 박용근이 머리를 저었다.

"분위기를 흐리게 하니까 그만둬라."

*　　　*　　　*

승용차는 올림픽 대로를 벗어나 오른쪽 샛길로 들어섰다. 길은 왼쪽으로 반원을 만들면서 회전하여 대로의 밑을 뚫은 지하 차도를 통과하게 만들어져 있었다. 지하 차도를 빠져나오자 앞쪽에 수백 개의 붉은 등을 매단 선착장이 보였다. 속력을 줄인 승용차는 선착장 옆의 주차장으로 천천히 다가갔다.

넓은 주차장에는 10여 대의 차가 제각기 흩어져 있을 뿐이다. 이쪽에서 들어선 두 대의 승용차는 강 쪽을 향해 나란히 멈추어 섰다. 이무섭은 손목시계를 내려다보았다. 시침과 분침은 12시 5분을 가리키고 있었다.

운전사와 옆자리에 타고 있던 부하들은 차문을 열고 밖으로 나가더니 주위를 두리번거렸다. 그러자 이무섭은 강가의 계단에서 이쪽으로 다가오는 한 사내를 보았다. 어둠에 덮인 깊은 밤이어서 아직 사내의 얼굴은 보이지 않았다. 그 윤곽만 희미하게 보일 뿐이다. 승용차의 앞쪽에 서 있던 부하들도 그를 발견한 모양인지 긴장한 듯 몸을 굳히고 있었다.

이철우였다. 아직 얼굴은 보이지 않았지만 그의 걸음걸이만 보아도 이무섭은 알 수가 있었다. 그의 윤곽이 점점 뚜렷하게 드러났다. 선착장의 등불에 비친 이철우는 짙은 색 양복에 흰 셔츠를 받쳐 입은 단정한 차림이었다.

그는 곧장 이쪽을 향해 다가오더니 허리를 굽히는 부하들에게 가볍게 끄덕여 보이고는 차문을 열고 이무섭의 옆자리에 앉았다. 신선한 바깥공기가 차 안으로 몰려 들어왔다.

"오랜만에 뵙습니다."

이철우가 머리를 숙여 보이며 말하자 이무섭이 빙그레 웃었다.

"다행이군. 이렇게 다시 만나게 되어서 말이야."

"죄송합니다."

"자네는 잠시 쉬겠다고 했지만 난 믿지 않았어. 홍콩의 황가한테서 연락이 왔더구만."

이철우는 무표정한 얼굴로 잠자코 앞쪽을 바라보았다.

"그래, 결과는?"

"김원국의 처자식과 강만철을 처치했습니다. 김칠성과 오함마는 장례식에 나타났는데 김원국은 보이지 않았습니다."

한동안 이철우의 옆모습을 바라보던 이무섭이 입을 열었다.

"김원국이 섬에 없었다는 이야긴가?"

"그건 모릅니다."

"죽은 사람은 어떻게 확인했나?"

"경찰을 매수해서 사진을 찍었습니다."

"……."

"김원국, 김칠성, 오함마, 이 세 놈도 곧 제거하겠습니다."

이철우에게서 시선을 뗀 이무섭이 강 쪽을 바라보았다.

"며칠 전에 조웅남이가 날 습격했어. 내 거처를 안기부에서 알려주었어. 난 안기부 요원 두 놈을 처치하고 산을 넘어 도망쳐 나왔다네."

"저한테 맡겨주십시오. 후환이 없도록 하겠습니다."

"김원국이가 서울에 잠입해 있을 가능성이 있구만그래."

"김칠성과 오함마도 서울로 올 겁니다."

머리를 돌린 이무섭은 입술 끝을 올려 웃었다. 어둠 속에서 그의 눈이 번쩍였다.

"벌집을 건드리고 왔어, 자네는."

"어차피 잘되었습니다. 치러 갈 필요가 없게 되었으니까요."

"안정태를 리츠호텔의 관리자로 임명했네. 알고 있나?"

"오늘 아침에 들었습니다."

"네 명 데리고 갔던데."

"세 명이 당했습니다."

담배를 꺼내어 입에 문 이무섭은 불을 붙이고는 길게 연기를 내뿜었다.

"다시 조직을 맡을 수 있겠지?"

이무섭이 머리를 돌려 그를 바라보며 물었다. 이철우가 머리를 끄덕였다.

"맡겠습니다."

"조직원의 반 정도는 안정태의 직할로 맡겨 두었어."

"알고 있습니다."

"어차피 자네와 나는 표면에 나타나려면 시간이 필요해."

"김원국의 목표는 제가 되겠습니다. 단장님께 피해가 가지 않도록 하겠습니다."

담배를 빨아들이며 이무섭은 대답하지 않았다. 승용차의 앞쪽에 서 있는 두 명의 부하가 이쪽을 힐끗거렸다.

"옆 차에 박한일이가 타고 있어. 그가 자넬 안내할 거야. 조직의 숙소를 다른 곳으로 옮겼어."

이무섭이 턱으로 옆에 세워둔 승용차를 가리켰다.

"타고 가. 이제 다시 시작해야지."

"심려를 끼쳐 드려서 죄송합니다."

"자네가 원기를 다시 찾은 것만 해도 다행이야. 그런 말은 안 해도 돼. 그리고 참."

막 문의 손잡이를 움켜쥔 이철우가 머리를 돌려 이무섭을 바라보았다.

"이제 김칠성의 부인을 숙소에서 만나게 될 텐데, 언제까지 데리고 있을 생각인가?"

"풀어주기로 약속했습니다."

"나도 그 이야기를 들었어. 그래서 자네에게 물어보는 거야."

"……."

"풀어 준다고 약속을 하다니, 도대체 말이나 되는 소리야?"

"제 상대는 부녀자가 아닙니다. 그리고 인질로 잡기는 했지만 이제는 이용 가치가 없습니다."

"이용 가치는 문제가 아냐. 풀려나갔을 때의 경우를 생각해 봐."

"입을 다물 겁니다. 그런 여잡니다."

이무섭이 머리를 저었다.

"자네는 요즘 이상해졌어. 옛날의 철저하고 냉정한 이철우 같지가 않아."

"단장님께서 잘못 보신 겁니다."

머리를 든 이철우의 시선이 이무섭과 마주쳤다.

"저는 옛날 그대로입니다. 변한 것이 있다면 상황입니다. 하지만 제 목표 의식이나 충심은 조금도 변하지 않았습니다."

한동안 그를 바라보던 이무섭이 머리를 끄덕이며 입을 다물었으므로 이철우는 승용차의 문을 열었다.

한세라는 눈을 뜨고 창 쪽으로 머리를 돌렸다. 어둠이 한 겹씩 허물을 벗고 엷은 속살을 내보이듯 창밖으로 회색빛 하늘과 검은색 나뭇가지가 뚜렷이 보였다. 유리창에 물줄기가 어지럽게 흘러내렸다. 아침부터 부슬비가 내리는 것이다. 한동안 유리창의 물줄기를 바라보던 한세라의 눈에 조금씩 물기가 고였다. 오늘까지 7개월하고 이틀째였다. 계산하지 않으려고 기를 썼다가 문득 날짜를 계산하고 있는 자신을 발견하고는 발을 굴렀던 적이 한두 번이 아니었다. 이제는 내버려 두고 있었다.

눈의 물기를 손바닥으로 씻어내면서 한세라는 자리에서 일어났다. 이곳으로 옮긴 지 20일이 되었지만 어딘지 알 수가 없었고 알려고도 하지 않았다. 그러나 이곳 숙소는 군대의 막사 같은 분위기를 띠고 있다. 주방의 구석에 군대용 수저가 떨어져 있는 것도 그렇다. 대충 옷을 걸친 그녀가 주방으로 들어섰을 때는 아침 6시 반이 되어 있었다. 가스불을 들여다보고 있던 김성기가 몸을 돌렸다. 이번 주 주방 당번 중에서 제일 부지런한 사내였다.

"누님, 아침에 특식을 준비해야 돼요. 대장님이 오셨어."

"대장님이라니? 누구?"

그들은 주로 밤에 이동을 하는데 아침이 되면 숫자가 늘어나 있거나 줄어들 때도 있었다. 그러나 특식을 준비하는 대장은 두 명밖에 없다. 이철우와 안정태였다. 이철우가 사라진 20여 일 동안 안정태가 대장이었고 지금은 그도 어디론가 사라졌다. 반 정도의 인원과 함께 떠난 것이다.

"본래 대장님 말이오."

한세라는 움직임을 멈추고 김성기를 바라보았다. 본래 대장이란 이철우를 말하는 것이다. 솥뚜껑을 열고 물을 부어 씻으면서 한세라는 자신의 가슴이 뛰는 것을 느꼈다.

아침 식사 시간이 끝나고 설거지를 하는 동안에도 한세라의 신경은 내내 주방의 입구 쪽으로 쏠려 있었다. 주방 당번들이 일손을 놓고 담배를 피워 물었을 때는 한세라도 긴장이 풀려 어깨를 늘어뜨리고 멍한 얼굴로 그들의 농담을 듣고 있었다.

그때 주방의 문이 열리더니 조장급인 이상욱이 들어섰다.

"아줌마, 잠깐만."

퍼뜩 머리를 치켜든 한세라가 그를 바라보았다.

"대장님이 부르십니다."

주방의 잡담이 그쳤다. 사내들이 일제히 그녀를 바라보았으나 한세라는 잠자코 이상욱을 따라 복도로 나갔다.

건물은 단층이었는데 기다란 직사각형의 구조였다. 숙소와 사무실, 회의실, 주방, 목욕탕 등이 질서 있게 배치되어 있었다. 숙소의 규모로 보면 어림잡아 200명은 충분히 수용할 수 있을 듯했고, 건물의 면적은 아마 500평도 넘을 것같이 보였다. 이상욱의 뒤를 따라 한세라는 기다란 복도를 걸었다.

복도에서 지나치던 사내들이 그들을 힐끗거렸는데 그녀에게 웃어 보이는 사내도 있었다. 회의실의 옆쪽에 있는 문 앞에 선 이상욱이 그녀를 바라보았다.

"여기서 잠깐 기다려요."

노크를 하고 난 그가 방문을 열고 들어갔다가 곧 나왔다.

"들어오시랍니다."

한세라가 방 안에 들어서자 소파에 앉아 있던 이철우가 일어섰다. 언제나처럼 무표정한 얼굴이었다.

"앉으시오, 거기."

이철우가 손으로 가리킨 앞자리에 앉은 한세라는 잠자코 그를 바라보았다.

아까 주방에서 불렀을 때부터 가슴이 두근거렸으나 한세라는 어금니를 물고는 어깨에 힘을 주었다.

"당신을 살려 보내면 우리의 조직이나 위치가 탄로 날 것이 뻔합니다. 이것이 모든 사람들의 생각이오."

이철우가 입을 열었다.

"내 목숨은 버릴 수가 있어요, 조직과 목표를 위해서는. 하지만 내 실수로 인해서 조직에 해를 끼치면 안 되지요."

"……."

"당신 남편 김칠성 씨는 인도네시아의 섬에 있었는데 다시 서울로 올 것 같습니다."

머리를 든 한세라가 그를 바라보았다. 그러나 입을 열지는 않았다.

"약속할 수 있습니까? 나나 또는 내 후배들, 그리고 여기에서 있었던 모든 일에 대해서 입을 열지 않겠다고. 당신 남편인 김칠성 씨한테도 말이오."

이철우가 턱을 내리고는 눈을 치켜떴으므로 한세라를 노려보는 형상이 되었다.

"대답해 봐요, 한세라 씨."

"약속하겠어요."

침을 삼킨 한세라가 그의 시선을 받았다.

"입을 열지 않겠습니다. 약속합니다."

"당신 남편은 어떻게든 날 찾으려고 할 겁니다. 아마 자신의 목숨을 걸고서라도 날 찾아낼 거요."

"말하지 않겠어요."

"당신이 알고 있으면서도 말하지 않는다는 것을 알면 내버려 두지 않을 겁니다."

"모른다고 하겠어요."

"믿지 않을 겁니다."

한세라가 입술 끝으로만 희미하게 웃었다.

"우리 남편은 날 믿습니다. 그리고……."

그녀의 시선이 이철우를 스치고 지났다.

"여자를 이용하는 사람이 아녜요."

"남편의 생의 목표가 날 찾는 것인데도 그대로 놔둘 수가 있을까요?"

"난 아이가 보고 싶어요."

저도 모르게 눈물이 흘러내렸으므로 한세라는 황급히 손바닥으로 얼굴을 훔쳤다.

"그 사람을 사랑하지만 그건 그 사람의 일이에요. 난 내 일이 또 있어요."

"……."

"그리고 남편은 날 의지하는 사람이 아녜요. 살아 돌아온 것만으로도 고맙게 여기고 잊을 사람이에요."

이철우의 눈길이 힐끗 그녀의 몸을 스치고 지나갔다. 창문 쪽으로 얼굴을 돌려 옆모습을 보인 그는 한동안 입을 열지 않았다.

한세라는 눈을 깜박이며 그에게로 시선을 주었다. 깜박일 때마다 스냅 영사기의 화면처럼 김칠성의 모습이 보였다가 이철우로 바뀌었다. 그는 인도네시아의 섬으로 피신했다가 다시 서울로 오는 모양이었다. 다시 눈을 깜박이자 굳어진 김칠성의 얼굴이 보였다.

눈을 부릅뜨고 입을 굳게 다문 김칠성이 이쪽으로 다가오고 있었다. 바닷바람이 뒤쪽에서 불어와 그의 머리칼을 날렸다.

인천항에서 남쪽으로 10킬로미터쯤 떨어진 이곳은 곡물을 하역하는 곳이었다. 김칠성은 한 번도 시선을 떨어뜨리지 않은 채 다가왔고 그의 뒤쪽으로 오함마의 모습도 보였다.

김원국의 뒤쪽에 서 있던 백동혁은 주춤거리며 옆쪽으로 다가섰다가 다시 서너 걸음 옆으로 떨어져 섰다. 김칠성이 김원국의 앞에 와 섰다. 그러고는 목젖을 커다랗게 움직여 침을 삼켰다.

"형님."

그의 목소리는 바람과 파도 소리에 휩쓸려 가늘게 들렸다.

머리를 끄덕인 김원국이 손을 들어 그의 어깨에 내려놓았다. 시선은 날카로웠으나 표정은 변함이 없었다.

"수고했다, 가자."

오함마가 다가와 머리를 숙이자 머리를 끄덕여 보인 김원국이 몸을 돌렸다.

오후 5시밖에 되지 않았으나 하늘은 당장에라도 비가 쏟아져 내릴 듯 어두웠고 습기를 가득 품은 바닷바람이 그들의 옷자락과 머리칼을 날렸다.

그들은 곡물 창고 뒤쪽에 대기시켜 놓은 승용차에 올랐다.

"형님."

차가 창고 옆을 지나 국도로 들어서자 옆자리에 앉은 김칠성이 김원국을 바라보았다. 두 눈이 번들거리고 있었다.

"형님, 뵐 낯이 없습니다. 차라리 제가 죽었어야 하는데……."

앞자리에 앉았던 오함마가 머리를 돌려 그들을 바라보았다. 눈을 치켜뜨고 있었으나 입을 열지는 않는다.

"형님, 제가 기어코 원수를……."

"그만둬라."

김원국이 앞쪽을 바라본 채 낮게 말했다.

"만철이가 안됐다."

"형님, 형수님과 태훈이는……."

"이야기 들었다."

"만철 형님이 꼭 전하라고 하셨습니다. 고통 없이 돌아가셨다고."

"바보 같은 놈."

이맛살을 찌푸린 김원국의 시선이 힐끗 김칠성의 얼굴을 스쳤다.

"할 일이 산처럼 쌓여 있는데 제 머리를 쏘다니, 책임감이 없는 놈이다."

"형님."

"너희들에게 말해 둘 일이 있다."

김원국의 말에 오함마가 다시 이쪽으로 몸을 돌렸다.

"만철이 일은 어차피 제수씨한테 알려주어야 하겠으니 할 수 없고, 내 가족 이야기는……."

잠시 말을 멈춘 김원국이 창밖으로 머리를 돌렸다가 그들을 바라보았다.

"지금부터 일절 금한다. 부하들에게 단단히 일러두고 발설하는 자는 내버려 두지 않겠다."

눈을 치켜뜬 김원국이 오함마와 김칠성의 얼굴을 번갈아 바라보았다.

"내 가족은 지금도 만탄 섬에 있다. 그리고 아무 일도 없다. 알겠느냐?"

"네, 형님."

오함마가 붉어진 얼굴로 대답하였으나 김칠성은 이를 악문 채 입을 열지 않았다.

"명심해 둬라."

김원국이 맺듯이 말하고 시선을 돌리자 차 안에는 엔진 소리만 들려올 뿐 한동안 정적이 흘렀다. 어느덧 부슬비가 내리는 창밖은 조금씩 어두워지고 있었다.

차창에 쉴 새 없이 그어지는 물줄기를 바라보던 김원국이 머리를 들었다.

"이무섭이 다시 종적을 감추었어. 경찰의 정보가 새어 나간 것이 확실하다. 이찬형 씨나 유혁근 씨로는 역부족이야."

김칠성과 오함마가 잠자코 그를 바라보았다. 김칠성은 멍한 얼굴이었고 오함마는 열심히 눈을 껌벅이고 있었다.

"안기부장도 마찬가지다. 수사권이 없는 입장이니까 요원 두 명이 희생당한 것이 노출될까 봐 오히려 움츠러든 상황이야."

"……."

"강한석 장관이나 박동호 치안감, 이 사람들이 이무섭의 배후

세력인지, 아니면 놀아나고 있는 것인지 알아내야 한다."

"……."

"안정태라고, 이번에 리즈호텔의 총지배인 겸 부사장에 취임한 사내가 있어. 전직 대위인데 이철우와 군 시절에 같이 근무했던 경력이 있는 사내야. 이놈이 업체들을 장악해 나가고 있다. 명색은 박용근이나 정기욱이를 지원해 주는 형식을 취하고 있지만 업체에 파견된 안정태의 부하들이 실세 노릇을 한다."

김원국이 그들의 얼굴을 번갈아 바라보며 말을 이었다.

"놈들의 조직은 상관에 대한 절대 복종, 맹목적인 충성으로 가득 찬 집단이다. 그 숫자는 처음에는 300여 명으로 추정했었는데 이제 공식적으로 업체들을 인수하고 나자 매일 늘어나고 있어. 안기부 고 차장의 집계로는 2천 명이 넘는다."

김칠성과 오함마가 서로 얼굴을 마주 보았다.

"간부급 대부분이 군 출신인데 정부에서는 그것에 대해서 별반 신경을 쓰지 않고 있어. 대한민국 남자들 중 군 출신이 아닌 사람이 없으니까."

빗발이 조금 약해졌으므로 김원국은 차창을 조금 열었다.

바닷가를 달리는 승용차 안으로 비리고 짠 바다 냄새가 몰려왔다.

"정부 각료 중 내가 믿고 있는 사람은 안기부장 하나밖에 없다. 다른 사람들은 모두……."

창밖으로 시선을 준 채 김원국이 혼잣소리처럼 말했다. 창밖은 어느새 어두워져 있었다.

"잘 다녀오셨습니까?"

방으로 들어선 고성섭이 조심스럽게 묻자 이찬형이 한쪽 입 끝을 올리면서 웃었다.

"그저 다녀왔을 뿐이야. 본론은 꺼내지도 못했어."

그의 앞자리에 앉은 고성섭의 이맛살이 찌푸려졌다.

"부장님, 이렇게 시간만 보내다가는 언제 무슨 일이 일어날지 모릅니다."

"글쎄, 그걸 누가 모르나?"

"각하께서 듣지도 않으셨단 말입니까?"

"서류를 놓고 가라고 해서 놓고 왔을 뿐이야. 그리고 상황을 말씀드렸고."

"어떻게 말입니까?"

"밤의 세계가 평온해진 것같이 보이지만 절대 아니다, 불씨가 가까이 있는 화약고다, 하고 상황을 말씀드렸어. 그리고 지난번의 혼란을 일으킨 것은 김원국의 조직이 아니라 지금 세력을 잡고 있는 무리들일 가능성이 있다고."

고성섭이 상체를 앞쪽으로 굽혔다.

"그랬더니요?"

"강한석이가 이번에도 선수를 친 모양이야. 아무 말 안 하시고는 머리만 끄덕이시더군."

"……."

"그러더니 이런 말씀을 하셨어. 열심히 살려고 하는 예비역들을 도와주어야 할 것이라고. 마치 밤의 세계에서 권력을 잡은 그 놈들을 인정하시는 것 같았어."

"……."

"날 보고 요즘 신경이 예민해진 것이 아니냐고 물으셨어. 자네도 내가 그렇게 보이나?"

고성섭이 시선을 내렸다가 들어 올렸다.

"각하께서도 나름대로 정보를 분석하고 계십니다. 어젯밤에는 김동진 국방장관을 일식집 '대판'에서 만나셨습니다."

"무엇이?"

이찬형이 눈썹을 추켜올렸다.

"그걸 왜 지금에야 보고하나?"

"저도 한 시간 전에 보고를 받았습니다. 경호실에서 철저하게 보안을 유지하는 통에 저희 요원들도 모르고 있었습니다."

"……."

"각하께서 그 말씀은 하지 않으신 모양이군요?"

입맛을 다신 이찬형이 입술로만 웃었다.

"고 차장, 요즘 내가 겉돌고 있어. 아니, 내가 각하의 말씀처럼 예민해졌는지도 모르지. 자넨 어떻게 생각하나?"

고성섭이 굳어진 얼굴로 이찬형을 바라보았다. 이윽고 그가 입을 열었다.

"첫째는 각하께서 너무 서두르고 계십니다. 그건 성격 탓인데 경제에만 집중하시다 보니까 다른 사건이나 문제점들은 거추장스럽게만 생각하시는 겁니다."

"……."

"둘째는 각하의 인맥입니다. 정치권이나 군, 하다못해 행정 분야에 이르기까지 깊고 넓은 인맥이 없습니다. 국민 대다수의 지지를 받고 있다손 치더라도 이들의 지원이 없이는 추진하는 일이 겉치레로 끝나고 말 겁니다."

"각하도 그걸 알고 계셔."

"성격 탓이라고 말씀드리지 않았습니까? 각하는 단숨에 일을 끝낼 수 있다고 생각하십니다. 정적이나 불만 세력이 힘을 잃게 되면 잊으실 겁니다."

"……."

"셋째는 각하의 임기가 이제 2년 반밖에 남지 않았다는 겁니다. 각하는 점점 더 조급해지시고 사소한 일이라고 생각하면 주의 깊게 보시지 않습니다. 그리고 주변에 자신을 희생하면서까지 각하와 나라를 생각하는 사람이 없습니다."

"난 능력이 닿지 않는 모양이야."

"부장님 입장이 되시면 어떤 능력이 있더라도 그 이상은 할 수 없었을 겁니다."

"……."

"이것도 오늘 오후에 들은 정보입니다만, 강한석 장관의 대학 동창으로 통일원 차관을 하다가 지금 국제대학에서 강의를 하고 있는 안길중 씨가 며칠 전에 청와대에 다녀왔습니다."

"안길중이라면 나도 알지. 그런데 그가 왜?"

고성섭이 시선을 내렸다.

"제 생각입니다만, 부장님의 후임으로 물망에 오른 것 같습니다."

"잘됐군."

이찬형이 의자에 등을 기대면서 고성섭을 향해 얼굴을 펴고 웃어 보였다.

"그렇게 되면 내 어깨가 한결 가벼워지겠구만. 자의에 의한 것이 아니니까."

"……."

"그러고 보니 오늘은 각하의 태도가 달랐어. 북한의 동향만 물어보시더라니까."

"부장님, 안길중 씨가 어떤 인물인지 아시지 않습니까?"

고성섭이 정색을 하고 그를 바라보았으므로 이찬형이 입맛을 다시며 머리를 돌렸다.

"고 차장, 난 최선을 다했어. 명령에 따를 뿐 내가 할 일은 더 이상 없네."

"안길중 씨가 부장님 자리에 앉게 되면 건잡을 수 없게 됩니다."

"그가 강한석 씨와 동창이라는 이유 때문인가?"

"지난번 남북한 특사 교환으로 평양에 갔을 때 대표였던 외무부 장관과 불화를 일으킨 사람입니다."

이것은 안기부의 고위층과 그 당시의 대통령 오대영을 비롯한 몇 사람만 알고 있는 일이다. 안길중은 부대표로 평양에서 있었던 회담에 참석했었는데 이산가족의 교류 문제가 극적으로 타

결될 기미가 보이자 안기부에 전문을 보내 함정이라고 외쳐 대었었다. 대표인 이한영 외무부 장관이 일일 보고를 할 때마다 안길중은 따로 전문을 보내어 함정인 것을 강조한 덕분에 본국 정부는 회담을 지연시키는 것으로 결정을 내렸다.

이것은 나중에 발견되었지만 전문 발송의 시기 문제로 왈가왈부하다가 흐지부지된 사건이었다.

그러나 고성섭과 이찬형은 그 내용을 속속들이 알고 있다. 이산가족의 입장에서 보면 안길중은 쳐 죽여도 모자랄 인간이었다. 다른 사람의 공명을 시기하여 국사를 그르친 역신이다. 선조 시대에 일본의 풍신수길을 만나고 와서 그가 조선을 침략할 의도가 없다고 거꾸로 말한 반역자가 400년 후에 다시 나타난 것이다.

"아직 2개월의 시간이 있습니다, 부장님. 10월의 정기 국회 기간에 당직 개편이 있을 것이고, 그때 강한석이 중용된다는 정보가 있습니다. 그때까지는 부장님을 건드리지 못할 것입니다."

고성섭이 눈을 치켜뜨고 이찬형을 바라보았다.

"부장님은 이놈들의 마각이 드러날 때까지 계셔야 합니다. 아니, 드러나도록 하셔야 합니다. 그렇게 되면 저도 부장님과 같이 그만두겠습니다."

한동안 고성섭을 바라보던 이찬형이 문득 그에게 물었다.

"자넨 딸이 하나 있지?"

"네, 지금 대학 3학년입니다."

"다 컸군."

"일 년만 가르치면 됩니다. 제 집을 팔아서 혼숫감 대고, 저는 시골에 가서 낚시나 하겠습니다."

"이제는 시골 저수지도 오염이 되어서……."

"희망을 걸 곳은 김원국밖에 없습니다, 묘한 해결책입니다만."

고성섭을 바라보던 이찬형이 이윽고 가볍게 머리를 끄덕였다.

"우리 그저 이름 없는 신하가 되세, 직분만을 다하는."

"압니다, 부장님. 저는 낚시 못 해도 됩니다."

고성섭이 따라서 머리를 끄덕였다.

"그럼 다시 일을 시작하겠습니다. 우선 리즈호텔의 안정태를 감시해야겠는데요."

"조심해. 그놈은 철저하게 보호망을 치고 있어. 거물급 변호사들이 상담역이 되어 있다지 않아?"

"이철우의 심복이었습니다. 이제 그들의 배후가 모습을 나타낼 시기가 되었지요. 박용근이나 정기욱을 배후에서 조종하는 것도 한계가 있으니까요."

고성섭의 말에 열기가 섞여 있었다.

리즈호텔은 전과 조금도 달라진 것이 없어 보였다. 나이트클럽의 정문에서는 저녁 6시밖에 되지 않았는데도 붉은색 정복을 입은 웨이터들이 서성대고 있었다. 영업이 잘되면 종업원들도 신바람이 나는 것이다. 시키지 않아도 알아서 일들을 한다.

승용차의 뒷자리에 앉은 백동혁은 한동안 우두커니 호텔의 현관 쪽을 바라보았다. 주인만 바뀌었을 뿐 호텔은 끄떡없이 운영되고 있는 것이었다. 호텔의 현관을 나서는 사내 한 명이 보였다. 강인만이다. 장우길의 부하로 얼굴이 팔리지 않은 녀석이었다. 정문을 빠져나온 강인만은 곧장 횡단보도 쪽으로 다가오더니 신호에 걸려 멈춰 섰다.

이쪽은 길 건너편 문구점 앞이어서 그의 모습이 정면으로 보였다.

운전석에 앉아 있던 부하가 브레이크를 풀자 승용차는 천천히 차도로 내려가 멈추어 섰다. 신호가 바뀌자 강인만이 횡단보도를 건너 이쪽으로 다가왔다.

긴장한 듯 두 눈을 힘주어 뜨고 입술을 꽉 다물고 있었다. 다가온 강인만이 앞자리에 오르자 승용차는 곧장 앞으로 달려 나갔다. 강인만이 몸을 돌려 뒤쪽을 바라보았다.

"형님, 사람들이 모두 바뀌었습니다. 관리부에 남아 있는 사람은 하나도 없고 일반 직원들도 거의 새사람입니다."

알고 있는 일이어서 백동혁은 잠자코 머리를 끄덕였다.

"기관실 고 주임을 만나 이야기를 들었는데요, 홍보실의 김선주 씨는 얼마 전부터 사무실에 나오지 않는답니다."

강인만이 힐끗 시선을 들었다가 내렸다.

"호텔 안에 소문이 쫘악 퍼졌다고 하는데요, 김선주 씨가 총지배인실에 들어갔다가 당하고 나왔다고 합니다."

"……."

"그날부터 회사에 나오지 않는다는데요."

승용차는 빠른 속도로 시내를 통과하고 있었다. 오후 3시여서 그런지 한적한 편이었다. 리즈호텔의 사정도 알아볼 겸 김선주의 소식을 들으려고 나온 길이었다.

그녀는 호텔에 출근하지 않았고 집에 있지도 않았다. 그녀의 어머니는 김선주가 휴가를 갔다고 했는데 어디로 갔는지도 모르는 눈치였다.

"왜 당했다고 하더냐?"

백동혁이 묻자 강인만이 눈을 껌벅이며 그를 바라보았다.

"네, 저, 김선주 씨가……."

"들은 대로 말해!"

"형님하고 가까운 사이였기 때문이라고 했습니다. 안정태가 그것을 모를 리가 없다고 하더군요."

"……."

"호텔 웨이터가 그날 새 옷을 가지고 총지배인실에 갔더니 김선주 씨가……."

"……."

"옷이 찢긴 채 소파에 누워 있었다고 합니다."

"병신 같은 놈."

제가 욕을 먹은 줄로 생각한 강인만이 얼굴을 뻣뻣하게 굳히고는 시선을 내렸다.

"그놈은 변태로구만, 사무실에서 그 짓을 하다니. 호텔 방이 바로 옆인데."

시선을 든 강인만이 눈을 끔뻑이며 그를 바라보았다.

"그리고 그게 무슨 대단한 일이라고 그래? 내가 알기로는 그 여자, 숱하게 떡방아를 찧었어. 한두 놈이 아녀."

"……."

"그런 일로 회사를 안 나오다니, 계집애들 심보를 알 수가 없어."

"형님, 안정태는 사무직원들 중에서 우리와 조금이라도 관계가 있는 것같이 보이는 사람은 모조리 잘랐다고 합니다. 김선주 씨도 아마 그래서……."

백동혁이 입맛을 다셨다.

"그건 그렇고, 김선주가 어디에 있다는 소문은 없더냐?"

"연락도 없는 모양입니다."

"망할 년이 우리한테는 연락을 해주었어야지. 안가 놈의 그 맛을 보고는 쇼크를 먹은 모양이구만."

"……."

앞자리에 앉아 있던 오덕호가 머리를 돌려 그를 바라보았다.

"형님, 어디로 갈까요?"

백동혁이 시계를 내려다보았다.

"천호동 삼락옥으로 가자. 아마 개가 몇 마리 있을 거야. 오늘은 개 피 냄새라도 맡아야겠다."

"……."

"너희들, 보신탕 잘허지?"

"네, 형님."

일제히 대답하기는 했으나 그들은 탐탁한 표정이 아니었다. 백동혁이 머리를 돌려 강인만을 바라보았다.

"아마 3분도 안 되어서 끝났을 거야."

"예?"

턱을 치켜들었던 강인만이 황급히 눈을 깜박이며 시선을 내렸다.

"그 여자는 모기한테 한 방 물린 거다. 근지럽기만 했을 거야."

백동혁이 이를 드러내며 그를 향해 웃어 보였다. 승용차는 시내의 중심가를 빠져나가 강변도로로 들어섰다.

열려진 차창으로 눅눅한 바람이 몰려 들어왔다.

"강변도로에 있습니다. 곧 반포대교가 나옵니다."

휴대폰을 쥔 이정문이 앞쪽을 바라보며 말했다.

백동혁의 승용차가 차량 두 대를 지나쳐 달리고 있다. 차량들이 강변도로를 가득 메우고 있는 퇴근 시간이어서 속력은 시속 40킬로미터 정도였다.

"아마 영동 쪽으로 갈 것 같은데요."

강변도로를 달리는 차들의 대부분은 한강에 걸린 다리 중 하나를 건너 영동으로 빠져나간다. 이정문은 휴대폰을 귀에 댄 채 앞쪽을 노려보았다.

호텔 주변에 감시원을 깔아 놓았었는데 백동혁이 문구점 앞에 차를 세웠을 때부터 문구점 건물의 3층에 있던 이쪽 감시원에게 발견이 되었다.

안정태는 근처 건물에 빈틈없이 감시원을 깔아 놓아서 수상하게 보이는 사람은 즉각 알아낼 수가 있었던 것이다.

"어? 형님, 저놈이 지하 차도로 가는데요? 시내로 들어갈 모양입니다."

앞자리에 앉아 있던 김오덕이 상체를 세우고 말했다. 삼 차선을 달리던 백동혁의 승용차는 대교를 건너 우측 길을 지나 시내로 들어가는 지하 차도로 들어서는 중이었다.

조웅남이 벌컥 방문을 열어젖히고 들어서자 자리에 앉아 있던 김칠성과 오함마가 일제히 머리를 들었다. 그러고는 자리에서 일어나 머리를 숙였다.

"배 타고 왔다믄서?"

응접실에 조웅남의 말소리가 울렸다.

김원국은 2층으로 올라가서 내려오지 않았으므로 그들은 조웅남을 기다리고 있었던 것이다. 자리를 잡고 앉은 조웅남이 눈동자를 굴려 앞에 앉은 그들을 바라보았다.

"말렀는디, 두 놈 다. 근디 함마 너는 왜 왔다 갔다 허냐? 진득허니 한군디 있을 것이지. 그러고 만철이는 왜 안 와?"

"형님, 말씀드릴 일이……."

오함마가 헛기침을 하고 상체를 세우자 김칠성이 옆쪽으로 머리를 돌렸다.

"뭣이여?"

조웅남의 이맛살이 와락 찌푸려졌다. 몸집은 크지만 뛰기로 마음먹으면 날렵해서 발소리도 내지 않았다. 그만큼 본능적인 육감이 발달되어 있는 것이다.

"뭣이여, 이 시키야?"

오함마가 우물거리자 조웅남이 버럭 소리를 쳤다. 이제 그의 눈은 독기를 품은 뱀처럼 번들거리고 있었다.

"형님."

오함마는 저도 모르게 팔을 들어 소매로 눈물을 씻었다.

"이런 지기미, 씨발 놈이."

조웅남의 얼굴이 금방 시뻘겋게 달아올랐다. 눈을 부릅떠 김칠성과 오함마를 번갈아 바라보면서 어깨를 들먹여 거칠게 숨을 쉬었다.

"빨리 말 안 혀?"

"형님, 제가……."

김칠성이 어깨를 추켜세우고는 조웅남을 똑바로 바라보았다.

"만철 형님이 돌아가셨습니다."

눈을 끔뻑이며 조웅남이 김칠성을 바라보았다. 붉게 달아올랐던 얼굴이 어느새 하얗게 변해 있었다.

"저하고 같이 계셨었는데, 놈들의 습격을 받았습니다. 가슴에 총을 맞았는데 가망이 없다고 하면서 머리에 총을 쏘아서……."

"……."

"세 발인가를 맞았지요. 가망이 없었습니다."

김칠성이 손을 들어 이마의 땀을 닦았다.

"놈들은 이철우의 부하들이었어요. 다섯 놈인가 여섯 놈이 왔는데 세 놈을 잡았습니다. 나머지는 도망쳤고."

"……."

"갑자기 집을 습격해서."

"그냥 죽었냐?"

조웅남이 뻣뻣해진 얼굴에서 입술만 달싹여 물었다.

"그 시키, 죽으면서 암말도 안 허데?"

"예? 예, 하더군요, 하셨습니다."

김칠성이 상체를 세우면서 어깨를 추켜올렸다.

"원수를 갚아 달라고 하셨습니다. …그리고 형님한테도 안부를 전해 달라고 했고, 큰형님한테도……."

"그 시키, 말도 드럽게 많이 혔네."

"예?"

"지 각시 얘기는 안 허고?"

"예? 예, 그것도, 여러 가지……."

"죽는 놈이 폼잡고 노가리 깠고만, 옛날 영화맹키로."

"……."

"형수님은 괜찮여?"

가라앉은 조웅남의 목소리가 다시 방 안을 울렸다. 그러자 오함마가 번쩍 머리를 들었다.

"네, 형수님은 괜찮아요."

"다행이고만."

"……."

"긍게 너는 장사 치르려고 갔다 왔고만."

"네."

오함마가 불안한 듯 여러 차례 눈을 깜박였다. 말소리가 한없이 잦아들고는 있지만 조웅남이 언제 무슨 발작을 일으킬지 알 수 없었다.

“긍게로 너는 형님허고 둘이 나를 속였고만, 만철이가 죽었는디.”

“……”

“그려, 내가 알믄 미친놈이 되었을 거여. 이해헌다. 다 나를 생각혀서 그렸을 거여.”

김칠성과 오함마가 막 대결을 앞둔 싸움꾼처럼 조웅남을 노려보았다. 조웅남이 부스럭거리며 소파에서 엉덩이를 들자 그들의 긴장은 최고조에 달했다.

“나는 방에 들어갈 팅게, 느그들도 피곤헐 틴디 쉬어라.”

김칠성과 오함마는 대답하지 않고 뚫어질 듯 그를 바라보았다. 몸을 돌린 조웅남이 휘적이며 방을 나가자 어깨를 늘어뜨린 오함마가 김칠성에게로 머리를 돌렸다.

“이거, 아무래도 찜찜하다.”

김칠성이 머리를 끄덕였다.

“저것, 위험한 증세야. 조심해야 돼.”

손바닥으로 이마의 땀을 닦은 김칠성이 머리를 떨구고 탁자를 내려다보았다.

“차라리 몇 대 두들기면서 난리를 피웠으면 속이 풀릴 텐데.”

오함마가 길게 한숨을 내쉬었다.

“그리고 우리 팔이나 하나씩 부러뜨려 준다면 우리도 더……”

그러다가 목이 멘 오함마가 두 손바닥으로 얼굴을 가렸다.

승용차는 큰길 입구에 세워 두었으므로 그들은 북적대는 사람들을 헤치고 샛길로 걸어 들어갔다. 2미터도 되지 않는 샛길이었지만 길 양쪽에는 양복점에서 만홧가게까지 즐비하게 늘어선 번잡한 곳이었다.

이정문은 백동혁의 일행이 다시 오른쪽의 골목길로 꺾어져 들어가는 것을 보고 입맛을 다셨다. 은근히 불안해진 것이다. 앞장을 서서 골목길의 입구에 다다른 그가 걸음을 멈추었다.

"저 자식, 개백정이라는 소문이 정말이로구만. 개 잡으러 왔어, 저기에."

이정문이 이를 드러내며 웃었다.

그들의 차가 세워진 앞쪽의 골목 끝에 '삼락옥'이라고 쓰여진 간판이 있었다. 가로등 불빛을 받아 뚜렷하게 보였다.

골목 끝에 있는 집이어서 안쪽이 훤히 들여다보였는데 집 앞에는 서너 마리의 똥개가 줄에 묶여 있었다. 개도 잡고 보신탕도 해주는 모양인지 집 안의 평상 위에 대여섯 명의 사내가 앉아 음식을 먹고 있는 것도 보였다.

"막다른 집이야. 놈은 제 묏자리로 들어간 거다."

이정문이 주위를 둘러보며 말했다. 허름한 주택가였고 큰길에서 100미터쯤이나 안쪽으로 들어온 골목이다. 그가 서 있는 곳 좌우에는 비디오 가게와 철물점, 조그만 설렁탕집이 늘어서 있었는데 저녁 무렵이어서 오가는 행인들로 번잡했다.

중년 사내 한 명이 삼락옥에서 나오더니 개들을 바라보았다.

이내 개들이 일제히 꼬리를 내리더니 땅바닥으로 몸을 낮추었다. 이윽고 그는 제일 큼직한 놈을 끌고 안으로 들어갔다.

"그놈이 개를 잡을 모양이구만."

이정문이 혼잣소리처럼 말하며 휴대폰을 꺼내어 다이얼을 눌렀다. 그들은 골목의 입구에 몰려 서 있었지만 눈여겨보는 사람은 없었다. 구멍가게 앞에는 아이들이 몰려서서 뽑기를 하느라고 소란스러웠고 골목 입구의 오락실에서는 귀를 울리는 전자음이 쉴 새 없이 터져 나왔다.

"들어가자."

휴대폰을 주머니에 넣은 이정문이 머리를 들었다.

"오덕이, 너는 세 명을 데리고 문 앞을 지키고 서라. 나오는 놈이 있으면 쳐. 나는 너, 너, 너, 세 명 데리고 안으로 간다."

둘러선 사내들을 눈으로 찍으며 이정문이 다부진 얼굴로 말했다.

"개백정 놈이 작대기로 어떻게 하는가 보자."

주위는 이미 어두워졌고, 골목 안은 음색 냄새와 지린 듯한 냄새가 섞여서 머리가 아플 지경이었다.

그들의 옆을 술에 취한 중년 사내 세 명이 온몸으로 고기 냄새를 풍기면서 지나갔다. 이정문은 앞장을 서서 골목 끝 쪽의 삼락옥으로 다가갔다. 거리는 30미터밖에 안 되었지만 뛰어다니는 아이들과 한가하게 길에 나와 있는 동네 사람들 때문에 곧장 다가갈 수 없었다.

삼락옥 안에서 웃음소리가 들려왔고 먹음직한 개고기 냄새도 풍겨왔다.

이정문은 허리춤에 찔러 넣은 권총의 손잡이를 쥐었다. 소음기까지 끼워진 묵직한 콜트가 손에 잡히자 가슴이 든든해졌다. 목표는 백동혁이다. 삼락옥 안으로 들어간 백동혁과 일행은 모두 네 명이었지만 조무래기들은 젖혀 두고 백동혁의 명줄만 끊을 작정이었다.

삼락옥의 대문을 뛰어들면서 이정문은 권총을 빼 들고는 내부를 재빠르게 훑어보았다. 평상에 앉아 있던 손님들이 놀라 일어서는 통에 술상이 뒤엎어졌고, 부엌에서 나오던 여자가 자지러질 듯한 비명을 질렀다. 한옥과 같은 구조여서 마당의 평상과 문이 열려진 안방, 건넛방이 한눈에 보였다. 그러나 백동혁은 방에 없다. 이정문은 부엌 옆의 뒷마당 쪽으로 달려 나갔다.

그의 뒤쪽에서 사내들의 비명 소리가 터져 나왔고 부하들이 지르는 고함 소리도 섞여 들렸다. 이정문은 단숨에 부엌을 돌아 뒷마당으로 달려들었다. 집 안으로 뛰어들고 나서 5초도 되지 않았다.

백동혁은 뒷마당에서 개를 잡고 있을 것이고 분위기에 놀라 이쪽을 맞을 준비를 하기에는 시간이 부족했다.

뒷마당을 훑은 이정문의 눈에 두 명의 중년 남자와 그 사이에 서 있는 백동혁이 보였다. 그는 말로만 들었던 검은색 목검을 쥐고 있었다. 놀란 중년 사내 한 명이 땅바닥에 엉덩이를 찧으며 주저앉았고 다른 사내는 무언가 알 수 없는 외마디 고함을 질렀다.

이정문은 달려드는 속력을 줄이면서 백동혁을 향해 권총을 겨누었다. 거리는 5미터 정도였다. 눈을 감고도 놈의 심장을 맞힐 수 있는 거리였다.

백동혁이 두 손으로 움켜쥔 목검을 하늘로 번쩍 치켜드는 것이 보였다. 둘의 시선이 마주쳤고, 이정문의 둘째 손가락은 방아쇠를 당기기만 하면 되었다.

그 순간 이정문은 머리 꼭대기에서 쏟아지는 물줄기를 느꼈다. 그러나 물이라고 느껴진 것은 순간이었다. 그다음 그는 껑충 뛰어오르면서 비명을 질렀다.

"으악!"

뜨겁다는 표현보다 피부가 벗겨지는 듯이 선뜻하면서 온몸이 오그라지는 것 같은 고통이 왔다. 그리고 아무것도 보이지 않았다. 이정문은 비틀거리며 앞쪽을 향해 방아쇠를 당겼다.

탕. 탕. 탕.

그러자 다음 순간 그는 머리가 둘로 쪼개지는 것 같은 의식을 끝으로 땅바닥에 엎어졌다. 그의 옆에는 방금 때려잡은 개 한 마리가 똑같이 머리가 갈라진 채 누워 있었다.

백동혁은 목검을 곧추세우고는 안마당으로 달려 나갔다. 이정문을 따라 들어섰던 부하 한 명은 이미 뒷마당으로 들어서는 입구에서 몽둥이에 허리를 맞고는 주저앉아 눈동자만 희번덕거리고 있었다.

앞마당의 소란도 끝나 있었다. 부하들이 밖으로 치고 나간 모양이었다. 평상 옆에 엎어져서 사지를 늘어뜨리고 있는 이정문의 부하가 보였다.

담 밑에 쪼그리고 앉은 또 한 명의 사내는 무릎을 감싸 안고 연신 비명을 질러대는 중이다. 술을 마시던 손님들은 모두 안방 쪽에 몰려 서 있었는데 이제는 한 사람도 입을 열지 않았다. 두 눈을 치켜뜨고는 이쪽을 바라보고 있을 뿐이다.

여자는 부엌으로 숨었는지 보이지 않았다. 문밖으로 나간 백동혁은 놀란 개들 사이에 자빠져 있는 두 명의 사내를 보았다. 모두 저쪽 놈들이었는데 한 놈은 머리가 피투성이였고 다른 한 놈은 허리를 움켜쥐고 연신 땅바닥을 맴돌고 있다.

"가자."

백동혁이 몸을 돌려 뒤를 바라보았다.

"예, 형님."

오덕호가 쇠뭉치를 옆구리에 끼면서 다가왔다. 개 삶는 물을 이정문에게 끼얹은 장본인이었다. 그놈은 뒷마당의 가마솥 옆에 쪼그리고 앉아 기다리고 있던 오덕호를 보지 못한 것이다. 그리고 부엌에서 기다리고 있던 이쪽도 눈치채지 못했다.

"오늘은 기분이 괜찮구만, 개하고 사람하고 같이 잡았다."

백동혁이 주머니에서 수건을 꺼내 목검을 닦으며 만족한 듯 말했다.

골목 안은 구경꾼들이 몰려들고 있었다. 순댓국집 아주머니도 행주치마를 두른 채 뛰어나왔고, 오락실의 아이들은 말할 것도 없었다.

그들이 사람들을 헤치고 골목의 입구로 나오자 이강일이 부하들과 함께 그를 향해 뛰어왔다.

"형님, 두 놈은 놓쳤습니다."

"상관없어, 대가리 한 놈을 잡았으니까."

그들은 서둘러 큰길로 다가갔다.

"오늘은 기분이 썩 좋구만, 골통이 부서지는 촉감이 오늘따라 상쾌했어."

백동혁이 좌우를 둘러보며 큰 소리로 말했으나 대꾸하는 사람은 없었다.

그중 막대기로 개나 사람의 골통을 부숴 본 사람은 아무도 없을뿐더러 오늘따라 백동혁이 들떠 있었기 때문이다.

응접실로 들어선 김칠성이 부하로부터 휴대폰을 받아 쥐었다. 수염이 더부룩한 얼굴에 눈이 충혈되어 있었고, 입에서는 술 냄새가 풍겨왔다.

"여보세요."

소파에 몸을 던지듯이 앉으면서 그가 퉁명스럽게 입을 열었다.

—형님, 접니다. 김춘수입니다.

"그래, 웬일이냐?"

직속 부하는 아니지만 켄트클럽에서 지배인을 맡고 있던 사내였다. 그도 이번에 켄트클럽의 소유권이 박용근의 대리인에게 넘어가자 직장을 잃었던 것이다.

—형님, 형수님이, 형수님이 돌아오셨습니다.

다급한 듯 김춘수가 커다랗게 말했다.

—형님, 듣고 계십니까?

김칠성이 눈을 부릅뜨고 턱을 치켜들었다.

"듣고 있어."

—지금 댁에 계십니다. 저, 어머님 댁에.

"네가 어떻게 알게 되었어?"

—예, 형님, 그것이…….

"……."

—저한테 전화가 왔습니다. 저는 클럽을 그만두고 집에 있었는데, 집으로 전화가…….

"누구한테서?"

—글쎄, 그것이… 형수님이 돌아오셨으니까 확인해 보라고만 해서요, 어머님 댁에요.

"……."

—그래서 전화를 했지요. 그랬더니 진짜 어머님 댁에 계셨습니다. 도착하신 지 몇 시간밖에 안 되었다고.

"……."

—그 사람 말이, 언론이 알면 시끄러울 테니까 어서 조용한 곳으로 모시라고.

"그 사람이 누구야?"

—누군지 말하지 않았습니다, 형님.

"알았다, 수고했다."

—형님, 제가 어떻게…….

"너는 입 다물고 있어라. 알았나?"

—예, 알겠습니다. 입 다물겠습니다, 형님.

스위치를 끈 김칠성이 핏발 선 눈을 들어 문 쪽에 서 있는 부하를 바라보았다.

"동혁이한테 연락해라. 내 처갓집에 가서 영옥이 엄마를 확인하고……."

말을 멈춘 그는 침을 삼켰다.

"미행 조심하고 저쪽 아랫집으로 데려오라고."

"예, 형님."

온몸을 빳빳하게 긴장시킨 부하가 서둘러 휴대폰을 받아 쥐었다.

자리에서 일어선 김칠성이 막 응접실을 나서는데 2층의 계단을 김원국이 내려오고 있었다. 그의 뒤를 오함마가 따르고 있었다.

"형님, 말씀드릴 일이……."

김칠성이 다가가자 김원국이 그의 앞에서 걸음을 멈췄다.

"저, 영옥이 엄마가 집에 와 있답니다. 금방 연락이 왔는데요."

김원국이 잠자코 그를 바라보았고 오함마가 입을 따악 벌렸다가 닫았다.

"그런데 조금 걸리는 것이, 어떤 놈이 제 부하한테 그것을 알려주었답니다. 그리고 언론이 알면 시끄러울 테니까 어서 피신시키라고 했다는데……."

시선이 마주치자 머리를 숙인 김칠성이 다시 말을 이었다.

"그래서 동혁이를 시켜서 미행 조심하고 아랫집으로 데려오라고 했습니다."

"잘했다."

머리를 끄덕인 김원국이 가볍게 말했다.

"제수씨가 돌아왔으니까 어떻게든 모셔 와야 한다."

"그렇지만 형님."

오함마가 머리를 들자 김원국이 그를 향해 말했다.

"그렇지, 함마, 너도 애들 데리고 나가 보아라. 동혁이 뒤를 받쳐 줘라, 어서."

"예, 형님."

오함마가 서둘러 현관으로 다가가자 김칠성이 잠자코 머리를 들었다. 핏발 선 두 눈이 더욱 붉어져 보였다.

"웅남이가 어제부터 방구석에 처박혀 있어. 만철이 때문에 충격이 클 것이다."

김원국이 그를 똑바로 바라보았다.

"그렇다고 방에 들어가지는 말아라. 내버려 둬. 하지만 잘 살펴봐야 한다. 눈을 떼지 말란 말이다."

"예, 형님."

갈라진 목소리로 대답하고 난 김칠성이 다시 머리를 떨구었다.

김원국은 그를 지나 현관문을 열고 밖으로 나왔다. 밤하늘에 가물거리는 별이 떠 있었고, 바닷바람이 부드럽게 피부에 와 닿았다.

하늘을 향해 심호흡을 하고 난 김원국은 두어 번 발을 땅에 구른 다음 산비탈을 뛰어 내려가기 시작했다. 비탈 밑은 인적 없는 모래사장이다. 오늘도 지칠 때까지 모래 위를 달릴 작정인 것이다.

제6장

배후의 조종자

밤의 대통령

임종휘는 찻잔을 내려놓고 눈을 들어 이무섭을 바라보았다. 안경 속의 날카로운 눈매가 똑바로 이쪽을 향하자 이무섭은 긴장한 듯 온몸을 굳혔다.

"기무사의 황인규 대령이라고 있어. 군수 참모인데, 요즘 꽤 바쁘게 돌아다닌다는데."

임종휘의 말소리는 낮고 느렸다. 그것은 상대방에게 명령하는 것에 익숙한 사람들의 버릇이다. 토론이나 격의 없는 대화에서 이런 식의 말투를 썼다가는 말이 중간에서 잘리거나 큰 소리에 묻혀 버릴 것이다. 그가 입을 열었을 때는 주위가 조용해져야만 하고 끝까지 들어야만 한다는 것에 본인이나 주위의 사람들은 익숙해져 있었다.

"황인규는 안기부의 고성섭과 맥을 통하고 있어. 고성섭은 김원국과……."

임종휘가 잠시 말을 멈추고는 찻잔을 들고 한 모금 홍차를 삼켰다.

무릎 위에 두 손을 얹은 이무섭이 잠자코 그를 바라보았다. 임종휘는 한때 대통령 다음으로 군을 좌지우지하던 국방 담당 보좌관이었다. 그의 손에 의해 숱한 별이 태어나거나 유성처럼 떨어져 갔다.

그는 5년 동안 실제로 군을 통솔한 사람이었다.

임종휘가 찻잔을 내려놓았다.

"사령관한테 말해 놓았어. 곧 전방 사단으로 전출될 거야. 하지만 그 친구가 이제까지 알아 놓은 것이 무엇인지 궁금해."

"각하, 제가 알아서 처리하겠습니다."

이무섭이 입을 열자 임종휘가 보일 듯 말 듯 머리를 저었다.

"기무사 참모여서 그 친구가 어떤 보안 장치를 해놓았는지도 알 수 없어. 서툰 행동은 안 돼, 이 대령."

"……."

"그 친구는 자네와 비슷한 점이 많아. 훌륭한 군인이야. 하지만 다른 점이 있다면 배경이 없다는 것인데."

"……."

"배경이 없어야만 출세하는 세상이 되었어, 요즘은. 그래서 제각각이라 통솔이 안 된단 말이야."

말에 비약이 있었으므로 이무섭은 입을 다물고 그를 바라보았다. 임종휘는 새로운 정권 아래서 떨어져 나간 별들의 대부였다. 그는 지금 이태원의 별장에서 은둔 생활을 하고 있지만 아직도 미국의 국방부 고위급들과 밀접한 관계를 맺고 있었다.

따라서 새로운 정권에서도 그를 함부로 취급하지 못하고 있었다. 그의 손을 통해 5년 동안 한국에 들여온 군수품과 병기는 그 액수가 천문학적이었다. 그러나 임종휘는 직접 감시의 대상이 된 적이 없다.

"난 자네를 신뢰하고 있네. 자네는 내 오른팔이야. 다만……."

임종휘가 안경 속의 눈을 들어 그를 바라보았다.

"자네의 불만을 알았고, 그것을 계기로 자네를 내 사람으로 삼았지만, 내가 지금 조금 더 욕심을 부린다면 자네가 신념을 가지고 있어야 한다는 생각이 들어."

"각하, 말씀 안 하셔도 알고 있습니다."

이무섭이 번쩍 머리를 들었다.

"저는 제 행동에 조금도 부끄럽다고 생각하지 않습니다. 저도 사내입니다. 저는 권력과 금력에 집착이 있고 각하를 만나 그 기회를 얻었습니다."

그의 말소리가 넓은 응접실에 울렸다.

"저는 이제 그 반을 얻었습니다. 앞으로 남은 것은 제가 표면에 나타나는 일입니다."

"그것은 시간이 해결해 주고 있지 않나? 그렇지?"

"그렇습니다."

"강한석 장관이 다음 달에 당 대표 후보로 나설 거야. 대의원

선거를 거치겠는데 지금 당 대표인 한영수 씨와 경합하게 돼. 자네도 알고 있지?"

"알고 있습니다."

"나는 강한석 씨를 밀어줄 생각이야. 그도 내 힘을 필요로 할 것이고."

"……."

"그 힘의 원천은 이제 자네에게 있네. 비록 밤 세계의 힘이지만 우리는 추상적인 것이 아니라 실제로 힘을 쥐게 되었어."

임종휘의 말소리는 낮았으나 힘이 실려 있었다. 그가 말을 이었다.

"체제도 보다 새로워져야 하고, 군도 일사불란하게 움직여야 돼."

"그렇습니다."

"이제 자네의 총알받이로 내세웠던 울타리들을 치워 버릴 때가 되었어. 오래 놔두면 성가실 테니까."

"……."

"박용근이가 밤 세계의 건달들을 모으고 있더군. 자신의 위치에 불안감을 느끼는 모양이야."

임종휘는 국가의 모든 정보기관을 통괄해 본 경험이 있는 사람이다. 그는 빠른 정보만이 현대전의 승부를 결정짓는다고 말해 왔고 지금도 그는 고급 정보를 언제나 빠르게 쥐고 있었다.

"약삭빠른 사람이지. 군의 생리도 알고. 조심해야 할 거야."

"염려하지 마십시오, 각하."

"정기욱이가 요즘 얌전하게 지내고 있는데, 김동천이가 행방불명이 되어서 그런 모양이지?"

"김동천이는 김원국의 조직에 잡혀갔습니다. 그 후로 겁이 난 것 같습니다."

"애초에 바람막이로 썼지. 그 이상은 기대하지도 않았어."

"업체를 일곱 개 직접 경영하는 데다 몇 개 지역을 떼어 달라고 합니다."

"업체들의 소유주는 다른 사람으로 등기 이전했겠지?"

"물론입니다."

임종휘가 슬쩍 머리를 들어 이무섭을 바라보았다. 두 사람의 시선이 마주치자 이윽고 이무섭이 머리를 숙였다.

창밖에서는 새 울음소리가 났다. 서울 시내의 한복판이지만 대지가 500평이 넘는 데다 정원 한쪽은 짙은 숲이어서 새들이 둥지를 틀고 있었다.

"이철우가 불씨를 던져 놓고 돌아왔어."

문득 임종휘가 입을 열어 방 안의 정적을 깼다.

"김원국의 처자식을 죽이고 강만철을 죽였으니, 놈이 잠자코 있지 않을 거야."

"알고 있습니다, 각하."

"놈이 섬에서 모습을 보이지 않은 지가 꽤 오래되었다는 거야. 놈이 서울에 와 있을지도 몰라."

"……."

"제일 먼저 처리해야 할 것은 그놈이야. 놈은 이제 거리를 활보할 수 없는 신세가 되었지만 어떻게든 찾아내야 돼."

"염려하지 마십시오."

"씨를 없애야 돼. 그것이 우리가 살 길이야. 조그만 불씨도 남겨두어선 안 돼."

임종휘의 목소리가 단호해졌다.

이무섭을 똑바로 바라보는 그의 눈빛에는 힘이 실려 있었고 얇은 입은 야무지게 닫혀져 있다. 이무섭은 저도 모르게 머리를 숙였다.

임종휘가 말을 이었다.

"이철우가 김칠성의 처를 풀어준 것도 유감이야. 큰일을 맡길 인물이 못 돼, 그놈은."

"각하, 믿을 만한 사람입니다."

"진작 처리되었어야 해, 그 여자."

"……."

"자네라도 손을 썼어야지."

"각하, 집에 사람을 보냈습니다만 어느 틈에 피신을 해버리고 없었습니다."

"그것 봐."

임종휘의 이맛살이 찌푸려졌다.

"제 남편한테 털어놓을 거야, 그 여자. 제 남편한테로 도망친 거야."

문이 열리는 기척에 한세라는 머리를 돌렸다. 그러고는 눈을 치켜뜨고 자리에서 몸을 일으켰다.

김칠성이 들어와 등 뒤로 문을 닫았다.

"당신."

한세라의 두 눈에 금방 물기가 고였다.

"나 어젯밤에 왔는데, 와보지도 않구."

잠자코 다가온 김칠성이 그녀의 앞에 멈추어 섰다. 한세라는 팔을 벌려 그의 상반신을 안았다.

가슴이 내려앉은 기분이 들면서 갑자기 눈물이 쏟아진 한세라는 그의 가슴에 얼굴을 묻고 흐느껴 울었다. 어느새 김칠성의 두 팔이 자신의 허리를 안고 있는 것이 느껴졌다.

"미안하다, 나 때문에."

귓가에서 김칠성의 숨결이 느껴졌다.

"그런데 놈들이 보내주었어?"

한세라가 상체를 떼고 그를 올려다보았다. 눈물로 범벅이 된 두 눈이 크게 뜨여져 있다.

"그게 그렇게 중요해요?"

"그럼 도망쳐 온 거냐?"

"응."

한세라가 머리를 끄덕이며 눈물로 젖은 얼굴을 김칠성의 가슴에 닦았다.

"도망쳐 나왔어요, 감시하는 사람들 몰래."

"어딘데?"

"모르겠어, 밤에 도망쳐 와서."

"어느 부근인지는 알 것 아냐?"

"기억이 안 나. 택시를 타고 오면서 쓰러져 잤으니까. 내려 보니까 집이야."

김칠성이 두 손으로 그녀의 양쪽 팔을 움켜쥐고는 물끄러미 내려다보았다. 화장기가 없는 얼굴이 파리하게 야위어 있었다.

한세라가 입을 열었다.

"영옥이가 날 몰라봐. 여기 데리고 오는데 막 울었어요."

"……."

"당신도 야위었어. 나 때문에 그랬어요?"

김칠성의 두 눈에 금방 물기가 그득 고였다. 당황한 그가 얼굴을 치켜들었으나 두 줄기의 눈물이 콧날 좌우로 흘러내렸다. 아랫입술을 깨문 한세라가 딸꾹질을 하더니 다시 그의 가슴에 얼굴을 묻었다. 그러고는 소리 내어 울었다.

"이것 봐, 그쳐."

한세라의 어깨를 잡아 상반신을 떼어낸 김칠성이 눈을 부릅떴다.

"난 형님 생각을 하고 울었어, 이것아."

"……."

"너는 살아 돌아와서 다행이야. 나는 그것이 고맙지만 미안하단 말이다."

그는 이를 악물었으나 목구멍에서 웅웅거리는 듯한 신음 소리가 들려왔다.

"잔소리 말고 이곳에 있어, 입 다물고. 살아 돌아왔다고 유세

하지 말고."

으르렁거리는 듯한 목소리로 김칠성이 말하자 한세라가 머리를 들었다. 그러나 선뜻 입을 열지는 않았다.

김칠성이 현관으로 다가가는데 뒤쪽에서 인기척이 들렸다. 머리를 돌리자 이재영이 다가오고 있었다. 조웅남의 조치로 이재영도 이곳에서 머물고 있는 것이다. 그녀는 한 손에 노란색 대형 서류 봉투를 들고 있었는데 외출복 차림이었다.

"저, 큰형님한테 가시면 저도 데려다주세요."

"오라고 하십디까?"

"네, 허락받았어요."

김칠성은 할 수 없다는 듯 입맛을 다시고는 앞장을 섰다. 차 안에 들어가 앉아서도 둘은 한동안 입을 열지 않았다.

"저, 축하드려요. 사모님이 돌아오셔서……."

승용차가 바다를 끼고 국도를 달리기 시작하자 이재영이 입을 열었다.

"기쁘시겠어요."

"……."

"이쪽으로 피해 오신 것도 잘하셨어요. 언론에서 내버려 두지 않을 테니까요."

"피해 온 것이 아냐. 어느 놈이 미리 그렇게 일러주었어."

김칠성이 뱉듯이 말하고는 이재영을 쏘아보았다.

"저 여편네는 도망쳐 나온 것이 아냐. 그럴 리가 없어. 놈들이 풀어주었어."

"……."

"나는 도무지 이해가 안 가. 놈들이 왜 풀어주었는가를 말이야. 여편네는 도망쳐 왔다고 말도 안 되는 소리만 하고."

이재영이 눈을 깜박이며 그를 바라보았다.

"여편네는 날 속이고 있어."

"오해하고 계시는지도 몰라요."

"그랬으면 좋겠구만."

김칠성이 창밖으로 머리를 돌렸다. 그의 찌푸린 얼굴에 시선을 주었던 이재영도 잠자코 앞쪽을 바라보았다. 8개월 가까이 납치되어 있던 아내의 무사한 모습을 보게 된 것에 대한 기쁜 표정이 아니었다.

"리즈호텔에서 근무하던 김선주라는 사람이 있었어요. 저희 심부름도 해주던 직원이었는데 행방불명이 되었습니다."

이재영의 말에 김원국이 머리를 들었다. 얕은 산등성이 위의 숲 속이었는데 나뭇가지 사이로 아래쪽의 별장이 보였다. 그리고 시야를 가득 메우고 있는 것은 오후의 햇살을 받아 빛을 반사하는 잔잔한 바다였다.

"그들은 이쪽과 조금이라도 관계가 있어 보이는 사람이면 내버려 두지를 않는군요."

이재영은 그가 앉아 있는 바위 아래쪽의 평평한 부분에 엉덩이를 걸쳤다. 가을이 깊어 가고 있었다. 이름 모를 활엽수의 커다란 나뭇잎이 휴지처럼 땅바닥에 깔려 바람에 부스럭거렸다.

"저, 제가 이제까지 일어난 일을 중심으로 이야기를 썼는데요, 조금 미진한 부분이 있지만 읽어주시겠어요?"

그녀가 손에 들고 있는 대형 봉투를 바라보던 김원국이 머리를 끄덕였다.

"언젠가는 발표하게 되겠지. 신문 기사로든, 책으로든 간에."

"강 사장님이 섬에서 습격을 받아 돌아가신 것은 이철우 씨의 복수극이라고 썼습니다."

"……."

"어떤 면에서 보면 이철우 씨도 희생자라고 볼 수 있는데요. 가족이 모두 이무섭 씨가 보낸 사람들에게 살해당하지 않았어요?"

이재영이 머리를 들어 김원국을 올려다보았다. 스웨터에 바지 차림의 그는 바다를 내려다본 채 입을 열지 않았다.

"저, 밖에 나가지를 못해서 사회 분위기도 알 수 없고, 정보를 얻는 데도 한계가 있어요."

이재영이 조심스럽게 말하자 김원국이 머리를 돌려 그녀를 바라보았다.

"우리 때문에 이렇게 되어서 미안하게 생각하고 있어."

"제가 자초한 일인데요, 뭐. 하지만 정보가 적어서 답답해요."

"놈들은 이제 거의 밤의 세계를 장악했어. 부산, 대구 등 대도시의 조직들과 급속히 연계 작업을 하고 있지. 부산의 최충식은 일본으로 피한 모양이야."

몸을 돌려 이재영을 내려다본 김원국이 말을 이었다.

"내가 소유했던 업체들은 모조리 공매처분을 당해 박용근의 하수인에게 소유권이 이전되었거나 그 전에 넘겨졌어. 난 이제 가진 게 아무것도 없어."

"……."

"조직원은 모두 사분오열이 되어서 뿔뿔이 흩어졌고 움직일 수 있는 부하들은 100명도 채 되지 않아."

"하지만……."

이재영이 머리를 들자 김원국이 입술 한쪽 끝을 올렸다.

"보스급들도 타격을 많이 받았지. 조웅남은 총상을 입었었고 고태석이는 항소를 했지만 적어도 10년은 살게 될 것 같아. 거기에다 강만철이는 그렇게 되었고."

산등성이를 스치고 지나는 바람에 마른 나뭇잎들이 그들의 몸에 부딪치며 떨어졌다.

"조웅남이는 충격을 받은 모양이야. 며칠 동안 얼굴을 보이지 않고 방 안에만 틀어박혀 있어. 아마 다른 사람들도 마찬가지겠지. 사기가 떨어져 있어."

김원국이 머리를 들고 이재영을 바라보았다.

"놈들은 아마 날 잡고 싶겠지. 뿌리를 뽑으면 끝난다고 생각할 테니까."

"그 사람들은 목표를 달성한 것이 아닐까요? 저는 그렇게 생각하는데."

"나는 그렇게 생각하지 않아."

"……."

"놈들의 목표는 밤의 세계만이 아냐. 그것을 기반으로 보다 큰 것을 노리고 있어."

"……."

"그렇게 써. 우리도 놈들의 뿌리를 파헤쳐서 세상에 공개하기로 결정했다고 말이야."

바위에서 일어선 김원국이 앞쪽으로 다가가 바다를 내려다보았다.

"그렇지, 아무것도 없는 지금이 일을 시작하기에 제일 좋은 시기인지도 몰라. 이제는 잃을 것도 없으니까."

따라서 몸을 일으킨 이재영이 그의 뒷모습을 바라보았다.

"저, 섬에는 누가 계신가요?"

이재영이 묻자 김원국이 몸을 돌렸다. 이맛살을 찌푸리고 눈을 치켜뜬 얼굴이어서 이재영은 시선은 내렸다.

"모두 이쪽으로 오셨는데, 그쪽은 위험하지 않을까 해서요."

"위험하지 않아."

바다를 등지고 선 김원국이 똑바로 그녀를 바라보았다.

"이젠, 하나도."

"형님은 산에 가셨냐?"

조웅남이 묻자 오함마가 머리를 끄덕였다.

"예, 곧 내려오실 거예요. 만나시려구요?"

"만나기는 뭘, 맨날 보는디."

그는 두리번거리며 현관 쪽으로 다가갔다. 외출복 차림이어서 오함마는 소파에서 일어섰다.

"형님은 어딜 가시는데요?"

"나도 바람 쐬러."

"그러니까 어딜 가시냐구요?"

걸음을 멈춘 조웅남이 머리만 돌렸다. 이마에 굵은 주름살이 뚜렷이 드러났다.

"지기미 씨발 놈이 웬 간섭이여, 간섭이?"

"간섭이 아닙니다, 형님. 큰형님 명령이라구요."

오함마도 만만치 않았다. 그는 성큼 걸어 조웅남의 앞에 와 섰다.

"외출하실 때는 허락을 받고 가셔야 해요. 제가 혼납니다."

"그러믄 니가 혼나라."

"글쎄, 형님."

그러자 옆방 문이 열리면서 김칠성이 밖으로 나왔다. 바깥의 소란을 듣고 나온 것이다. 현관 근처에 서 있던 두어 명의 부하들이 굳어진 얼굴로 이쪽저쪽의 눈치만 살피고 있었다.

"형님, 어딜 가시든 큰형님께 말씀이나 하고 가세요. 저하고 같이 갑시다."

김칠성이 다가와 오함마의 옆에 서자 조웅남의 얼굴이 차츰 붉게 달아올랐다. 수염을 깎지 않아서 길고 짧은 털들이 얼굴 전체에 지저분하게 깔려 있었고 입에서는 숨을 뱉을 때마다 역한 술 냄새가 새어 나왔다.

"이런 씨발 놈들이 인자는 떼거지로 나서는고만. 절로 안 비켜?"

"형님, 제발."

오함마가 사정하며 주춤 한 걸음 다가섰다가 조웅남이 어깨를 세우면서 주먹을 쥐자 다시 한 걸음 물러섰다.

"좋은 말 헐 때 비켜나, 이 시키들아."

"형님, 정말 이러실 거요?"

한마디 하며 앞으로 한 걸음 다가선 것은 김칠성이다. 그는 두 눈을 부릅뜬 데다 볼까지 부풀리고 있어서 당장에라도 싸울 것 같은 험한 얼굴이었다.

"얼라? 이 시키 봐라? 오매?"

조웅남이 김칠성의 멱살을 와락 움켜쥐었다. 목을 부러뜨려 죽인 적도 있는 무서운 악력이다.

그러나 김칠성도 잠자코 있지만은 않았다. 두 손으로 조웅남의 팔을 움켜쥐고 힘을 쓰자 잡힌 목이 조금 풀려났다.

"이 씨발 놈이!"

더욱 분기가 치솟아오른 조웅남이 주먹을 쳐들어 단숨에 김칠성의 면상을 칠 것 같은 자세를 취하자 이제는 오함마가 달려들어 그의 다른 쪽 팔을 쥐었다.

"안 놔! 이거 안 놓을텨!"

집 안이 들썩이도록 고함을 치던 조웅남이 그 자세로 현관을 향해 두 걸음쯤 떼었다. 김칠성과 오함마가 질질 끌려왔으나 조웅남은 더 이상 나가지 못했다.

"느그들 죽을 티여?"

다시 조웅남이 악을 쓰자 겨우 조웅남의 손아귀에서 벗어난 김칠성이 따라서 소리쳤다.

"죽이쇼, 차라리! 나도 살 생각 없수다, 인제는."

조웅남이 김칠성을 향해 다시 덮쳐 가자 오함마가 뒤에서 그의 허리를 안았다.

"형님, 정말 이러실 거요?"

등에 매달린 오함마가 소리치자 김칠성이 조웅남을 노려보았다.

"마음은 형님만 아픈 줄 아시오? 어린애처럼 이러지 말란 말입니다."

"뭣이여? 내가 언내라고?"

마침내 조웅남의 주먹이 김칠성을 향해 날았으나 빗나가는 바람에 벽을 쳤다.

조웅남은 몸을 세차게 흔들어 등에 붙어 있는 오함마를 떼어냈다.

"난 얼매 동안 안 들어올 거여."

현관문을 밀어젖히면서 조웅남이 소리치듯 말했다.

"날 찾지 말어. 나도 죽었다고 생각혀."

"형님!"

오함마가 버럭 고함을 쳤으나 김칠성은 허리에 두 손을 댄 채 조웅남을 쏘아보았다. 문이 세차게 닫히고 조웅남이 현관 밖으로 사라지자 오함마와 김칠성이 서로 얼굴을 마주 보았다.

"형님한테 보고해야겠어."

오함마가 서두르듯 말하자 김칠성이 머리를 저었다. 여전히 눈을 부릅뜬 얼굴이다.

"내버려 둬, 제멋대로 하라고."

힐끗 김칠성에게 시선을 준 오함마가 문을 열고 밖으로 나갔다.

김칠성은 셔츠의 깃을 세우면서 소파로 돌아왔다. 밖에서 승용차의 엔진 소리가 들려왔다.

강한석이 탄 승용차가 움직이자 박동호는 몸을 돌렸다. 현관 앞에 나와 서 있던 경찰청의 간부들도 제각기 안쪽으로 흩어져 들어가고 있었다.

"거기, 이 과장. 나 좀 봅시다."

박동호가 그들을 향해 말하자 이정환이 사람들을 헤치고 다가와 섰다.

"나하고 이야기 좀 합시다."

"알겠습니다, 청장님."

간부들이 이쪽을 힐끗거리고 있었으므로 이정환의 얼굴이 뻣뻣해졌다. 보름 전에 신병을 이유로 사퇴한 하석재의 후임으로 박동호가 경찰청장에 임명되었던 것이다.

그들은 엘리베이터를 타고 청장의 집무실인 5층으로 올라갔다. 엘리베이터 안에서부터 복도를 걸어 집무실 안에 들어설 때까지 박동호는 입을 열지 않았다. 마른 얼굴을 치켜들고는 짙은 눈으로 한곳만 쏘아볼 뿐이어서 이정환은 점점 긴장이 되었다.

하석재에게 밀려 치안감을 끝으로 곧 퇴직할 줄 알았던 박동호였다. 연초부터 시작되었던 밤 세계의 격변이 그에게는 출세의 기회가 되었다고도 볼 수 있었다. 그가 내무장관 강한석의 강력한 추천으로 청장이 되었다는 것은 모르는 사람이 없다. 차장으로 있던 조동철을 젖히고 청장으로 승진하면서 직급도 치안총감이 된 것이다.

"거기 앉아요."

굵은 목청으로 박동호가 앞쪽 자리를 가리키며 말하자 이정환이 자리에 앉았다. 이정환은 청장의 집무실에 자주 들어올 기회가 없었다. 번들거리는 목제 가구와 책장, 그리고 넓은 면적은 경찰 총수의 집무실로서 손색이 없었다.

"내가 당신한테 몇 가지 지시할 일이 있어서 불렀는데."

박동호가 다시 말을 내렸다.

"네, 청장님."

상체를 반듯이 세운 이정환이 긴장한 얼굴로 그를 바라보았다. 경찰청이나 언론은 이번의 사건을 '김원국 조직 사건'이라고 부르고 있었다. 이정환은 김원국 사건을 맡은 실무 책임자로서 박동호의 지시대로 움직였다고 볼 수는 없었다. 덮어두려고 했고, 본질을 캐려고 하지 않는 그의 지시를 어길 때도 많았던 것이다.

"정보에 의하면 김원국이 한국에 잠입했을 가능성이 많다는 거야. 이 과장, 그런 이야기는 듣지 못했어?"

박동호가 검은 눈을 들어 똑바로 그를 바라보았다.

"못 들었습니다, 청장님."

"이건 고급 정보일세. 그리고 김원국은 잠자코 섬에 눌러앉아 있을 놈이 아냐. 그렇지 않은가?"

"네, 그것은……."

"사회에 이롭지 않은 자지. 해가 되는 사내란 말이야. 그자를 찾게. 전 수사력을 동원해서."

"잘 알겠습니다, 청장님."

"어차피 이 사건은 처음부터 자네의 소관이었어. 다른 사람에게 맡겨 볼까 하고 생각해 보았지만 자네가 마무리하는 것이 자네를 위해서도 낫다고 생각해서 말이야."

"감사합니다, 청장님."

"이것은 조금 전에 장관께서도 특별히 지시를 하고 가신 일이야. 책임감을 느껴야 하네."

"알겠습니다, 청장님."

"그것으로 사건이 종결되는 것이니까, 장관이나 나는 기대가 크네."

"알겠습니다, 청장님."

"시끄럽게 수사하면 안 돼. 은밀하게, 그렇지만 전력을 다해서 수사해야 하네. 내 말 알아듣겠지?"

"네, 청장님."

이런 분위기라면, 사건이 해결되면 경무관 승진을 맡아 놓은 것이다.

"그리고 안기부의 정보 협조는 받을 필요가 없어. 지난번에 해보았지만 혼선이 심해서 위에서 꾸중만 들었어."

이정환이 머리를 들어 그를 바라보았다.

"국내 사건에 관한 일이야. 앞으로는 우리 단독으로 처리하네. 필요한 정보는 내가 가져다줄 테니까."

"네, 청장님."

"그리고 대한일보의 사회부 기자였던 이재영이라는 여자가 있어. 요즘은 휴가원을 내고 쉬고 있는 것으로 되어 있는데……."

"……."

"신문사 고위층에서 연락이 왔는데, 집에도 없고 친지한테도 가지 않았다는 거야. 그 여자, 김원국 사건을 취재하던 기자였어. 그 여자도 함께 찾게, 은밀하게."

"네."

"내가 최대한으로 협조하겠네. 필요한 일이 있으면 언제든지 날 찾게."

"감사합니다."

박동호가 머리를 끄덕여 보였으므로 이정환은 자리에서 일어섰다.

방으로 들어선 이정환은 눈을 크게 뜨고는 얼굴에 웃음을 띠었다.

"어, 출장을 일찍 마친 모양이구만."

의자에서 일어난 유혁근의 얼굴은 딱딱하게 굳어 있었다.

"우리, 또 바빠지겠어. 한동안 잠잠하다 싶었는데 말이야."

자리에 앉은 이정환이 입맛을 다시며 유혁근을 바라보았다.

"금방 청장실에 불려 갔다 왔어. 우리더러 김원국 씨를 찾아내라는 거야, 이재영 기자하고."

"……."

"조웅남, 김칠성, 강만철 등은 수배 중이니까 말할 것도 없고."

"……."

"은밀하게 진행하라는데, 전 수사력을 동원해서라도. 골치 아프게 생겼어."

"전 아닙니다."

유혁근이 머리를 들고 그를 바라보았다.

"전 10월 1일자로 영등포 경찰서 방범과장으로 발령이 났습니다."

"무엇이?"

이정환이 와락 이맛살을 찌푸리고 상체를 굽혔다.

"아니, 내가 아무 통보도 받지 않았는데, 이게 무슨."

"제가 사건에 너무 접근해 있었기 때문이지요. 아니, 의도대로 움직이지 않았기 때문일 겁니다."

"받아들일 수 없어, 나는."

이정환이 책상 위에 놓인 전화기로 손을 뻗자 유혁근의 손이 그의 손을 눌렀다.

"과장님, 이러시면 안 됩니다. 과장님은 초연해지셔야 합니다."

얼굴이 달아오른 이정환의 두툼한 턱이 가늘게 떨렸다.

유혁근이 말을 이었다.

"제 후임으로는 최순태 경감이 온다고 하더군요."

최순태라면 형사국에 있는 박동호의 심복이다. 이정환은 입을 꾹 다문 채 유혁근을 바라보았다.

"과장님, 제가 이런 말씀드리기는 외람됩니다만 진정하셔야 합니다. 저는 이철우의 가족에 대한 경비를 소홀히 한 책임을 지게 된 겁니다. 그렇게 아시고……."

"……."

"제 일은 제가 알아서 하겠습니다."

이정환은 유혁근의 눈이 번들거리고 있음을 느꼈다.

"하지만 전 이 새로운 밤의 조직을 용납하지 않겠습니다. 비록 지역 경찰서로 밀려났지만, 저는 끝까지……."

이정환이 사무실을 둘러보았다.

"이놈들, 테러뿐만이 아니라 대낮에 사무실에서 여직원을 강간하는 놈들입니다. 더구나 보스급이라는 놈이."

유혁근의 말소리가 다시 방 안을 울렸다.

책을 덮은 김선주는 현관으로 다가갔다.

"누구세요?"

"나야."

밖에서 남자의 목소리가 들려왔다.

"누구라구요?"

문 앞에서 소리치듯 물었지만 바깥에서는 잠시 대답이 없었다. 그러자 김선주의 가슴이 세차게 두근거렸다.

"어이, 거기, 김선주 씨 맞지? 문 열어."

바깥에서 사내가 다시 말했다. 김선주는 문의 잠금장치를 풀었다.

백동혁이 짙은 색 양복 차림으로 서 있다가 문이 열리자 그녀를 밀치고 안으로 들어섰다. 따라서 인사고 자시고 할 겨를이 없었다. 현관에 선 그가 집 안을 둘러보았다.

"친구는 어디 있어?"

"직장에서 아직 안 돌아왔어요."

20평형의 다가구 주택이어서 방 두 개에 주방과 화장실이 있는 단순한 구조였다.

백동혁은 신발을 벗고 안으로 들어서더니 곧장 주방 옆에 놓인 빈 의자에 앉아 그녀를 바라보았다. 김선주가 다가가 그의 옆쪽 의자에 앉았다.

"어떻게 오셨어요?"

"그냥 찾아왔어."

"제가 여기 있다는 걸 어떻게 아셨지요?"

"그냥 알게 되었어."

이맛살을 찌푸린 백동혁이 집 안을 둘러보는 시늉을 했다.

"이곳에 있으면 찾아내지 못할 것 같았나?"

"누가요?"

"내가."

"난 당신한테서 도망친 것이 아네요."

"그렇다면 안정태라는 그놈인가?"

"……."

"당신이 대학 동창 중에서 이정희라는 여자하고 친하게 지냈다는 것은 조금만 신경 쓰면 알아낼 수 있어. 그 여자가 수원에서 교편을 잡고 있다는 것도."

"……."

"안정태가 당신을 찾아내려고 마음만 먹는다면 그것도 금방이야."

"……."

"그놈은 내가 접근해 오는 것을 기다리고 있어. 간이 큰 놈인 모양인데."

"여기 오신 이유는 뭐예요?"

그러자 백동혁이 와락 이맛살을 찌푸렸다.

"서울로 돌아가, 이런 데서 숨어 지내지 말고."

"싫어요. 난 여기가 좋아요."

"그까짓 일 아무것도 아니야. 그, 뭐냐, 한강에 배 지나간 것하고 같어."

김선주가 퍼뜩 눈을 치켜떴다. 얼굴이 새빨갛게 달아오르는 것 같더니 금방 하얗게 굳어지면서 아랫입술을 물었다.

"그래서 그 말 해주려고. 그리고 나 때문에 그놈한테 당한 것 같아서 말이야."

백동혁은 뻣뻣해진 목을 좌우로 두어 번 젓고는 어깨에 힘을 주고 그녀를 바라보았다.

"나는 이제까지 여자한테 마음 준 일이 없어. 그런데……."

"나가 주세요, 이제 그만."

김선주가 조그맣게 말했으나 백동혁은 못 들은 척 말을 이었다.

"이젠 내가 보호해 줄 테니까 걱정하지 마. 집에 있기 싫으면 다른 곳에 있어도 되고 말이야."

"필요 없어요. 나가기만 해줘요."

"내가 원수도 갚아 줄 테니까, 시원하게."

"……."

"내 말은, 내가 보호자가 되어 주겠다는 것인데, 그까짓 것 가지고 이렇게 고민할 필요도 없고, 나는……."

김선주가 자리에서 벌떡 일어서자 백동혁은 눈 깜짝할 사이에 팔을 뻗어 그녀의 팔목을 움켜쥐었다.

놀란 김선주가 눈을 치켜뜨고 입을 딱 벌렸다.

"이년아, 난 널 좋아한단 말이다."

백동혁이 잇새로 으르렁대듯 말을 뱉었다.

"내가 그것이 문제라는 것도 잘 알아. 고태석이처럼 미끌미끌하지도 않고 어느 놈처럼 우격다짐도 못해. 그저 어중간해서 내가 생각해도 분통이 터져."

김선주는 그의 이마에 배어 있는 조그만 땀방울을 보았다. 아래쪽으로 처진 눈두덩을 한껏 추켜올리고 있었으나 눈동자는 반밖에 보이지 않는다.

"하지만 내 여자 하나는 어떻게든 간수하겠어, 내 목숨을 바쳐서라도. 너를 위해서라면 그것도 아깝지 않을 것 같아. 어떠냐? 이런 남자가 어디 있어?"

"……."

"그래서 널 데려가려고 온 거야. 난 말장난은 싫으니까 네가 싫다면 끌고라도 가겠어. 왜냐하면 너는 지금 나밖에……."

"팔 놓아요. 팔 아파."

갑자기 김선주가 입을 열었으므로 백동혁이 얼른 팔을 떼었다.

"짐 꾸리는 것 도와줘요. 박스가 있어야 하는데."

팔을 주무르며 그녀가 말하자 다시 백동혁이 튕기듯이 일어섰다.

"차 가져왔어, 애들도 있고."

"사람들까지는 필요 없어요. 박스 세 개면 되는데."

"문제없어."

옷자락을 날리며 백동혁이 현관으로 몸을 돌렸고 김선주는 방으로 들어섰다.

술잔을 내려놓은 황인규는 팔을 뻗어 여자의 허리를 안았다.

"이봐, 2차 갈 때 네 집으로 가자. 설마 기둥이 기다리고 있는 건 아니겠지?"

"그런 건 없어요."

여자가 그의 가슴에 어깨를 붙여 왔는데 진한 향수 냄새가 풍겨 왔다.

"하지만 집이 멀어요, 시흥인데."

"시흥? 그것 잘됐다. 내가 대림동이거든. 이거 우리 한 시간쯤 시간을 벌었다."

황인규는 반대쪽 손을 들어 여자의 가슴을 더듬었다.

"참모님, 여기 잔 받으시지요."

김안선 소령이 위스키 병을 들고 말했다. 그의 긴 얼굴도 붉게 달아올라 있었다.

"저도 더 이상 미련이 없습니다. 내년 초에는 전방 부대로 전출시켜 달라고 하겠습니다."

"경솔한 짓 하지 말아."

잔을 들어 한 모금에 삼킨 황인규가 이맛살을 찌푸렸다.

"너라도 부대에 남아 있어야 돼. 그래야 내가 돌아가는 사정이라도 알 것 아닌가?"

"아시면 뭐합니까? 위에서 탁 막혀 있는데요."

김안선은 옆에 앉은 여자의 손을 뿌리치고는 술병을 들어 자신의 잔에 술을 채웠다.

"참모님, 우리는 물먹은 겁니다. 아마 참모장이나 사령관이 눈치채고 있을지도 모릅니다."

황인규가 힐끗 옆에 앉은 여자를 돌아보았다. 여자는 젖가슴을 그에게 맡긴 채 젓가락을 들어 안주를 집어 먹고 있는 중이다. 진홍색 립스틱을 칠한 입술의 안쪽은 이미 살이 드러나 있었다.

김포에 있는 조그만 카페였고 우연히 들른 곳이다. 황인규는 여자의 젖가슴에서 손을 빼고는 술잔을 쥐었다. 여자가 젓가락을 내려놓고 술잔에 술을 채웠다.

"눈치채고 있더라도 어쩌지는 못해."

"참모님은 전방으로 전출당하지 않았습니까? 이제 우린 핵심에서 멀어진 겁니다."

"흥."

황인규가 잠자코 술잔을 들어 입에 털어 넣었다. 독한 위스키가 식도를 타고 흐르자 입에서 더운 김이 뿜어져 나왔다.

김안선과 위스키를 세 병째 마시고 있었지만 좀체 술기운이 오르지 않는다. 앞쪽에 앉은 김안선의 얼굴은 근육의 긴장이 풀어진 상태였다.

그는 부대 내에 하나밖에 없는 믿을 만한 부하였다. 기무사에 전입해 오기 전에 전방 사단에서 중대장과 소대장으로 같이 근무한 인연이 있는 것이다.

김안선은 지난해에 소령으로 진급하고 나서 기무사의 정보참모 보좌관으로 전입되었는데 그것은 황인규의 추천 때문이었다.

"아아, 빌어먹을."

김안선이 주먹으로 탁자를 쳤다. 그의 붉은 눈에는 물기가 가득 고여 있었다.

"억울합니다, 우리가 왜?"

"우리가 아냐, 나야. 자네는 아니고."

김안선이 퍼뜩 시선을 들었다.

"음모가 있습니다. 우리는 그 음모를 파헤쳐야 합니다."

"이봐, 너희들. 나가 있어. 내가 부를 때 들어와."

황인규가 여자들을 향해 말하자 지겨웠던 참이었던지 그들은 재빨리 방을 빠져나갔다.

"이봐, 함부로 그런 소리 하다가 큰일 난다."

이맛살을 찌푸린 황인규가 말하자 김안선이 손바닥으로 얼굴을 쓸었다.

"이무섭과 참모장, 사령관이 관계가 있다는 것을 어떻게든 알려줘야 하지 않겠습니까? 이대로 덮어두실 겁니까?"

"어떻게 말이야? 익명으로 투서를 해? 장관한테?"

황인규가 머리를 저었다.

"믿지도 않을 것이고, 장관의 손에 전달될지도 확신할 수 없어."

"증거가 확실하면 되지 않습니까? 예를 들면 안기부의 협조 공문이 번번이 참모장의 손에서 보류되었다든가, 또……."

"……."

"참모장이 안가에서 신원 확인이 안 된 사내들과 두 시간 동안 밀담을 나눈 일."

"그것 가지고는 부족해."

"처음에 이철우에 대한 기록이 분실되었다가 다시 나타난 일, 그것도……."

"……."

"이무섭의 기록은 아예 새것으로 바꿔 놓았습니다. 우리 요원들이 아니면 식별할 수도 없지요."

"……."

"참모님, 분합니다. 방법이 있으면 알려주십시오. 내가 할 일을 말입니다."

"없어."

황인규가 머리를 저었다.

"지금은 아무것도."

술잔을 들고 잔에 든 술을 내려다보던 황인규는 술잔을 그대로 내려놓았다.

"가자."

"그냥 가시게요?"

"무슨 소리야? 오늘은 꽤 근사할 것 같은데."

자리에서 일어선 황인규가 김안선을 향해 웃었다.

"작전 중에는 그것이 열흘이든 한 달이든 계속 서거든. 이상하지만 내 것은 그런 버릇이 있어."

샤워를 마친 여자는 벌거벗은 몸으로 침대로 다가왔다. 화장실로 가기 전에 제 손으로 붉은색의 조그만 전구만 켜놓아서 그녀의 온몸이 붉게 보였다. 호리호리한 몸매에 납작한 젖가슴을 가진 여자였다.

"어머나, 벗지도 않으시고."

여자가 머리에 두른 수건을 벗으며 침대 속으로 들어왔다. 머리칼에서 물방울이 날려 황인규의 머리에 튀었다.

"넌 이 집에 산 지 오래되었어?"

황인규가 묻자 여자는 손을 뻗어 그의 바지 지퍼를 내렸다.

"일 년이 조금 넘어요."

그래서인지 세간살이들이 제법 규모 있게 자리 잡혀 있다. 침대의 발치에는 25인치 텔레비전 세트와 비디오가 놓여져 있고, 옷장과 경대, 냉장고와 세탁기가 10평쯤 되는 오피스텔에 빈틈없이 장만되어 있었다. 여자의 손이 차가웠으므로 황인규가 하반신을 비틀었다.

"벗지 않으실 거예요?"

"너, 하고 싶어?"

"아저씬 하고 싶지 않아요?"

황인규는 팬티 속에 들어가 있는 그녀의 손을 빼내었다.

"나는 할 생각이 없어. 하지만 돈은 낼 테니까 조금 쉬었다 가도 되겠지?"

"마음대로 하세요."

여자가 손을 뻗어 스위치를 잡아당겨 전등을 켰다. 갑자기 방안이 환해졌으므로 황인규는 눈살을 찌푸렸다.

"아저씨, 무슨 기분 나쁜 일 있어요?"

상반신을 세운 여자가 그를 내려다보았다.

"아니, 없어."

"제가 싫으면 그냥 나가셔도 되는데."

"그것도 아니다."

취하지는 않았으나 머리가 쑤셔 왔으므로 황인규도 침대 받침에 등을 대고 앉았다. 재킷만 벗은 셔츠 차림이었다.

"아저씨, 입으로 해드려요?"

여자의 얼굴은 진지했다. 스물넷이나 스물다섯쯤은 되었을 것이다. 물어보지는 않았지만 이런 경력이 3년쯤일 것이고, 고등학교를 졸업하고 직장 생활을 1, 2년쯤 하다가 이 길로 들어선 것이 틀림없다.

황인규는 시계를 내려다보았다. 오피스텔에 들어온 지 30분이 조금 넘어 있었다.

"그럴 것 없다. 정식으로 하자."

"정식이 아니어도 좋아요."

여자가 송곳니를 내보이며 배시시 웃었다. 황인규의 그것은 발기한 지 오래였다. 여자도 그것을 알고 있어서 그의 몸과 말이 다른 것을 이상하게 여겼던 것이다. 여자는 서두르듯 황인규의 바지를 내리고 팬티를 벗겼다. 그러고는 그의 하반신에 엎드렸다.

"아니, 내가……."

황인규가 그녀의 머리칼에 손을 대자 여자는 입에 그것을 가득 물고는 머리를 저었다. 여자의 가는 어깨뼈와 부드럽게 파인 등의 곡선이 보였다.

황인규는 여자의 어깨를 잡아 일으키고는 침대에 눕혔다. 물기가 묻은 입을 벌린 채 여자가 그를 올려다보았다.

여자는 이마를 덮은 머리칼을 뒤로 쓸어 넘겼다.

"아아."

황인규의 남성이 진입해 들어가자 여자가 커다랗게 신음 소리를 뱉으며 그의 팔을 움켜쥐었다.

시간이 지날수록 여자는 점점 행위에 몰두하기 시작했는데 반사적으로 허리를 오므리거나 발을 들어 허공을 내지르기도 했다. 여자의 몸은 땀이 배어 끈적였고 황인규의 얼굴에서도 땀방울이 흘러 떨어졌다.

"아저씨, 아저씨."

여자가 헛소리처럼 그를 부르며 그의 허리를 안았다가 엉덩이를 눌렀다. 이제 황인규도 그녀에게 집중하기 시작했다. 집중할수록 부딪치고 미끄러지는 피부의 촉감과 말초신경의 쾌감이 배가되었고, 그녀 또한 받아들이는 자세에서 주는 동작으로 바뀌어 갔다. 거친 숨소리와 끈끈한 공기로 가득 찼던 방 안에서 길고 목메인 신음 소리가 터져 나오더니 이윽고 움직임이 멈추었다.

"아저씨, 근사해요. 정말로."

여자가 헐떡이며 황인규의 허리를 감싸 안았던 두 팔을 침대 위로 떨어뜨렸다.

"아저씨 같은 사람 처음이야."

그녀에게서 몸을 뗀 황인규는 벽시계를 돌아보고는 화장실로 들어섰다.

그가 대충 샤워를 하고 나와 바지를 입자 꼼짝하지 않고 누워 있던 여자가 눈길만 내려 그를 바라보았다.

"아저씨, 갈 거야?"

"그래, 시간 되었어."

그는 지갑에서 집히는 대로 지폐를 꺼내어 탁자에 올려놓았다.

그녀의 방을 나온 황인규는 텅 빈 복도를 걸어 엘리베이터 앞에서 멈추어 섰다. 새벽 1시가 넘어 있었다.

주위를 잠시 둘러본 그는 내려가는 버튼을 눌렀다. 그러자 뒤쪽에서 발소리가 났다. 재빨리 몸을 돌린 황인규는 다가오는 사내들을 쏘아보았다.

두 명의 사내가 그를 향해 걸어오고 있었다. 그들과 시선이 마주치자 앞장선 사내가 이를 드러내며 웃었다.

"황인규 대령님이시죠?"

"그렇소."

황인규의 두 손은 바지 주머니에 넣어져 있었다. 사내들이 그의 앞에 섰다.

"저희들은 연락을 받고 왔는데요."

"누구 말이오?"

"모릅니다, 그것은. 저희들도 지시만 받았으니까요, 대령님을 보호해 드리라고."

"그럼 당신들은 안기부 사람인가?"

그러자 사내들이 얼굴을 마주 보며 웃었다.

"아닙니다, 저희들은. 저는 얼마 전까지만 해도 클럽의 지배인이었는데요."

"……."

"저기, 오피스텔 옆쪽 골목에 검은색 승용차가 한 대 세워져 있었어요. 세 사람이 타고 있었는데 모두 권총을 가지고 있었습니다."

엘리베이터가 멈추고는 문이 열렸다. 사내들이 안으로 들어섰으므로 황인규도 끌려가듯 들어섰다.

"저희들이 모두 잡아 놓았습니다. 그놈들, 독종이어서 두 놈은 크게 다쳤고 저희들도 한 명이 다쳤어요."

사내가 다시 말을 이었으나 황인규는 잠자코 숫자판을 바라본 채 입을 열지 않았다.

"세 놈 모두 조용한 곳으로 데려갔으니까 어떤 놈들인지는 곧 알게 될 겁니다."

클럽의 지배인이었다는 사내의 목소리가 엘리베이터 안을 다시 울렸다.

"놈들은 박용근의 부하도, 정기욱의 부하도 아닙니다. 악착같이 입을 열지 않고 있다고 합니다."

고성섭의 말에 이찬형이 걸음을 멈추고 그를 바라보았다.

"그렇다면 안정태의 조직에서 나온 놈이겠군."

"이무섭이 직접 보낸 놈들일지도 모르지요."

이찬형이 다시 발을 떼었다.

한낮의 햇볕이 넓은 잔디밭 위에 포근하게 내리쪼이고 있었다. 점심시간이어서 잔디밭의 이곳저곳에 직원들이 모여 앉아 있는 것이 보였다. 잔디밭은 남산의 산자락과 이어져 있었는데 짙은 숲은 이미 윤기를 잃기 시작했고 진홍색 단풍잎만 생기를 띠었다.

이찬형은 잔디밭 끝 쪽의 나무 벤치에 앉았다.

"황인규 대령을 전방으로 전출시키는 것도 불안했던 모양이군. 죽이려고 했다니."

그의 얼굴은 잔뜩 찌푸려져 있었다.

"황 대령이 저한테 전화하지 않았었다면 당했을 겁니다."

고성섭이 그의 옆에 앉았다.

"그가 심복으로 믿고 있었던 놈이 배신을 한 것이지요. 놈은 황 대령이 어디까지 알고 있는가를 확인했던 것입니다."

"그렇다면 그놈, 김 소령인가 하는 놈한테서 나온 정보도 있을 텐데, 그걸 믿을 수가 있을까?"

"황 대령의 이야기로는 그가 최근에 변절했을 거라고 하더군요. 아마 참모장이 설득이나 협박을 했을 겁니다."

"하긴 우리나 황 대령이 지금의 정권에 거슬릴 테니까."

이찬형은 물끄러미 앞쪽을 바라보았다. 잔디밭 건너편에는 3층의 회색 빌딩이 울창한 나무에 둘러싸여 있었다. 이것이 한국의 정보를 총괄하는 곳이었다.

"어제는 무사히 넘겼지만 황 대령은 조심해야겠어. 전방으로 가면 지원도 제대로 받지 못할 텐데."

"그는 군인입니다. 기개가 있는 친구지요. 오늘 아침에 87사단으로 떠났습니다."

고성섭도 그와 함께 앞쪽을 바라보았다. 그리고 지금 자신도 이찬형과 똑같은 생각을 하고 있을 것이라고 믿었다.

이제 10월로 접어들었고 다음 주에는 국회가 열리게 된다. 그때는 대대적인 정계 개편이 있을 것이었다.

"경찰청의 수사관 이름이 뭐였지? 그 사람도 지역 경찰서로 좌천되었다면서?"

이찬형이 입을 열었다.

"네, 유혁근 경감이라고, 지난번 사건의 책임 수사관이었지요. 아마 황 대령과 같은 경우가 될 겁니다."

"다음은 내 차례로군."

"앉아서 기다리지는 않을 겁니다."

이찬형이 머리를 돌려 그를 바라보았다.

"무슨 소리야?"

"강상현이라고 아주일보의 편집국장이 운동권 출신이지요. 다리를 저는데 옛날에 끌려가서 맞았기 때문이랍니다."

무슨 엉뚱한 이야기를 하느냐는 듯 이찬형이 입맛을 다셨다.

"지난번 김원국 씨 업체들을 공매처분하기 시작했을 때 아주일보가 꽤 신랄하게 비판했지요. 기억하십니까?"

"읽었어. 정부의 횡포라고 했더군. 의혹에 싸인 사건이라고도 했고. 하지만 곧 잠잠해졌지?"

"압력이 들어갔으니까요. 그리고 크리스틴호텔의 사건으로 여론을 거스를 수가 없었지요. 증거도 없었습니다."

"……."

"아주일보에 기사를 주겠습니다. 강상현이는 실을 겁니다. 이철우의 계보, 이무섭의 행동, 그리고 김원국 조직의 대응 방법까지 아주 소상하게 쓴 논픽션이 있습니다."

"김원국 측 이야기까지 말인가? 그건 누가 썼는데?"

"대한일보의 사회부 기자였던 이재영이라고, 그 여자가 김원국 씨 조직과 함께 있거든요. 내일쯤 넘겨받기로 김원국 씨와 이야기가 되었습니다."

"그래, 그 여자가 이철우 측의 공격을 받았다가 겨우 구출되었다고 했지."

"그 여자는 저희들이 조사한 자료를 경찰청이나 대한일보에 넘겨주었는데, 그것을 안 이철우가 습격했던 것이지요."

이찬형은 팔짱을 끼고 한동안 입을 열지 않았다.

고성섭이 말을 이었다.

"부장님, 그것이 실리게 되면 대통령 각하께서도 읽게 되실 겁니다. 우리의 보고서를 지면을 통해 읽게 되시는 거지요. 아마 각하께서도 놀라실 것이 틀림없습니다."

"……."

"기사가 안 되면 광고라도 내도록 하겠습니다. 그 여기자는 자신의 이름으로 내게 해달라고 합니다만."

"그것, 당찬 여자로군."

"그렇게 되면 정국이 한바탕 소란스러워집니다. 재조사를 시킬지도 모르고, 야당도 들고일어날 겁니다."

"……."

"안길중 씨를 생각할 겨를도 없겠지요. 부장님은 자리를 떠나실 필요가 없습니다."

"이봐, 내가 이 자리에 미련이 있는 것처럼 말하고 있나?"

"아닙니다. 제가 필요한 분이라고 말하고 있는 겁니다."

"……."

"강만철 씨까지 죽어서 사기가 떨어질 대로 떨어진 김원국 씨의 조직도 기운을 차리겠지요."

"김원국 씨는 처자식을 잃었어. 눈이 뒤집혀 있을 거야."

분위기에 끌려든 이찬형이 머리를 끄덕이고 있었다.

김원국이 원고를 내려놓고 머리를 들자 이재영이 눈을 깜박이며 그를 바라보았다.

"됐어. 과연 이것이 신문에 실릴지는 알 수 없지만, 고 차장이 진행시켜 준다고 했으니까."

김칠성과 오함마가 머리를 들었다가 내렸다. 그들은 아직 다 읽지 않았기 때문이다.

"난 우리 쪽을 미화시키지 않았나 하고 걱정했었는데 이 정도면 됐어."

"그렇지만 형님."

김칠성이 원고에서부터 시선을 들었다.

"이왕 실릴 바에는 만탄 섬에서의 사건 전부를 밝혀야 한다고 생각합니다만."

번쩍 머리를 든 오함마가 김원국을 바라보았으나 입을 열지는 않았다.

"안 돼. 그럴 필요는 없다."

김원국의 눈빛이 강해졌으므로 김칠성은 시선을 내렸다.

"이대로만 해."

"네, 형님."

대신 대답한 오함마가 헛기침을 했다.

"형님, 이번 사건도 집어넣는 것이 어떻습니까? 황 대령의 습격 미수 사건 말입니다."

처음 듣는 이야기여서 이재영이 그에게로 머리를 돌렸다.

"오늘 중으로 자백을 받아낼 수가 있습니다만."

"우선 자백부터 받아라. 신문에 실을지는 이재영 씨가 판단할 테니까, 증거만 확보해 놓아라."

"알겠습니다, 형님."

"저, 그 사건이란 것은 뭐죠?"

이재영이 그들을 향해 묻자 김원국이 머리를 끄덕였다.

"황인규 대령을 습격하려던 놈들이 있었어. 황 대령이 눈치를 채고 안기부의 고 차장한테 연락을 했는데, 우리가 대신 가서 놈들을 잡아온 사건이지."

"……."

"황 대령이 전방으로 전출된 일이나, 유혁근 경감이 지역 경찰서로 좌천된 것은 놈들이 우리의 지원 세력을 파악하고 있다는 증거야."

"전출도 부족해서 황 대령을 제거하려고 했군요?"

"유혁근 씨보다 그가 더 위험하다고 판단했겠지. 배후에 가장 깊게 접근했을지도 몰라."

자리에서 일어선 김원국이 원고를 이재영에게 건네주었다.

"오늘 들은 이야기를 보완해서 쓰려면 써."

김원국이 응접실을 나가자 그들도 자리에서 일어섰다.

"저, 저도 그 사람들을 볼 수 없을까요?"

이재영이 김칠성과 오함마를 번갈아 바라보았다.

"참고가 될 것 같아서요."

"좋시다."

오함마가 머리를 끄덕였으나 김칠성은 잠자코 몸을 돌렸다.

그들은 응접실을 나와 지하실로 향하는 계단을 내려갔다.

"부 사장님, 아까 만탄 섬 이야기를 하셨는데요."

김칠성의 등을 내려다보면서 이재영이 입을 열었다.

"아직 밝혀지지 않은 일도 있나요?"

걸음을 멈춘 김칠성이 눈을 치켜뜨고 그녀를 올려다보았다.

"없어."

그의 말소리가 거칠었으므로 이재영은 얼굴을 굳혔다.

"그러니까 신경 쓰지 마시오."

"알겠어요."

이재영이 굳어진 얼굴을 애써 펴면서 머리를 끄덕였다.

"신경 안 쓸게요."

김칠성이나 조웅남 등의 신경이 극도로 날카로워져 있다는 것은 이재영도 잘 알고 있었다. 그들은 업체를 모두 잃고 바닷가의 이곳에서 감옥에서와 같은 생활을 하고 있었다. 그리고 친형제와 같았던 강만철을 잃었다.

그들은 지하실의 철문을 열고 안으로 들어섰다. 지하실은 삼중으로 되어 있었는데, 철문을 열자 안락의자에 앉아 텔레비전을 보고 있던 대여섯 명의 사내들이 벌떡 일어섰다.

그 방을 지나 다시 나무문을 열자 탁자를 가운데 두고 앉아 있던 백동혁의 얼굴도 보였다. 백동혁이 앞장서서 다시 안쪽의 문을 열었다.

방의 벽 쪽에 붙여진 의자에 앉아 있는 사내가 이재영의 눈에 띄었다. 두 팔이 의자 뒤로 돌려져 있는 것으로 보아 묶여 있는 모양이었다.

김칠성과 오함마는 그에게로 다가가 앞쪽에 놓인 의자에 앉았다. 그들이 이쪽에 신경을 쓰지 않았으므로 이재영은 의자 하나를 끌어당겨 조금 뒤쪽에 앉았다.

사내는 20대 후반쯤으로 보였다. 코에서 흘러내린 피가 말라서 코밑에 시커먼 딱지가 붙어 있었으나 두 눈을 번들거리며 사람들을 둘러보고 있었다.

"자아, 말해라."

먼저 입을 연 것은 백동혁이다. 그는 사내를 내려다보며 옆쪽에 서 있었다.

"네 처는 지금 우리가 데리고 있어. 확인시켜 주마."

주머니에서 휴대폰을 꺼낸 백동혁이 다이얼을 누르고는 귀에 갖다 대었다.

"응, 나다. 그 여자 바꿔라."

백동혁이 잠시 휴대폰을 귀에 대고 있다가 다시 입을 열었다.

"여기, 당신 남편이 이야기를 하고 싶다고 합니다. 잠깐만요."

사내는 눈을 부릅뜨고 백동혁을 바라보다가 그가 귀에 대준 휴대폰 쪽으로 머리를 기댔다.

"응, 나야. 별일 없지?"

그러고는 선뜻 머리를 든 사내와 시선이 마주쳤으므로 이재영은 시선을 돌렸다.

"응, 나도 별일 없어. 곧 갈게."

백동혁이 휴대폰을 떼어 내고는 스위치를 내렸다.

"자, 말해."

사내가 혀를 내밀어 입술을 축였다.

"날 처와 함께 외국으로 보내주시오."

"좋아, 생활비도 주마."

대답한 것은 김칠성이다. 그는 턱을 들고 사내를 노려보았다.

"하지만 허튼짓을 하면 너는 당장 이곳에서 죽을 것이고, 네 처도 갈가리 찢어 죽일 것이다."

이재영이 침을 삼켰다.

사내가 번들거리는 눈으로 김칠성을 바라보았다.

"난 이철우 소령의 부하요. 이름은 조동구. 군번 3802454, 계급은 중사. 작년 초에 전역했소."

모두들 잠자코 그를 바라보았다.

"난 명령을 받고 조장인 이금택, 조원인 장필성과 함께 은마 오피스텔 1208호에서 나오는 황인규 대령을 제거하려고 했습니다."

소리치는 듯한 그의 말소리가 방을 울렸다.

"사고로 위장해야 한다는 명령이었습니다. 그래서 차로 깔아 버릴 생각이었습니다."

"명령은 이철우한테서 직접 받았나?"

오함마가 낮은 목소리로 묻자 그가 머리를 끄덕였다.

"세 명이 함께 들었습니다."

"이철우는 누구한테서 지시를 받지?"

"그건 모릅니다. 다만……."

"다만이라니?"

"우리는 우리의 배경이 막강하다는 것만 알고 있습니다. 배신하면 죽습니다."

"그래서 밀고하거나 비밀을 누설했을 때는 처자식이 대신 처형된단 말이지?"

"……."

"비열한 놈들이다, 너희들의 배후는."

이재영은 참아왔던 숨을 조금씩 내뱉으면서 어깨에 들어간 힘을 풀었다.

제7장

세 여인

밤의 대통령

소변기의 바닥에는 얼음덩이들이 가득 쌓여 있었는데 뜨거운 물에 녹아 가는 중이었다. 최장수는 길게 숨을 뱉으며 머리를 들었다. 흰 타일 벽에는 아무것도 붙어 있지 않아서 깨끗했고, 화장실 안에서는 은은한 향수 냄새가 풍겨져 나왔다. 이윽고 진저리를 치고 난 최장수는 지퍼를 올리면서 몸을 돌렸다.

"아따 그 시키, 오줌발 되게 기네."

눈앞을 가득 가로막은 사내가 보였고 귀에는 투박한 말소리가 들렸다.

"어어, 조웅남……."

한 걸음 물러서 소변기가 다리에 닿았으나 신경 쓸 형편이 아니었다.

"조웅남이라니, 이 씨발 놈이 맞먹네."

가라앉은 목소리였지만 조웅남의 시선이 팽팽해졌다.

"니가 요새 한세상 만난 모양인디, 나허고 같이 좀 가야겄다."

최장수가 재빨리 주위를 살펴보았으나 화장실에 들어서는 사람은 아무도 없었다.

부하들은 안쪽 방에 있었기에 칸막이가 되어 있는 화장실은 보이지 않을 것이다.

"야, 이 시키야, 니가 소리를 지른다믄 벤소에서 때려 쥑일 것이고, 나간다믄 살어남을지도 모른다. 긍게 암말 말고 따러와."

조웅남이 팔을 뻗어 목덜미에 올려놓았는데 무거웠으므로 최장수는 목에 힘을 주었다.

"그런데 왜?"

"나가서 얘기허자."

카운터 앞을 지나자 주인 여자가 머리를 들었다가 다시 계산기를 두드리기 시작했다.

그들은 주차장 입구에 세워진 고물이 다 된 승용차로 다가갔다.

운전석에 앉아 있던 사내가 목을 빼고 그들을 바라보고 있었다.

"여그 타."

타고 자시고 할 것도 없이 최장수는 조웅남에 의해 차의 뒷좌석으로 밀려 넣어졌다.

"왜 이러는 거요? 영문이나 압시다."

최장수가 소리를 쳤으나 조웅남은 힐끗 그를 바라볼 뿐 입을 열지 않았다.

승용차는 요란한 엔진 소리를 내며 차도를 달려 나갔다. 밤 10시가 채 못 된 시간이었다. 신호에 걸려 잠깐 멈추어 섰던 승용차는 남부 순환도로 쪽으로 방향을 틀었다.

"나한테 바라는 것이 뭐요?"

최장수가 다시 물었다. 조웅남과는 안면이 있는 정도였지 한 번도 이야기를 나눈 적이 없었다. 그는 한마디로 끔찍한 놈이었고, 자신과는 수준 차이가 있는 놈이었다.

최장수는 그런 조웅남이 밤의 세계에서 활보한다는 것이 분했으나 어쩔 수 없는 노릇이었다. 그래서 택한 방법이 이민이었다. 한국을 떠났던 것이다.

"너, 이민 갔다가 돌아와서, 요즘 잘나간다고 허던디."

머리를 돌린 조웅남이 그를 찬찬히 바라보았다.

"내가 잘나간다고 누가 그럽디까? 나는 도무지……."

"이 시키야, 이 바닥 일은 내가 훤혀. 니가 지금 누구 밑구멍을 닦어주는지 훤히 알고 있단 말여."

승용차는 순환도로를 요란하게 달려 나가더니 성남 쪽으로 차머리를 틀었다.

최장수는 앞쪽을 바라보다가 다시 조웅남 쪽으로 머리를 돌렸다.

"날 어떻게 하시려는 거요?"

"니 주리를 틀라고."

"나는 당신을 해코지한 적이 없는데."

"빙신 같은 놈아, 근디 왜 떠나?"

"당신이 무지막지한 사람이니까 그런 거 아뇨!"

"허긴 그려."

손을 뻗은 조웅남이 최장수의 멱살을 쥐었다. 커다란 손바닥이어서 최장수의 목 3분의 2쯤이 손아귀에 들어왔다.

"내가 얼마 전에 이렇게 혀서 모가지를 졸라 쥑인 놈들이 있지. 낭중에 뚝 허고 뭔가 부러지는 소리가 들리드만, 쬐끔 비튼 게로."

"……."

"니가 박용근이 돈 받고 일헌담서?"

최장수가 겨우 목을 돌려 그를 바라보았다.

"당신이 떠난 자리요. 내가 당신을 몰아낸 것도 아니고, 이거 주소가 틀리지 않소?"

"이 새끼가 헐 말은 꼬박꼬박 허네."

"죽기 전에 할 말은 해야지."

그들이 탄 승용차는 성남으로 난 직선 도로를 달리다가 오른쪽 샛길로 들어섰다.

가로등도 없는 비포장도로였는데, 주위는 짙은 어둠에 싸여 아무것도 보이지 않았다. 앞쪽에 두어 개의 불빛이 보였는데 그 불빛에 비친 비닐하우스의 그림자가 최장수의 가슴을 썰렁하게 만들었다.

승용차가 비닐하우스 옆에 멈추자 옆쪽의 건물에서 서너 명의 사내가 다가왔다. 어두워서 보이지 않았으나 농가인 모양이었다.

"자, 내려."

최장수는 조웅남에게 등을 밀려 밖으로 나왔다. 사내들이 다가와 최장수의 양쪽 팔에 팔을 끼었다.

"이거 놓아. 도망치지 않을 테니까."

최장수가 어깨를 펴며 소리치자 뒤따르던 조웅남이 어둠 속에서 흰 이를 드러내었다.

"그려, 놓아주어라."

그들이 들어선 곳은 비닐하우스였다. 스티로폼을 벽 대신 덮어 놓아서 안에서는 바깥이 보이지도 않았고, 밖에서도 안을 볼 수가 없었다. 안은 기다란 굴속 같았다. 천장에는 100와트 전구 세 개가 나란히 달려 있었다.

"거그 앉어."

방 가운데 놓인 철제 의자에 앉은 조웅남이 턱으로 앞쪽에 놓인 의자를 가리키자 최장수는 잠자코 앉았다. 재킷의 깃을 바로잡아 세운 그가 조웅남을 똑바로 바라보았다. 눈동자는 흔들리지 않았고 입술은 꾹 닫혀 있다.

조웅남이 스티로폼에 싸인 방 안을 둘러보았다.

"맘이 편허믄 여그가 리즈호텔 사장실보다 못헐 거 없다. 안 그러냐?"

최장수는 그를 쏘아본 채 대답하지 않았다.

"너는 대가리가 뼹뼹 잘 돌아가는 놈이라고 허드만. 주먹도 꽤 쓰고."

"……."

"마누라허고 새끼덜은 호주에 놔두고 왔담서? 잘헌 짓이여, 대가리 잘 썼다."

"용건을 말해주시오."

조웅남이 머리를 돌려 뒤쪽에 서 있는 부하들을 바라보았다.

"느그덜은 나가 있어."

부하들이 문을 열고 나갈 때까지 조웅남은 팔짱을 끼고 앉아 입을 열지 않았다. 그의 시선이 직선으로 꽂혀 왔으므로 그것을 받아내던 최장수가 마침내 시선을 돌렸다.

한동안 방 안에 정적이 흘렀다. 멀리 국도를 달리는 자동차의 엔진 소리가 들려왔다.

"허기는 박용근이가 사람을 잘 보았어. 나도 이놈저놈 생각혀 보았는디 너만 헌 놈이 없드만."

조웅남이 입을 열었다.

"나는 인자 수배자가 되어서 스티로폼으로 맹근 방에 앉어 있는 신세가 되었는디, 내가 이렇게 죽을 놈이 아녀. 안 그러냐?"

"……."

"너하고 손잡고 박용근이를 쳐 쥑이는 것이 내 계획이여. 너허고는 형제의 의리를 맺고 말이여."

"……."

"족보도 없는 놈이 나타나서는 내 업체들을 거저먹었다. 그걸 도로 찾는 디 니 손이 필요혀."

"나이가 어떻게 되시오?"

머리를 든 최장수가 불쑥 입을 열자 조웅남이 이맛살을 찌푸리고 혀를 찼다.

"너보다는 많어, 어떡허등 간에."

그 시간 백동혁은 유혁근과 승용차의 뒷좌석에 앉아 있었다.

옆쪽의 빌딩에서 번쩍이는 붉고 푸른 네온의 불빛이 차 안에 앉은 그들의 몸을 조각으로 비추어졌다가 지워졌다.

유혁근이 몸을 돌려 백동혁을 바라보았다.

"안정태는 숙소가 3개야. 하나는 처자식이 있는 신촌의 아파트이고, 또 하나는 리즈호텔 1320호, 그리고 나머지 하나가 저기지."

백동혁의 시선이 길 건너편의 20층짜리 오피스텔로 돌려졌다.

"아파트나 단독주택보다도 저런 곳이 비밀 보장이 잘되지. 옆방에 누가 사는지, 무얼 하는지 서로 관심도 없고 관심을 가지려고도 하지 않는 곳이야."

"여자가 있습니까?"

"천만에."

유혁근이 얼굴에 쓴웃음을 떠올렸다.

"그놈은 약점이 없는 놈이야. 여자관계는 없어. 저곳은 누군가를 만나는 장소로 이용하는 것뿐이야."

"……."

"하지만 우리 수사관에게 한 번도 누구와 함께 있는 것을 들키지 않았어. 교활한 놈이야."

유혁근은 빌딩에서 시선을 떼고는 시트에 등을 기대었다.

"이젠 난 놈을 미행할 수도 없어. 영등포 경찰서로 옮겨진 신세라 내 소관도 아냐."

"앞으로는 제가 맡지요."

"이곳이 놈을 치기에는 제일 나은 장소야. 아파트는 가족이 있고, 호텔은 놈의 본거지가 되었으니까."

"그렇겠군요."

"내가 당신들한테 해줄 수 있는 일이 이런 것뿐이라니 한심하구만."

"무슨 말씀입니까? 이것만 해도 얼마나 고마운지……."

"솔직히 당신들이 좋아서 이러는 게 아냐. 오해하지 말어."

"그것도 압니다."

유혁근이 머리를 돌려 그를 바라보았다.

"안다니까 됐군. 자, 가세."

승용차가 차도로 들어서서 속력을 내자 백동혁이 입을 열었다.

"저희 큰형님께서 고맙다는 말씀을 전하라고 하셨습니다. 다음 기회에 꼭 찾아뵙겠다고."

"괜찮다고 해. 뭘 바라고 이러는 것이 아니니까. 난 내 역할을 끝내고 무대에서 내려왔어."

"끌려 내려오셨지요."

"어쨌든 이것도 정부를 상대로 반항하는 짓이라네. 난 자네하고 입장이 달라."

승용차는 밤거리를 빠르게 달려 나갔다. 강남 대로에서 좌회전한 승용차는 한적한 도로를 달려 국립묘지를 지났다.

"됐어, 날 이쯤에서 내려주게."

흑석동의 고갯길에 이르자 유혁근이 말했다.

"댁 앞에까지 모셔다 드리지요."

"괜찮아, 골목이라 들어가기 힘들어."

차가 길가에 멈추어 서자 유혁근이 백동혁의 어깨를 손으로 가볍게 쳤다.

"이봐, 또 보세."

"안녕히 가십시오."

유혁근은 멀어져 가는 백동혁의 승용차를 바라보다가 무의식중에 차 번호를 외우고 있는 자신을 깨닫고는 쓴웃음을 지었다. 버릇이 되어 있었던 것이다.

길을 건너 가파른 언덕을 걸어 오르면서 유혁근은 길게 숨을 내쉬었다. 백동혁은 무대에서 끌려 내려졌다고 했지만 유혁근이 느끼는 감정은 그보다 더 지독했다. 끌려 내려져서는 시궁창에 던져진 것이다. 그리고 두 눈을 뜨고 무대를 바라보아야만 하는 신세가 되었다.

언덕을 올라 골목길에 들어선 그는 머리를 들고 가쁜 숨을 내쉬었다. 그러자 뒤쪽에서 인기척이 났고, 머리를 돌리는 순간 옆머리에 무거운 물체가 부딪치는 충격이 오며 눈앞에서 섬광이 번쩍였다. 무의식중에 가슴으로 손을 넣어 권총의 손잡이를 쥐자 다시 뒷머리에 충격이 왔다. 유혁근은 땅바닥에 얼굴을 부딪치며 의식을 잃었다.

*　　　*　　　*

자리에서 일어선 이무섭은 창문의 커튼을 젖혔다. 햇살이 방 안으로 쏟아지듯 들어왔다.

"그놈은 쥐새끼처럼 숨어 있지만 곧 꼬리를 잡을 수 있어. 내무부에서 호구조사를 실시할 것이고, 또 몇 군데에서 들어온 정보도 있다."

창가에 서서 팔짱을 낀 이무섭이 그들을 바라보며 얼굴에 웃음을 띠었다.

"경찰청에서도 전 수사력을 동원하고 있어."

"단장님, 제 생각입니다만, 그놈은 이제 힘을 쓸 수가 없는 상황입니다. 옛날하고는 입장이 다르지 않습니까?"

안정태가 조심스럽게 말했다.

"지금 저희들의 장악력은 김원국의 전성기보다 훨씬 강합니다. 이것은 객관적인 평가입니다."

"그건 맞는 이야기야. 하지만 아직 기반이 굳지 않았어."

이무섭이 머리를 돌려 이철우를 바라보았다.

"지난번 황인규를 습격하려던 애들 셋의 경우를 봐도 그렇다."

"단장님, 그때는 제가 경솔했습니다."

이철우가 찌푸린 얼굴을 숙였다.

"치밀하지 못했고, 서둘렀기 때문입니다."

"내가 말하려던 것은 그것이 아냐."

"……."

"작전에 실패한 데다 한 놈은 마누라와 함께 행방불명이 되었다. 놈은 김원국에게 자백한 보상을 받은 것이지."

"그렇습니다. 하지만 그들이 알고 있는 것은 제가 마지막입니다."

"자네는 내 부하야, 이 소령."

이철우가 머리를 들고 이무섭을 똑바로 바라보았다.

"이제 저는 인질로 삼을 가족이 없습니다만, 자백하지는 않습니다."

팔짱을 푼 이무섭이 한동안 우두커니 그를 바라보다가 다가와서 의자에 앉았다. 창밖에서 산새가 울었다. 이곳은 춘천 교외의 한적한 별장이었다.

이무섭은 한 달이 멀다 하고 거처를 옮기는 것에 짜증을 내고 있었다. 이제 그를 건드릴 사람은 아무도 없다. 안기부는 집행의 권한이 없고, 경찰은 이미 손아귀에 있다. 그를 이토록 경계하게 만드는 것은 김원국과 몇 안 되는 보스급들이었다.

"황인규를 걱정하실 필요는 없다고 생각합니다만."

이철우가 입을 열자 이무섭이 입맛을 다셨다.

"물론 황인규가 금방 일을 저지르지는 못해. 우리도 겪었지만 군 조직은 직속상관의 명령이 우선이지. 하지만 그놈이 안기부의 고성섭과 맥을 통하고 있단 말이야."

"……."

"놈은 김원국에게 직접 연락을 하고 있는지도 모른다."

헛기침을 한 안정태가 머리를 들었다.

"안기부 직원이 그렇게 무지막지하게 사람을 칠 리는 없습니다. 그리고 안기부 직원들이 공기총을 들고 다닙니까? 애들 2명은 공기 총알을 대여섯 발씩 맞았습니다."

이철우가 힐끗 안정태를 바라보았다. 자신은 음지에서 쓰레기를 치운다면 안정태는 양지에서 닦여진 길을 걷는 입장이다. 이것은 처음부터 계획된 일이었고, 시간이 지나면 이쪽도 그렇게 될 것이기는 했다.

"이제는 우리가 방어하는 입장이 된 것에 화가 난단 말이다. 입장이 역전되었어."

이무섭이 손바닥으로 의자의 팔걸이를 가볍게 쳤다.

"놈들은 예전의 우리 입장이 되었다."

"상황이 다릅니다, 단장님."

안정태는 여전히 낙관적이었다. 그가 말을 이었다.

"우리는 정부를 배경으로 두고 있는 데다 총알받이를 두고 있습니다. 염려하지 마십시오."

"유혁근이는 뺑소니를 당한 것으로 되어서 마음이 놓여. 잘했어, 이 소령."

이무섭이 이철우를 바라보았다.

"이번은 확실하게 해주었어."

"이정환이나 안기부에서는 눈치채고 있는지도 모르지요."

"그렇다고 해도 공식적으로 문제를 제기할 형편도 안 돼. 각하는 이찬형이를 만나주시지도 않을 테니까."

"……."

"내일모레면 개각과 함께 정계 개편이 있어. 그때 이찬형 씨도 경질될 거야."

"다행입니다."

"자네가 놓아준 김칠성의 부인 말인데, 나는 그 여자가 마음에 걸려. 그 여자만큼 우리 조직에 대해서 알고 있는 사람이 없어. 8개월 가까이 조직 안에서 생활했던 여자야."

"……."

"애들하고도 이야기를 많이 했을 것이고. 우리는 그 여자 때문에 거처를 옮겨야 했어."

이철우가 머리를 들었다.

"그 여자는 입을 열지 않았습니다. 저도 조사해 보았지만 어떤 낌새도 없었습니다."

"지금까지는 그렇다고 하더라도 언제 입을 열지 알 수 없어. 그 여자가 풀려나자마자 행방을 감춘 것만 봐도 그래."

"언론이 귀찮게 굴까 봐 그랬을 겁니다. 그것이 차라리 저희들한테도 낫다고 생각합니다만."

"김칠성이가 데려갔겠지."

"……."

"나는 자네가 맺고 끊는 것이 분명한 사람인 줄 알았는데."

"책임을 지겠습니다. 그 여자로 인해 문제가 터져 나오지 않도록 하겠습니다."

굳은 표정의 이철우를 바라보던 이무섭이 얼굴에 웃음을 띠었다.

"그 여자뿐만이 아니야. 마음에 걸리는 3명의 여자가 있어. 첫 번째가 우선 김칠성의 부인이겠고, 두 번째는 대한일보의 이재영이야. 이것도 우리가 실패한 경우인데, 그년은 안기부에서 작성한 자료를 기사화하려고 했던 배포 큰 계집이지. 내가 그것을 읽어 보았는데, 신문에 났다면 큰일 났을 거야."

"……."

"그년도 지금 김원국 조직의 보호를 받고 있을 거야. 언론의 생리를 아는 년이라 화근 덩어리야."

이무섭이 찌푸린 얼굴로 이철우와 안정태를 번갈아 바라보았다.

"마지막 하나는 자네가 건드린 리즈호텔의 직원인데……."

안정태가 그의 시선을 받고 서둘러 머리를 숙였다.

"백동혁이를 잡으려고 미끼로 썼다고 했는데, 그 여자는 지금 어떻게 되었지?"

이무섭이 이철우를 바라보며 물었다.

"네, 수원의 친구 집에 있다가 행방불명이 되었습니다. 친구에게도 은신처를 알려주지 않은 것이 아무래도……."

"김원국의 품속으로 들어간 것 같단 말이지?"

"그렇습니다."

어깨를 늘어뜨린 이무섭이 길게 한숨을 내쉬었다.

"사람이 하는 일이니까 조그만 시행착오는 있을 수가 있다. 그리고 이제까지 우리의 계획은 큰 차질 없이 진행되어서 결과적으로 보면 성공했다고 볼 수도 있겠지. 그렇지만 분명히 해두어야 할 것이 있다."

이무섭의 목소리에 점점 힘이 실렸다.

"인정에 얽매이면 안 된다. 그것을 철저히 이용할 작정이 아니라면 그 작전을 실행해서는 안 된다. 알아듣겠나?"

"알겠습니다."

안정태가 서둘러 대답했고, 이철우도 잠자코 머리를 끄덕였다.

"김원국을 찾으면 여자들도 찾을 수 있을 거야. 경찰만 믿을 것이 못 돼. 우리도 서둘러야 돼."

"요즘 왜 안 오셨어요?"

김선주가 찻잔을 내려놓으며 물었다.

"바빴어."

어깨를 세운 백동혁이 방 안을 둘러보는 시늉을 했다.

부천에 있는 20평형의 아담한 아파트였다. 방 둘에 응접실과 주방이 붙어 있는 단순한 구조였고, 가구도 단출해서 둘러보고 자시고 할 것도 없었다.

탁자 건너편 소파에 앉은 김선주가 그의 시선을 따라 방 안을 둘러보았다.

"안방에 텔레비전하고 비디오를 사놓았어요. 냉장고하고 세탁기는 있으니까 이젠 견딜 만해요."

"답답하겠지만 참아."

"그건 동혁 씨도 마찬가지 아녜요? 참, 재영 언니는 잘 있어요?"

"잘 있어."

그러고는 잠시 말이 끊겼다.

백동혁은 찻잔을 들고 커피를 한 모금 마셨다가 잔을 내려놓았다. 설탕을 넣지 않은 것이다.

김선주는 무릎 위에 깍지 낀 손을 두고 앉아 있었다. 헐렁한 하늘색 원피스를 입었는데 탁자의 틈으로 그녀의 맨다리가 내려다보였다.

"계시는 데가 이 근처예요?"

김선주가 다시 정적을 깨었다. 두 눈이 똑바로 백동혁을 바라보고 있다.

"아, 저기……."

"그 막대기는 안 가지고 다녀요?"

"차에 있어."

다시 말이 끊겼고, 백동혁은 커피에 설탕을 넣고 저었다. 그들이 있는 곳은 3층이어서 마당에서 뛰노는 아이들의 목소리가 가까이 들려왔다.

베란다의 창을 통해 비스듬히 햇살이 들어오는 가을의 오후였다.

“저녁 드시고 가세요, 여기서.”

그러자 백동혁이 머리를 들어 손바닥만 한 응접실을 둘러보았다. 김선주가 다리 한쪽을 무릎 위에 올려놓자 무릎과 다리가 드러났다.

“어색하네요, 우리가. 그렇죠?”

“글쎄, 나는 한 가지 생각만 하고 있어서.”

백동혁이 머리를 들어 그녀를 쏘아보았다.

“여기 올 때마다 그 생각을 하는데, 맘대로 안 돼.”

“…….”

“널 안고 싶은데, 그것이…….”

얼굴이 붉어진 김선주가 시선을 내렸다가 들었다.

“말로 다 하시네요, 뭐.”

“내가 비겁하단 얘기야, 뭐야?”

“그런 뜻이 아네요, 그 반대지.”

백동혁이 자리에서 일어서자 김선주가 온몸을 굳히면서 그를 올려다보았다.

“다음에 또 올게.”

“…….”

현관으로 다가가던 백동혁이 걸음을 멈추고는 머리를 돌리자 그를 바라보고 있던 김선주와 시선이 마주쳤다.

그 모습 그대로 그들은 한동안 마주 보고 있었는데 이윽고 김선주가 시선을 내리자 백동혁이 몸을 돌렸다.

세 걸음밖에 안 되는 짧은 거리였으나 백동혁이 다가왔을 때 김선주의 얼굴은 새빨갛게 달아올라 있었다.

옆자리에 앉은 백동혁이 그녀의 상반신을 소파의 옆으로 밀었다. 두 손을 올려 백동혁의 가슴을 미는 시늉을 하면서 김선주는 소파 위에 누웠다.

백동혁은 달아오른 얼굴로 그녀의 원피스를 벗겨내었다. 원피스의 지퍼는 등 뒤에 붙어 있었으므로 김선주는 몸을 옆으로 틀었다.

곧 매끈한 어깨가 드러났고, 김선주가 원피스의 소매에서 팔을 빼었을 때 백동혁은 그녀의 치마를 걷어 올렸다. 원피스가 허리 근처까지 말려 올라가 분홍색 팬티와 윤기가 흐르는 하반신이 눈에 들어오자 백동혁은 커다랗게 침을 삼켰다.

그녀는 이미 가쁜 숨소리를 내고 있었다. 좁은 배꼽 부분의 뱃가죽이 가쁘게 오르내렸고, 백동혁이 팬티를 끌어 내리자 검은 숲이 드러났다. 역삼각형의 짙은 숲 가운데 자리 잡은 붉은색 성이 보였다.

충혈된 눈으로 그것을 바라보던 백동혁이 얼굴을 가져다 대자 김선주가 그의 머리칼을 두 손으로 움켜쥐었다.

"아이참, 거긴……."

그러고는 그녀가 상체를 들어 올렸는데, 그것은 백동혁의 머리를 더욱 깊이 묻는 결과가 되었다. 백동혁의 혀가 숲과 성을 쓸어내리자 이윽고 김선주는 소파 위로 상체를 눕혔다.

두 다리는 어느새 공중에 들려 있었고, 문득 머리를 든 그녀는 허리에 말려 있는 원피스 자락을 끌어 내려 백동혁의 머리에 둘러씌웠다.

김선주는 턱을 젖히고는 신음 소리를 뱉어내기 시작했다. 원피스의 양쪽 자락을 움켜쥔 그녀의 손은 안에 든 백동혁의 머리를 힘껏 끌어당기고 있었다.

하반신을 사납게 들썩이던 김선주가 절정에 이른 듯이 무슨 말인가를 중얼거리기 시작했다. 그러고는 원피스를 젖히고 백동혁의 어깨를 위쪽으로 끌어당겼다.

"해줘요, 지금."

가쁜 숨소리와 함께 그녀가 말을 뱉었다. 백동혁은 물기에 젖은 얼굴을 들고는 상체를 세웠다.

김선주가 손을 올려 그의 혁대를 풀고 바지의 지퍼를 내렸다. 바지와 팬티를 한꺼번에 벗겨 내리자 그의 남성이 돌출되었다. 상반신을 일으킨 김선주는 두 손으로 그것을 감싸 쥐었다. 이제 김선주의 입은 깊고 뜨거운 터널이 되었다.

그녀에게 하반신을 맡긴 채 백동혁은 그녀의 가슴을 손으로 쓸었다. 그러다가 둘은 소파에서 굴러떨어졌고, 그 서슬에 커피잔의 커피가 엎질러졌다.

백동혁은 어깨로 탁자를 한쪽으로 밀어젖히면서 그녀를 바로 눕혔다.

열에 들뜬 김선주의 붉은 얼굴이 아래에 있었다. 헝클어진 머리칼이 어지럽게 이마와 볼 위에 흩어져 있었고, 반쯤 벌린 입술은 물기에 젖어 번들거렸다.

"해줘요, 어서."

두 다리를 벌린 김선주가 손을 내려 그의 남성을 쥐었다.

"손 치워."

손을 털어낸 백동혁이 그녀의 성으로 진입해 들어갔다.

숨이 막히는 듯한 신음 소리를 내며 김선주가 두 손으로 자신의 머리칼을 움켜쥐었다. 그들은 탁자를 넘어뜨리고 소파를 한쪽으로 밀면서 응접실 안을 뒹굴기 시작했다.

김선주는 이제 목이 멘 신음 소리를 뱉고 있었다. 그러고는 백동혁의 움직임이 거칠어지자 응접실 바닥을 울리며 그와 호흡을 맞추었다. 이윽고 그들은 함께 폭발하면서 숨이 멈추는 듯 외마디 소리를 내었다.

그들은 부둥켜안은 채 한동안 움직이지 않았다. 김선주의 얼굴은 아직도 붉게 상기되어 있었고, 숨소리는 가라앉지 않았다. 두 손으로 백동혁의 허리를 깍지 껴 안고 있었으므로 백동혁이 두 팔로 바닥을 버티고 상체를 세우자 그녀의 상반신이 따라 올라왔다.

김선주는 감았던 눈을 떴다. 물기에 젖어 아직 초점이 잡히지 않은 시선이었다. 이윽고 그녀는 두 팔을 바닥에 떨어뜨리고는 다시 눈을 감았다.

일어선 백동혁은 모든 것을 드러낸 채 활개를 펴고 누워 있는 김선주를 내려다보았다. 시선을 느낀 모양인지 그녀가 눈을 떴다가 머리를 한쪽으로 돌리며 눈을 감았다. 그러고는 힘들게 한 손을 들어 원피스 자락으로 아래를 덮었다.

"이거, 밥 얻어먹을 수 있겠어?"

중얼거리듯 말한 백동혁은 화장실로 다가갔다.

"너, 이 자식. 어디 갔다 오는 거냐?"

현관으로 들어서는 백동혁을 향해 김칠성이 눈을 부릅떴다.

"두 시간 동안 어디에 처박혀 있었어?"

"예, 여자를 만났습니다, 형님."

백동혁이 늘어진 눈시울을 들어 올렸다.

"회포를 풀었습니다."

"뭐라구?"

입을 쩍 벌렸던 김칠성이 두 눈을 껌벅였다.

"회포를 풀었어?"

"예, 형님."

김칠성이 시선을 돌리며 입맛을 다셨다.

"새로운 소식이라도 있더냐?"

"없습니다."

"빌어먹을."

몸을 돌린 김칠성이 응접실을 향해 다가갔다.

백동혁은 조웅남의 행방을 찾고 있었다. 집을 뛰쳐나간 지 일주일이 지났지만 그는 어디에 박혀 있는지 모습을 드러내지 않았다.

응접실로 들어선 김칠성이 소파에 앉자 김원국이 머리를 들었다.

"웅남이 소식은 없더냐?"

"없습니다, 형님."

김칠성이 옆에 앉은 이재영을 힐끗 바라보았다.

"애들을 모조리 풀어 보았지만 도무지."

"계속 찾아봐."

"예, 형님."

"그놈이 할 짓은 뻔하다."

"알고 있습니다, 형님."

머리를 돌린 김원국이 이재영을 바라보았다.

"유혁근 경감이 뺑소니 교통사고로 죽은 것, 그것을 추가시킬 필요는 없어. 지난번의 기사만으로도 충분해."

어깨를 늘어뜨리며 숨을 길게 뱉은 김칠성도 그녀를 바라보았다. 그들은 고성섭에게 보낸 보도 자료에 대한 이야기를 하고 있었다.

이재영이 머리를 끄덕였다.

"그 기사가 보도된다면 사람들은 유혁근 씨의 죽음이 단순한 사고가 아니라는 것을 믿게 될 거예요. 그것은 그 기사의 신빙성을 확인해 주는 효과가 있습니다."

"효과라……."

쓴웃음을 머금은 김원국이 커피 잔을 들었다.

"기자다운 표현이군."

"저도 그분을 만나 뵌 적이 있어요. 죽음을 안타깝게 생각하고 있어요. 그리고 분하기도 해요."

이재영의 두 볼에 붉은 기운이 떠올랐다.

"그리고 무력감이 들어요, 제 자신에 대해서."

"나는 한 번도 그런 감정을 느껴 본 적이 없어. 물론 성격이나 생활환경의 차이겠지만."

김원국이 머리를 돌려 김칠성을 바라보았다.

"우리는 주먹 두 개로 시작했지. 그렇지 않으냐?"

"그렇습니다, 형님. 처음에는 아무것도 없었지요."

"혈혈단신, 세상에 나 혼자뿐이었다."

"……."

"이제 다시 혼자가 되었어."

"형님, 저희들이 있지 않습니까?"

김원국이 입술 끝을 올려 웃었다.

"그렇지. 그런데 무슨 걱정이 있단 말이냐?"

그들의 이야기를 듣던 이재영이 조그맣게 헛기침을 했다.

"오늘 아침 신문에 안기부장 경질설이 조그맣게 실려 있었어요. 대한일보에."

김원국이 잠자코 머리를 끄덕이자 그녀가 말을 이었다.

"그것은 경질된다는 것을 의미해요. 일단 언론에 흘려보내는 것이 고위급 인사의 전통입니다."

"기사가 빨리 나가야 돼."

"내일이나, 늦어도 모레쯤 기사가 실릴 것이라고는 했지만 절차가 쉽지 않아요. 데스크에서 결정을 했다손 치더라도요."

"그 일 때문에 오함마가 나가 있어. 일이 잘 안되면 다른 수단이라도 쓸 거야."

김칠성이 상체를 세우고 김원국을 바라보았다.

"형님, 전국의 경찰에 형님의 사진이 배포되었습니다. 저와 오함마, 웅남 형님은 말할 것도 없고요."

"……."

"곧 호구조사를 실시할 것이라고 고 차장이 그러더군요. 목적은 저희들을 찾는 겁니다."

"끈질기군, 이놈들."

김원국이 머리를 들었다.

"지난번에 이무섭의 은신처를 찾았다가 박동호의 밀고로 안기부 요원들만 희생당하고 말았다. 이무섭을 찾아라."

"안기부에서도 찾고 있습니다만, 상황이 저래서요."

"그렇지. 누가 먼저 찾느냐, 누가 먼저 발각되느냐 그것이 성패를 가를 것이다."

"저……."

이재영이 입을 열었으므로 그들은 굳어진 얼굴을 돌렸다.

"대답해 주시지 않아도 됩니다만, 찾으시면 어떻게 하실 작정이세요?"

"죽인다."

김원국이 선뜻 말하고는 이를 드러내며 웃었다.

"우선 그놈부터 죽인다. 그리고 그놈의 배후, 이철우 순서가 될 것이야. 그리고 박동호, 박용근이, 그런 놈들 모두."

"……."

"그것을 써도 돼, 이재영 씨. 가로막지 않겠다."

"갈가리 찢어 죽일 거요."

김칠성이 소파의 구석을 노려보며 말했다.

"내 목숨하고 바꾸는 한이 있더라도 내버려 두지 않을 겁니다, 그놈들을."

이재영은 시선을 내리깔고는 무릎 위에 올려놓은 노트에 펜을 내려놓았다.

* * *

"물어볼 것도 없다, 쥑여라."

조웅남이 공기총의 탄알을 확인하면서 뱉듯이 말했다.

"박용근이, 그 씨발 놈은 10명도 넘는 애새끼들을 데꼬 왔대여. 그것들도 쥑여. 허지만 도망가는 놈은 내싸 둬."

승용차는 김포 가도를 탄환처럼 달려가고 있었다. 밤 11시가 가까워진 시간이어서 오가는 차량도 많지 않았다.

박용근이 김포의 공항 근처에 있는 영빈살롱에서 술을 마시고 있다는 정보를 들은 것이다. 최장수는 지금 박용근과 함께 술을 마시면서 그가 도착하기를 기다리고 있었다.

조웅남은 머리를 돌려 뒤쪽을 바라보았다. 어둠 속에서 두 개의 헤드라이트를 번쩍이며 차량 한 대가 뒤에 바짝 붙어 있었다. 전조등 때문에 차 안에 탄 사람들은 보이지 않았지만 5명의 부하가 그를 바라보고 있을 것이었다.

"형님, 10분 후면 도착합니다."

앞좌석의 손채석이 머리를 돌려 그를 바라보았다. 넓은 얼굴에 두 눈 사이가 넓었으므로 얼굴이 더욱 넓어 보이는 손채석은 대전에서 올라온 건달이다.

그는 한때 김일두의 동생으로 명성을 날렸으나 김일두가 광주로 내려가 빌딩을 짓고 임대업과 의류 매장을 하는 사업가로 변신하자 대전에서 떨어져 나와 사채업을 시작했다.

싸움에는 모질고 독하기로 소문이 난 손채석이었으나 웬일인지 돈 거래에는 물러 터져 김일두에게서 얻은 돈을 얼마 못 가 몽땅 떼이고 실업자가 된 처지였다. 그는 옛날의 기백을 되찾은 듯 온몸으로 생기를 뿜어내고 있었다.

"최장수는 먼저 빠져나올 수가 없다고 혔응게 헐 수 없다. 조심혀야지."

조웅남이 총을 세워 들고 말했다.

"근디 너, 쬐끼 입었냐?"

"예, 형님."

손채석이 주먹으로 가슴을 치자 둔탁한 소리가 났다.

"애들한테도 모두 입혔습니다."

"대가리만 안 다치믄 쓰겄는디, 너는 대가리가 커서."

"얼굴에다 쓰는 건 미국에도 없습니다, 형님."

"야, 인마. 철모가 있잖여, 철모."

"우리가 군인입니까, 이 꼴에 철모를 쓰게요? 그리고 철모는 얼굴하고 상관이 없지 않습니까?"

"허긴 그려."

손채석은 뒤탈이 없고 단순해서 조웅남과 죽이 맞았다. 그는 상황이야 어떻든 조웅남과의 이런 인연을 기뻐하는 표정이 역력했다. 조웅남이 자신을 알아준다고 믿었고, 그와 함께 일하다가 죽는다면 차라리 그것은 영광이었다.

"형님, 최장수한테 얼마 주셨습니까?"

조그만 눈을 깜박이며 손채석이 묻자 조웅남이 머리를 들었다.

"왜? 우리는 그냥 형님 동생 삼었는디. 일이 잘되믄 내가 알아서 안 혀 주겄냐?"

"그럼 돈은 안 주셨군요?"

"얀마, 내가 돈이 어디 있어, 시방?"

"그 자식, 박용근이한테 1억을 받았답니다. 생활비로 말입니다."

"나는 더 줄 거여, 그까짓 것."

승용차의 앞쪽으로 김포의 불빛이 보였다. 한동안 앞쪽을 바라보고 있던 손채석이 다시 머리를 돌려 그를 바라보았다.

"일두 형님이나 장용 형님이 어떻게든 형님들을 찾으려고 하시던데요. 저한테도 연락이 왔었습니다."

"지랄들 허지 말고 즈그덜 일이나 허라고 혀, 신세 조지지 말고."

"어디 그럴 수 있습니까? 형님이 부르시면 언제든지."

"필요 없다."

조웅남이 머리를 저었다.

"우리만으로 충분혀. 너, 갸들헌티 암말 안 혔지?"

"예, 형님."

"다 와간다. 준비혀라."

조웅남이 앞쪽을 바라보면서 공기총을 세워 들었다. 부하들은 모두 10발의 탄환이 장전된 공기총을 가지고 있었는데, 말이 공기총이지 살상력이 뛰어난 무기였다.

승용차는 김포의 번화가로 진입해 들어가서는 우측으로 머리를 틀었다.

영빈살롱은 김포의 일류 룸살롱이었고, 시설이나 접대하는 아가씨들도 서울의 일류급 살롱 못지않았다.

조웅남도 두어 번 와본 적이 있었으므로 이곳과 부근의 지리에는 훤했다. 살롱은 큰길에서 오른쪽으로 나 있는 골목의 입구 근처에 있었고, 앞문은 골목을 바라보고 있지만 뒷문은 주차장 쪽으로 나 있었다.

조웅남은 시계를 내려다보았다. 11시 30분이었다. 최장수가 밖으로 나오겠다고 한 시간도 11시 30분이었다.

세 대의 승용차는 속력을 줄이면서 번화가를 달려 나갔다.

살롱의 현관을 나선 최장수가 주위를 둘러보자 사내 한 명이 다가왔다.

"시간 되었다."

최장수의 말에 사내가 머리를 끄덕였다.

"차가 세 대라고 한다. 골목 입구에서 가로막거나, 안을 들여다보거나 하지 마. 차가 들어오면 그냥 통과시켜."

"알았습니다, 형님."

시계를 내려다본 최장수가 턱을 들었다.

"어서 가봐."

영빈살롱의 앞은 골목길이었는데, 승용차 두 대가 거의 비켜 갈 정도였다.

오른쪽의 차도에서는 차량들이 속력을 내어 오가고 있었으나 이쪽은 조용했다. 이 시간에 살롱을 찾아오는 손님은 드문 것이다.

다시 시계를 내려다본 최장수가 머리를 들었을 때 골목의 입구로 들어서는 승용차의 앞부분이 보였다.

부하들이 길을 비켜 주자 그 사이를 뚫고 승용차가 곧장 다가왔고, 뒤를 이어 다시 한 대의 승용차가 나타났다.

최장수는 현관 앞에 멈추어 선 승용차로 다가서다가 문득 걸음을 멈추었다.

승용차에서 내리는 사람들은 모두 50대에서 60대에 이르는 사내들이었다. 그들은 떠들썩하게 이야기를 나누면서 차에서 내렸으나 살롱의 현관을 흘낏거리는 표정에서 어딘지 어색하고 불안한 기색이 보였다.

두 번째 차에서 내리는 사람들도 마찬가지였다. 이윽고 세 번째 차가 멈추고 손님들이 내렸다.

현관 앞은 금방 10여 명의 사내들에게 둘러싸였다.

"이봐요, 젊은이. 댁이 이 집 직원이오?"

그중 한 사람이 최장수에게 물었다.

"그것 물어봐서 뭘 해? 그냥 들어가."

뒤쪽에서 한 사람이 소리쳤다.

"가만, 가만있어. 우선 물어나 보고."

다른 한 사람이 그를 제지했다.

"대체 어디에서 오셨습니까?"

골목의 입구 쪽으로 시선을 던진 최장수가 짜증스럽게 묻자 처음 물었던 사내가 버럭 역정을 내었다.

"내가 먼저 물었잖아? 우리가 누군 줄 알아서 뭐하려고? 공짜 술손님같이 보여?"

"아니, 그게 아니라."

"당신, 이 집 종업원 맞어?"

"아니, 나는 손님입니다."

"이거 괜히 시간만 잡아먹었잖아?"

그러자 옆쪽에서 두어 명의 사내가 현관으로 들어서며 소리쳤다.

"젠장, 어서 들어와. 돈 있겠다, 무슨 걱정이야?"

"잠깐만."

최장수가 뒤쪽 사내의 옷깃을 잡았다. 50대의 사람 좋아 보이는 얼굴의 사내가 걸음을 멈추었다.

"지금 영업 안 합니다."

"무슨 소리, 우린 이 집 주인이라는 사람한테서 초대를 받았는데. 술 마시라고 돈까지 받았어."

"글쎄, 그러시더라도."

"꼭 이 집에서 마셔야 한다고 하면서 돈을 주더구만. 차까지 빌려주고."

"이 집 주인이요?"

머리를 돌린 최장수는 그들을 태우고 온 승용차 한 대가 주차장으로 들어서려고 머리를 앞쪽으로 한 채 후진 등을 켜고 있는 것을 보았다. 차량의 번호판에 '허' 자가 쓰여 있었다.

그러자 안으로 몰려 들어갔던 사내들이 다시 와글거리며 나왔다.

"이런, 빌어먹을. 뭔 놈의 경찰이 술집에 꽉 차 있어?"

사내 한 명이 커다랗게 소리를 쳤다.

"저놈들이 뭔데 사람을 마구 내몰아? 내, 고발할 테여."

다른 사람이 맞받아 고함을 질렀다.

"이거, 속은 거 아녀?"

누군가가 이렇게 말하는 소리도 들렸다.

최장수가 그쪽으로 머리를 돌리자 옆쪽의 사내가 웃었다.

"쓸데없는 소리 말어. 100만 원이 양덕조 호주머니에 있단 말여. 다른 곳에서 마시면 돼."

최장수는 어금니를 물고 몸을 돌렸다. 살롱의 계단을 내려가다 마침 이쪽으로 올라오는 이갑룡과 마주쳤다.

그는 최순태의 심복 형사였다.

"빌어먹을, 헛다리 짚었어."

그가 뱉듯이 말하고는 최장수를 노려보았다.

"어쩐지 일이 쉽게 풀려 나가는 것 같더니만. 이봐요, 당신 조웅남한테 속았어."

와락 입술을 깨문 최장수가 그의 얼굴을 쏘아보았으나 입을 열지는 않았다.

"뭐야, 이게? 기동대를 30명이나 끌고 왔는데."

"잠깐만."

최장수가 현관으로 나가는 이갑룡의 어깨를 잡았다.

"조웅남이가 저 사람들을 보냈단 말이오?"

"당신, 조웅남이를 둔하게 생각한 모양인데, 우습구만."

이갑룡이 입술 끝을 올리며 물었다.

"놈은 당신을 믿지 않았어. 그래서 저기 산악회 사람들이 회식하는 데 나타나 이 집 주인이라고 하면서 돈까지 줘 보낸 거야."

"……."

"당신, 앞으로 조심해야 될 거야."

그러자 살롱 안에서 완전무장한 경찰의 기동타격대 병력이 몰려나왔다.

모두 방탄조끼에 M—16, 어마어마한 무장이었다. 그들이 썰물처럼 물러가자 최장수의 주위로 부하들이 다가왔다.

"형님."

부하 한 명이 그를 부르자 최장수가 머리를 들어 그쪽을 바라보며 입을 열었다.

"돌아간다."

"어디로 갑니까? 댁으로 가실까요?"

최장수가 머리를 저었다.

"아니, 국화여관으로."

국화여관은 그의 부하들이 숙소로 사용하고 있는 곳이다.

"저기 나오는군요, 형님."

손채석이 손끝으로 차의 앞부분을 가볍게 두드렸다. 그들의 차는 영빈살롱에서 100미터쯤 좌측에 있는 병원의 주차장에 세워져 있었다. 영빈살롱은 길 건너편이어서 살롱의 간판과 골목의 입구가 훤히 보였다.

"이쪽으로 옵니다. 한 대, 두 대, 세 대로군요, 형님."

조웅남의 눈에도 전조등을 켜고 달려오는 승용차들이 훤히 보였다. 앞뒤 좌석에 가득 사내들을 태운 차량은 그들의 앞을 순식간에 스쳐 지나갔다.

손채석이 몸을 돌려 조웅남을 바라보았다.

"형님."

"가자."

"어디로 갑니까?"

"비닐하우스로는 못 가겠다, 그장?"

"저 새끼를 쫓아가서 그냥."

"다음번에 야금야금 쥑일 테여."

승용차는 병원의 주차장을 빠져나와 차도로 들어섰다. 밤 12시가 넘어 있어서 한산한 도로를 달리는 차량들은 경주하듯 속력을 내고 있었다.

차가 속력을 내기 시작하자 손채석이 다시 몸을 돌렸다.

"그런데 형님, 그 새끼가 배신한 것을 어떻게 아셨습니까?"

"진작부터 알고 있었어."

조웅남이 턱을 들고 시큰둥한 얼굴을 했다.

"나는 그 시키 머리 꼭대기에 있는 사람이여."

"……."

"척 보믄 안다, 나는."

"그런데 왜……."

그러다가 손채석은 말을 멈추었다. 어쨌든 조웅남은 결정적인 순간에 위기를 피해 간 셈이 되었다.

저만큼 영빈살롱이 눈에 보이는 위치에 이르자 조웅남은 차를 돌리게 하고는 길가의 술집에서 술을 마시는 산악회 회원들을 영빈살롱으로 초대했던 것이다.

손채석은 조웅남의 명성이 과연 헛것이 아니라는 것을 새삼 깨닫고는 그의 얼굴을 슬쩍 훔쳐보았다.

비록 승용차에 나눠 탔으나 일곱 대에 가득 찬 경찰 병력이 코앞으로 지나치자 어깨가 움츠러들면서 저도 모르게 오줌이 마려웠었다.

"병신 같은 새끼의 말을 믿고 병력들만 고생시켰네."

최순태가 술잔을 소리 나게 내려놓았다.

"그 새끼는 조웅남이한테도 속아 넘어가는 놈이오, 박 사장님."

"아쉽기는 나도 마찬가지요, 최 경감. 조웅남이 상판을 보려고 했는데."

술기운으로 얼굴이 붉게 달아오른 박용근이 의자에 등을 기대며 말했다.

"하지만 다행이오, 확실하게 되어서."

최순태가 이맛살을 찌푸렸다.

"확실하게 되다니, 뭐가 말입니까?"

"최장수는 조웅남이가 살아 있는 한 확실하게 우리 편입니다. 최 경감이 또 써먹을 때가 있을지 어떻게 압니까?"

"흥, 그까짓."

"조웅남이가 그를 설득하려고 했던 것 같아요. 그래서 영빈살롱에서 만나자고 했겠지요."

"……."

"선금으로 천만 원을 주었고, 잡았을 때는 9천을 준다고 했는데 천만 원만 떼였군."

"최장수 그놈이 박 사장님을 찾아와 흥정을 한 것을 보면 번지수는 잘 찾아온 거요. 일이 잘되면 한자리 달라고 안 합디까?"

"그런 이야기는 없었소."

"그놈, 배운 것도 있는 데다 조직력도 강해서 왕년에는 한가락 했었는데 이젠 물이 갔구만."

박용근이 위스키 병을 들어 최순태의 잔에 술을 채웠다.

"오늘 기동대 동원하느라고 본부에서도 꽤 시끄러웠겠군요.

보고할 때 야단맞지 않겠소?"

"보고는 무슨."

잔을 쥔 최순태가 술을 입안으로 털어 넣었다.

"이건 내 직권이오. 그리고 보고는 청장한테만 합니다."

"이정환 씨는 한가하겠구만."

"그 양반, 길을 잘못 들어서."

"곧 퇴직할 때가 되지 않았소?"

"글쎄, 그렇게 된다면 그 양반한테는 오히려 다행이지."

새벽 1시가 넘어 있었으나 그들은 술좌석을 끝낼 생각이 없어 보였다.

구찌클럽의 밀실에 앉은 그들은 여자들을 물리치고 본격적으로 마시는 참이었다. 이갑룡과 최장수로부터 똑같은 희소식을 기대하고 있었던 참이었으니 술을 이용해서라도 기분을 풀어야 했던 것이다.

"자아, 어쨌든 조웅남의 꼬리를 막 잡으려다가 놓쳤는데, 이놈이 혼자 떠돌아다니는 모양이야. 돈도 별로 없고."

안주를 집어 우물거리고 씹으면서 최순태가 혼잣소리처럼 말했다.

"비닐하우스 같은 데서나 살고. 그놈, 비참하게 되었어요."

"비닐하우스로 돌아가지는 않겠지요?"

박용근이 묻자 최순태가 입을 벌리고 웃었다.

"그렇게까지 순진한 놈이 아니라는 것이 드러나지 않았습니까? 만일 들어간다면 우리 기동대 좋은 일만 시키는 거지요. 영빈살롱에서 나와 그쪽으로 갔으니까."

"마음을 놓을 수가 없어, 점점."

박용근이 두툼한 손바닥으로 붉은 얼굴을 쓸었다.

"하루라도 빨리 씨를 말려야 되는데."

최순태가 구찌클럽을 나왔을 때는 새벽 3시가 넘어 있었다.

소총으로 완전무장한 기동대원을 태운 승용차가 앞장을 섰고, 그의 승용차가 뒤를 따르는 모양은 마치 전시에 고위층이 행차하는 것과 같았다.

그들이 탄 차가 막 한남대교를 들어섰을 때 차에 설치된 카폰이 울렸다. 트림을 하고 난 최순태가 전화기를 들었다.

"여보세요."

—최 경감, 나야.

이정환의 목소리였다.

"아, 과장님, 웬일이십니까?"

—웬일이나 마나, 자네 기동대 동원하면서 왜 나한테 알리지 않았나?

"훈련입니다, 과장님."

—훈련이라니?

"예, 비상 훈련을 했습니다. 용의자를 체포하는 데 도움이 될까 해서."

—자네, 술 먹었나?

"예, 대원들 회식시켜 주느라고요."

—알았네.

끊긴 전화를 슬쩍 들여다본 최순태가 혀를 찼다. 착실한 영감이라 오밤중에도 일어나 본부의 상황실에 전화를 해댄다는 것을 잊고 있었던 것이다.

"알기는 뭘 알아?"

혼잣소리처럼 중얼거리던 최순태가 의자에 등을 기대자 운전석과 옆자리에 앉아 있던 부하들이 어깨를 굳혔다.

강상현은 탁자에 둘러앉은 사내들을 바라보았다.

창간 연륜이 짧은 아주일보가 5대 일간지의 하나로 자리 잡게 된 이유 중 하나는 기사의 정직성에 있었다.

지금도 거대 일간지들 중 상당수는 독자의 말초적인 흥미와 재미를 끌기 위한 기사를 싣는다. 그로 인해 무참하게 매장당하는 조직이나 개인이 생기는 것은 당연했다. 그리고 더욱 위험한 것은 권위와 명예, 또는 신용 때문에 잘못된 것이 발견되더라도 덮어 버리는 풍토였다.

아주일보는 특종 기사가 거의 없는 편이었다. 그리고 기자들도 특종을 발굴해서 신문사와 자신의 성과를 높이려는 허욕을 부리지 않는 분위기였다.

그 대신 각 분야의 기자들은 해당 분야에서 전문적인 지식을 쌓아 나갔다. 환경을 담당한 부서의 기자는 환경 문제에 관해서 철저한 현장 검증과 자료 수집으로 무장되었는데, 회사가 그에게 시간과 조건을 충분히 배려해 주었기 때문이었다.

강상현이 머리를 들었다.

"자, 그럼 결론은 났어. 오야지는 오케이했지만 책임은 내가 진다. 그래서 오야지는 오늘 오후 비행기로 일본으로 떠날 거야."

"이걸 모두 끝내려면 3일은 걸립니다. 아무래도 제대로 끝날 것 같지가 않습니다."

사회부장인 임동배가 입을 열었다.

"경찰이나 안기부에서 와락 달려들 것이고, 기무사도 손을 쓸 겁니다. 더구나 내무부 장관과 경찰청장이 관련된 일이라 당에서도 난리가 날 것은 뻔합니다. 그러니 우선 이에 대한 대책부터 마련해 놓고 일을 시작해야 합니다."

강상현이 입맛을 다시며 그를 바라보았다. 검은 얼굴의 주름이 더욱 깊어 보였다.

"그럴 대책이 있다면 이런 기사를 신문에 낼 필요도 없을 거야. 아니, 이런 기사가 만들어지지도 않았겠군."

"국장님, 첫 회분이 나가고 중간에서 끊어지면 독자들은 애꿎은 우리에게만 성토할 겁니다. 우리가 기관에게 당하는 것은 둘째로 치더라도……."

"기사는 2회로 나눠 싣는다, 토요일과 일요일에."

강상현이 그의 말을 자르며 주위의 사람들을 둘러보았다.

"나하고 자네는 옷이나 든든하게 껴입고 기다리는 거야. 일요일 오후쯤이면 불려 갈 테니까."

"그거야 학교 가는 것처럼 해왔으니까 마누라는 놀라지도 않을 겁니다. 하지만 이재영 기자, 대단한 여자군요. 대한일보의 안청준 씨가 길길이 뛸 겁니다."

"그 사람, 이번 정권에서도 한자리 노리고 있다는 소문이 있습니다."

정치부의 차장인 오세룡이 말을 받았다. 미국에서 박사 학위를 받은 인물이다.

"이재영 씨 기사는 안청준 씨가 대한일보에 있는 한은 신문에 실리지 못합니다."

"그나저나 김원국 씨가 한국에 와 있다는 것, 강만철 씨가 이철우의 습격을 받아 섬에서 피살되었다는 것, 이무섭 씨의 역할과 테러에 대한 고증, 이재영 씨가 김원국의 조직과 함께 있다는 것까지, 이것은 대특종이오, 대특종."

논설위원인 한인호가 긴 얼굴을 들고 떠들썩하게 말했다.

"내가 보기로는 이 기사, 객관적이고 신빙성도 있습니다. 시간과 장소의 지적도 오차가 없고, 사건과의 연관성도 빈틈이 없어요. 기사도 기사지만 문장력도 뛰어나요."

임동배가 혀를 차며 나섰다.

"허어, 참. 한 위원은 아까부터 좋아만 하시는데, 내 입장이 되어 보세요. 나는……."

"그까짓 감옥에 가라면 내가 대신 가지, 그게 무슨 대수라고."

"가보기나 했습니까? 나처럼 거꾸로 매달려 본 적이 있느냔 말입니다."

"문민정부에서 거꾸로 매달지는 않아."

"무슨 얼어 죽을, 문민정부라고 경찰이 총 대신 물총 쏩니까? 이것들 하는 짓을 읽지 않았습니까?"

"아, 그만하세요."

강상현이 손을 저어 다투는 두 사람의 말을 끊었다. 사람들의 시선이 모이자 그가 입을 열었다.

"제일 큰 문제는 이 기사를 끝까지 실을 수 있느냐는 거야. 욕심 같아서는 신문 두 면을 몽땅 써서 하루 분으로 끝내고 싶지만 그것은 무리이고……."

모두들 잠자코 그를 바라보았다.

"토요일 첫 회가 나가면 오후쯤 기관에서 몰려올 거야. 그렇지만 기사가 나가는 것을 정지시키려면 사법권이 발동되어야 하는데, 토요일 오후라 사람 모으고 결정하는 데 허점이 생기기를 기다리는 수밖에. 그사이 일요일 조간에 마지막 분을 싣는다는 작전인데."

"그들이 언제 영장 가지고 일했습니까? 우선 잡아 놓고 보는데."

임동배의 말에 한인호가 얼굴을 찌푸렸다. 그는 대학에서 사회학을 가르치다가 논설위원으로 지내온 지 1년밖에 되지 않는다. 그의 논설은 대통령이 꼭 읽는다는 소문이 있었다.

강상현이 머리를 끄덕였다.

"그래서 2회분은 오산 공장에서 찍자구. 필름을 그쪽으로 보내서 그곳에서 찍도록 말이야."

오세룡과 한인호는 멍한 얼굴이 되었으나 산전수전을 다 겪은 임동배는 금방 알아들었다.

"위장하자는 겁니까? 서울 공장은 2회분이 없는 것으로 하고, 오산에서는 2회분을 넣자는 것이지요?"

"그래. 그때는 우리가 유치장에 있더라도 그렇게 진행되도록 미리 손을 써놓아야 돼."

"오산 공장은 가동을 중지한 지 두 달이 되었는데, 글쎄, 그것이……."

"어제 확인했어. 찍을 수 있어. 종이도 있고."

오산 공장은 신형 인쇄기로 교체하기 위해서 당분간 생산을 중단하고 있었다.

"오산 일은 제가 맡지요. 저까지 가두지는 않을 테니까요."

오세룡이 나서자 강상현이 머리를 끄덕였다.

"그리고 배포도 문제야. 검열을 할 테니까 말이야."

"배포는 금지하지 못할 거요. 그런 큰일을 결정할 여유도 없을 것이고."

한인호가 입을 열었다.

"더구나 일요일이라 행정력을 동원시키는 데 애로도 많을 거예요."

"내가 그걸 노린 거요, 한 위원."

임동배가 그를 바라보았으나 입을 열지는 않았다. 운동권 출신으로 매사가 비판적인 이로, 회의적이기는 하지만 목표가 생기면 실행력이 뛰어난 사람이다. 강상현은 그를 신뢰하고 있었다.

"자아, 세부적인 것을 이야기해 봅시다. 기사는 이것으로 되었으니 우선 타이틀부터 정해야지. 모레 실리려면 오늘 중으로 모두 마쳐야 돼."

책상 위의 원고를 바라보며 강상현이 입을 열었다.

방문이 열리더니 이중섭이 들어섰다. 기분이 좋은 듯 화색이 만면해 있다.

"많이 기다렸나?"

"아닙니다, 각하."

강한석은 그가 자리에 앉고 나서도 두 손을 모으고 서 있었다.

"거기 앉게."

"감사합니다, 각하."

이중섭이 자리에 앉은 강한석을 향해 잔잔하게 웃었다.

"한영수 씨는 당 고문을 맡기로 했어. 경선이 끝나고 나서 말이지."

"네, 각하."

"명색이 경선인데 나서겠다는 후보가 있어야지. 자네도 알다시피 유 총장에게 사람을 보내 보았더니 펄쩍 뛰더라는데, 생각이 없다고 말이야."

강한석이 잠자코 머리를 숙였다.

생각이야 화력발전소의 굴뚝만큼 높았을 것이다. 그러나 대통령이 미는 강한석의 경쟁자가 되었다가는 대통령과 차기 대권 주자가 될 강한석 양쪽으로부터 외면당해 정치 생명이 끊어지게 된다. 유철환은 피눈물을 삼키며 정중히 거절했을 것이다. 그리고 그것도 불안했던 모양인지 어젯밤에는 강한석의 집으로 전화를 해서 그런 일이 있었다고 보고를 했다.

이중섭이 말을 이었다.

"하는 수 없어. 한영수 대표하고 자네 둘이서 경선에 나서는 수밖에. 그렇게 알고 있게나."

"감사합니다, 각하. 저를 그토록 아껴 주시는 은혜를 무얼로 보답해야 할지."

"나한테 할 필요 없어. 국민에게 해."

"명심하겠습니다, 각하."

오늘로서 이중섭의 마지막 확인을 받은 강한석은 어서 이 자리를 떠나고 싶은 생각뿐이었다. 사람은 극도로 행복감에 젖어 있을 때 간혹 혼자 있고 싶은 충동이 일 때가 있다. 장소가 마땅치 않으면 냄새나는 변소에 들어가서라도 혼자 있고 싶은 것이다.

그것은 개가 살점이 붙은 뼈를 물었을 때 무조건 한적한 곳으로 뛰는 이유와 비슷한 것이다. 개는 뼈다귀를 준 주인이든 누구든 떠나 혼자 있고 싶어 한다.

"안기부장 말인데, 내가 전에 안길중 씨를 만나 보았어."

이중섭이 다시 입을 열자 강한석이 상체를 세우고 목을 굳혔다.

"자네 말대로 쓸 만한 사람이더구만."

"네, 각하, 저는 그저……."

"이찬형이는 요즘 의욕을 잃은 것 같구만. 보고서 내용도 부실하고."

머리를 든 강한석이 이중섭을 바라보았다. 그가 이런 식으로 말한다는 것은 이제 그 사람한테 기대하지 않는다는 뜻도 되었다.

"국방장관도 지난번에 그런 말을 했어. 이찬형이가 군의 사기를 염두에 두지 않는다고. 지난 정권 때처럼 정보 수집을 핑계 삼아 무소불위로 쑤시고 다니면 곤란해. 전체적인 흐름을 읽고 조화시켜 나가야지."

"지당하신 말씀입니다, 각하."

"내가 데리고 있을 적에는 그러지 않았어. 깔끔하고 벗어나는 일은 안 했는데, 떨어져 있으니까 이것저것 눈에 띄는구만."

이중섭이 탁자 위에 놓인 주전자를 들어 조그만 사기잔에 엽차를 따랐다.

"이젠 치안 상태가 좋아진 것 같군. 김원국 일당이 모두 제거되어서 그런 모양이지?"

"그렇습니다, 각하."

"비서실장도 자네 칭찬을 해, 능력이 있다고."

"아니, 저는 단지……."

엽차를 한 모금 마신 이중섭이 강한석을 찬찬히 바라보았다.

"당 대표가 되면 절대로 나서지 말게. 그게 2년 후를 위해 자네한테 좋을 거야."

"명심하겠습니다, 각하."

"권력의 누수 현상이네 어쩌네 하고 자네를 시기하는 자들이 말을 만들지도 몰라. 조심해야 돼."

"예, 각하."

이마에서 땀방울이 배어 나왔으나 손을 들어 닦기도 어려운 상황이었다. 이중섭은 남은 임기 동안 결코 이인자에게 권한을 양도하지 않겠다는 경고성 이야기를 하고 있는 것이다.

그는 눈썹을 내리고 턱을 조금 치켜들면서 눈에 힘을 뺐었다. 그러고는 이중섭을 바라보았다.

"저는 그저 각하의 충복으로 만족할 뿐입니다. 욕심이 있다면 각하의 족적을 흠이 나지 않게 닦고, 대업을 잇는 심부름꾼이 되겠다는 것뿐입니다."

"그렇지. 전에도 들었어, 그런 이야기. 하지만 막상 권좌에 앉게 되면 생각이 달라져. 나도 그랬으니까."

얼굴에 웃음을 띤 이중섭이 그를 바라보았다.

"그래서 2년 후의 일은 생각하지도, 기대하지도 않기로 했어. 그때 나는 남의 정권 아래 있을 테니까."

"그때에도 각하의 정권입니다."

"이 사람, 겸손하기는."

이중섭이 머리를 돌렸으나 기분 나쁜 표정은 아니었다. 바지에서 손수건을 꺼낸 강한석이 이마의 땀을 닦았다. 하긴 그의 입장도 마찬가지였다.

이제 며칠 후면 3천 명의 대의원들이 모인 체육관에서 당 대표의 경선이 있다.

현재의 당 대표인 한영수는 76세의 노인인 데다 당 대표에서 대선 후보가 되기에는 약점이 많은 인물이었다.

항간에는 그런 약점들이 당의 이인자가 되는 결정적인 요소로 작용했다는 말도 있었다. 강한석은 이중섭의 지지 기반을 모두 흡수하여 당 대표가 될 것이었다.

제8장

수송 작전

밤의 대통령

"부인, 어려운 일이 있으면 꼭 저에게 연락을 주십시오. 저를 생각해서라도 그러셔야 합니다."

이정환이 말하자 오 여사가 머리를 숙였다. 고맙다는 인사인지, 아니면 눈물을 참으려는 것인지 알 수 없었으나 이정환은 다시 멀뚱하게 앉아 있었다.

집 안은 평수로 따지면 30평쯤 되었으나 지은 지 오래되었고, 얼핏 보아도 구조가 엉성하기 짝이 없었다.

요즘의 아파트나 양옥집처럼 한 치의 공간도 낭비하지 않고 실용적으로 꾸민 집이 아니라 현관은 너무 넓고, 대문을 향해 있는 대청은 쓸모가 없기 때문인지 화분과 곡식 자루에다 헌 자전거까지 놓여 있었다. 그러다 보니까 방과 응접실이 비좁아져서 그들이 앉아 있는 응접실에서 한 발짝만 떼면 안방과 건넛방으로 갈 수 있었다.

집 안이 텅 비어 있어서인지 빈집을 혼자 지키고 있는 유혁근의 미망인 오 여사가 더욱 안쓰럽게 보였다.

"제가 근무 시간에 나와서, 이만……."

이정환이 자리에서 엉덩이를 들자 오 여사가 따라 일어섰다. 조그맣고 가냘픈 체구에 얼굴에는 핏기조차 없다.

"우리 그이가 제 앞으로 보험을 들어 주었어요."

그녀가 몸매만큼 가느다란 목소리로 말하자 이정환이 움직임을 멈추었다.

"보험이라니요?"

"생명보험이에요."

"……."

"1억 원짜린데, 탈 수 있다고 연락이 왔어요."

하마터면 잘됐다고 말할 뻔한 이정환은 두툼한 목살을 움직여 침을 삼켰다.

오 여사가 흐린 시선으로 그를 바라보았다.

"저도 몰랐는데, 우리 그이는 보험이나 적금 같은 것은 싫어하는 사람이라서……."

아랫입술을 깨물고 난 오 여사가 다시 말을 이었다.

"집에 오면 잠을 못 자고 불안해했어요. 그러다가 영등포로 발령받고 나서는 며칠 동안 술만 마셔 대더니 조금씩 안정이 되는 것 같았는데……."

"……."

"과장님도 조심하세요."

이정환이 눈을 치켜떴다. 그러나 무엇을 조심하라는 것이냐고 차마 묻지를 못하고 발을 떼었다.

유혁근의 집을 나온 이정환은 휘청거리면서 비탈길을 내려왔다.

가파른 언덕길이어서 올라갈 때도 힘이 들었지만 내려올 때도 두 다리가 휘청거렸다. 그의 머리에서는 유혁근이 보험을 들었더라고 하면서 자신에게도 조심하라고 일러주던 오 여사의 말소리가 맴돌고 있었다.

차가 다니는 평탄한 길로 내려선 이정환은 길가에 세워져 있는 승용차로 다가갔다. 온몸에 열이 오른 듯 식은땀이 배어 나왔다. 그가 차의 앞쪽으로 다가가자 제복을 입은 운전사가 밖으로 나왔다.

"넌 먼저 들어가 있어. 난 일이 있어서 택시 타고 들어가겠다."

"알겠습니다, 과장님."

승용차가 시야에서 사라지자 이정환은 갑자기 생각난 듯 주위를 둘러보았다.

이 근처 어디에서 유혁근이 쓰러져 있었을 것이다. 시체의 부검 결과는 차에 치이면서 머리와 목 부분을 시멘트 블록에 부딪친 것으로 되어 있었다.

결정적인 사인은 그것이었다. 이정환은 손을 들어 지나치는 택시를 세웠다. 사인에 대해서 의문을 제기할 상황이 아니었다.

그렇게 한다면 놈들에게 도전장을 던진 꼴이 될 것이고, 그다음에 일어나는 일들은 뻔했다.

그의 주장은 처음부터 묵살되고 주변의 압박이 가중될 것이다. 그리고 유혁근과 같은 상황이 자신에게 일어날지도 모른다. 그는 택시 뒷자리에 앉아 주머니에서 휴대폰을 꺼내 들었다.

같은 시간, 최순태는 찌푸린 얼굴로 승용차에 앉아 있었다. 한동안 앞쪽을 바라보며 생각에 빠져 있던 그는 손을 뻗어 카폰을 쥐었다. 다이얼을 누르자 곧 신호가 갔다.

—여보세요.

무뚝뚝한 사내의 목소리가 들리자 최순태는 전화기를 바짝 귀에 대었다. 박용근의 직통 전화였다.

"사장님, 접니다."

—아, 예. 웬일이시오, 갑자기?

"우리 수사관들은 쓰기가 뭣해서 그러는데……."

최순태가 목소리를 낮추었다.

"애들을 이정환 씨 집하고, 그렇지, 유혁근 씨 집 근처에 배치시켜 주세요. 오후 3시쯤에 그 양반이 갑자기 유혁근의 집에 갔다가 차만 보내고 종적을 감추었어요."

—그 영감, 애를 먹이는구만.

박용근이 느긋한 목소리로 말했다.

—알았습니다, 그렇게 하지요. 하지만 지금 어디 있는가를 찾기 힘들겠는데, 집으로 돌아온 것이나 확인할 수밖에.

"그럼 그렇게라도 해줘요."

최순태는 입맛을 다시며 수화기를 내려놓았다.

앞자리에 앉은 부하들의 등을 힐끗 바라본 최순태는 의자에 등을 깊게 묻었다. 이정환의 운전사는 그의 동향을 일일이 보고하도록 되어 있었다. 그런데 오늘은 그럴 수 없게 된 것이다. 카폰의 벨이 울렸으므로 차에 탄 세 사람의 시선이 일제히 움직였다.

운전사는 힐끗 백미러를 보았고, 옆자리의 부하는 머리를 돌렸다. 최순태는 손을 뻗어 전화기를 쥐었다.

"여보세요."

—아, 최 계장, 나야.

"아니, 과장님, 지금 어디 계십니까?"

—왜, 무슨 일 있나?

"아닙니다. 차만 먼저 보내셨다고 해서요."

—자넨 지금 어디에 있나?

최순태는 머리를 돌려 창밖을 바라보았다. 승용차는 을지로 3가를 막 통과하고 있었다.

"지금 명동입니다. 무슨 지시하실 일이라도……."

—없어. 난 오늘은 일찍 들어가서 쉬려고.

"아아, 예."

—자네도 오늘 비번이지?

"네, 계장님."

—그럼 이만.

전화가 끊기자 최순태는 잠자코 전화기를 내려놓고는 머리를 들었다. 집에 일찍 들어간다고 했으니 그것을 확인하는 수밖에 없다.

"구찌클럽으로 가자."

그가 말하자 승용차는 오른쪽 차선으로 꺾어져 들어갔다. 6시여서 아직 이른 시간이었지만 그곳에 가서 오붓하게 한 잔 마셔야겠다는 생각이 든 것이다.

최장수가 방으로 들어서자 자리에 앉아 있던 정기욱이 서둘러 몸을 일으켰다.

"여어, 최 형, 어서 오시오."

얼굴에 활짝 웃음을 떠올린 정기욱이 손을 내밀며 다가갔다. 그러나 얼굴을 대하기는 처음이었다. 그들은 악수를 나누고 나서 자리에 앉았다.

"이거 갑자기 찾아와서 놀라셨겠습니다."

최장수가 부드럽게 말하자 정기욱이 한 손을 저었다.

"그게 무슨 말씀, 이렇게 만나게 되어서 반갑습니다. 우린 진작 만났어야 하는데……."

"저도 명성만은 들어 왔습니다만."

말들은 서로 좋게 나누고 있었지만 한쪽은 해결사로 교도소를 밥 먹듯이 드나들었던 사내였고, 다른 한쪽은 김원국의 조직에서 분해되어 이민을 갔다 온 처지였다. 서로 상대방을 경멸해 왔으나 지금은 그들에게 밝은 세상이 되어 있었다. 그래서인지 표정들도 밝았다.

"사무실이 좋더군요. 대단하십니다, 이런 큰 기업을 운영하시다니."

최장수가 사장실 안을 둘러보는 시늉을 하며 말했다.

넓은 사장실의 한쪽 구석에는 연습용 골프 시설이 마련되어 있었다. 인조 잔디로 만든 3미터 정도의 시설 위에는 수십 개의 골프공이 흩어져 있다.

"기업이라고 할 것이 있습니까? 우리 사이니까 말하는데, 그저 업체들을 관리하는 것이지요, 뭘."

그러면서 정기욱이 웃자 최장수도 따라 웃었다.

정기욱은 이제 20여 개의 업체들을 직접 관리하는 사장이었고, 그가 다른 곳에서 보호세를 얼마나 받는가는 최장수로서는 알 수 없는 일이었다.

"제가 이곳에 온 것은 다름이 아니라……."

최장수가 소파에 등을 기대면서 정기욱을 바라보았다.

"전 솔직히 박용근 사장과 손을 잡고 있습니다. 말하자면 박 사장님 예비 부대 역할을 하고 있지요."

"짐작은 하고 있었지요. 원체 인덕이 있으셔서 애들이 많이 모이고 있다고 들었습니다."

정기욱이 가는 눈을 치켜뜨고는 거친 목소리를 한껏 부드럽게 만들어 말했다.

"그러고 보면 박용근 씨도 인덕이 있어요. 최 형 같은 사람을 끌어들이다니."

"글쎄, 그것이……."

최장수가 입맛을 다시며 턱을 들었다.

"저야 박 사장님을 존경하지만, 저 혼자만 그런다고 일이 됩니까? 원체 애들의 개성이 강해서요."

"허어, 저런."

"그렇다고 박 사장님하고 사이가 나쁜 것은 절대 아닙니다. 지금도 잡일은 모두 제가 맡고 있지요."

"나도 그렇게 들었습니다."

"하지만 저는 정 사장님하고도 교분을 맺고 싶어서요. 왜냐하면 제 입장이 독립적이라고나 할까, 그래서……."

"대충 이해는 가지만 박용근 씨가 좋지 않게 생각할 것 같은데, 나는 상관없지만 말이오."

"우린 공식적인 관계가 아닙니다. 일을 하다 보니까 말이 그렇게 퍼졌는지는 모르지만요."

정기욱이 어깨를 펴고는 한동안 눈을 껌벅이며 그를 바라보았다.

"그럼 나한테 바라는 것은 뭐요? 난 박용근 씨와 직접 교제하고 있지는 않지만 서로 건드리지 않고 있는데."

"저를 동생으로 삼아주십시오."

"박용근 씨하고도 그런 관계 아니요?"

"아닙니다. 그 양반은 우리하고 체질이 다른 분이셔서 그냥 사장님이라고 부르는 관계입니다."

정기욱이 벽을 바라본 채 손가락 끝으로 소파의 팔걸이를 가볍게 두드렸다.

이윽고 그가 머리를 돌려 최장수를 바라보았다.

"최 형 문제로 나와 박용근 씨가 대립될 수도 있겠어. 최 형이 그 사람 일을 안 했다면 몰라도. 솔직히 말해서 그 사람하고 요즘 문제가 있습니까?"

"문제는 없습니다. 다만……."

정기욱이 잠자코 바라보자 최장수가 말을 이었다.

"용병 생활은 체질에 맞지 않습니다. 어느 곳에 기반을 굳히거나, 그렇지 않으면 조직에 들어가 제 몫을 하고 싶은데 박 사장님하고는 그것이 힘들어서."

"하긴 그 사람, 자존심이 대단하다지? 아마 그 사람 밑에서는 잡일이 고작일 거야."

"그렇습니다. 정식으로 일하는 것도 아니고, 회사 근처에도 나타나지 못하게 하니."

"창피해서 그런 모양이군, 당신들 만나는 것이."

최장수가 퍼뜩 머리를 들어 정기욱을 바라보았다가 다시 시선을 내렸다.

"저한테 일을 맡겨 주십시오. 제가 데리고 있는 애들도 쓸 만합니다."

"이거, 이런 이야기를 하기에는 장소가 불편하구만."

그러자 최장수가 눈꼬리를 좁히며 웃었다.

"제가 모시지요. 허락하신다면 말입니다."

"아니, 그럴 것 없어요."

정기욱이 시계를 들여다보며 말했다.

"저녁 식사나 같이하십시다."

그들이 장안동에 있는 레오날드클럽에 도착했을 때는 밤 9시가 되어 있었다. 사거리에 서 있던 교통경찰이 그들의 차량 행렬을 보고는 놀라 부동자세를 취할 만큼 어마어마한 행렬이었다.

정기욱은 최근에 구입한 벤츠 500에 최장수와 나란히 탔고, 그들의 앞뒤로 정기욱과 최장수의 부하들이 탄 10여 대의 승용차가 길게 늘어져 있었으므로 교통경찰은 대통령의 행차쯤으로 생각했을지도 몰랐다.

벤츠가 멈춰 서자 이쪽저쪽에서 뛰어나온 양쪽의 부하들이 그들을 에워쌌고, 레오날드클럽의 지배인과 마담이 현관에서 그들을 기다리며 서 있었다.

"이거, 철통같구만."

주위를 둘러보던 정기욱이 최장수를 향해 웃었다.

"최 형이 빈틈없는 사람이라고 소문이 났던데 틀린 말이 아니네."

"매사에 철저한 것이 제 성격입니다. 그래서 지금까지 살아 있는지도 모르지요."

"그렇다면 지금 나도 믿지 않겠구만."

"아닙니다. 제가 힘이 있는 한 믿습니다."

정기욱이 힐끗 그를 바라보았다가 시선이 마주치자 얼굴에 웃음을 띠었다.

"어서 오십시오, 사장님."

지배인과 마담이 허리를 꺾으면서 그들을 향해 절을 했다. 이곳은 정기욱의 소유는 아니었으나 그가 관리해 주는 곳이었다. 업무부장과 영업부장, 지배인에 이르기까지 모두 그의 수하들인 것이다.

그들이 밀실에 자리 잡고 앉자 시키지도 않았는데 술과 안주가 날라져 왔다. 술은 요즘 들어 정기욱이 맛을 들인 나폴레옹 코냑이다. 그는 맥주잔에 코냑을 붓고 마시는 스타일이었다.

"아, 여자들은 이따가 보내라. 우리끼리 할 이야기가 있으니까."

여자를 데리고 오겠다는 지배인에게 손을 저으며 정기욱이 최장수를 바라보았다.

"이야기를 마쳐야지. 안 그렇소?"

"그렇습니다, 형님."

승용차 안에서부터 최장수는 그렇게 부르기 시작했는데 정기욱은 싫은 눈치가 아니었다. 그도 슬슬 말을 낮추기 시작하고 있었다.

"지금 밤의 세계는 양분되어 있지요. 형님과 박 사장, 두 개의 조직으로 말입니다. 그렇지 않습니까?"

최장수가 코냑 술병을 들고 술을 따르려는 시늉을 하자 정기욱이 맥주잔을 내밀었다.

"김원국 씨의 조직은 이제 재기 불능입니다. 보스급 모두가 수배자 명단에 들어 있고, 조직원들 대부분은 흩어져 버렸지요.

다시 모을 수는 없습니다."

최장수가 자신의 잔에 술을 채웠다.

맥주잔을 든 정기욱이 벌컥이며 맥주 마시듯 코냑을 삼키는 것을 힐끗 바라본 그는 술잔을 코에 가져다 대었다가 한 모금을 마셨다.

"따라서 형님과 박 사장 두 분이 밤의 세계를 관리하게 되었지요. 모두 일장일단이 있습니다."

"그, 박용근 씨의 단점은 무엇인가?"

정기욱이 어깨를 펴며 물었다.

"솔직히 박 사장님은 실세가 아닙니다. 리즈호텔의 안정태, 그 사람이 조직의 실세이지요. 박 사장은 껍데기에 불과할 뿐입니다."

"……."

"박 사장님이 용병으로 저를 고용한 것도 그런 이유지요. 경비 용역 회사의 직원만으로는 도저히 이 세계를 관리할 수 없는 겁니다."

"하긴 그래. 내 유통 회사의 조직으로도 마찬가지야. 이쪽 물을 먹은 놈들이 있어야 되겠더구만."

정기욱이 다시 꿀컥이며 코냑을 삼켰다.

"그래, 안정태가 박용근의 부하로 되어 있지만 실세라는 것쯤은 나도 알고 있어."

술잔을 내려놓은 정기욱이 입으로 더운 김을 뿜으며 말했다.

"그 이상 아는 것이 있나?"

"저보다 형님이 더 잘 아실 텐데요."

최장수가 얼굴에 웃음을 띠며 말했다.

"저는 그 윗선까지 알고 싶지는 않습니다. 모를수록 안전한 경우가 있습니다. 바로 이런 경우지요."

"영리하군, 듣던 대로."

"형님을 위해 능력을 발휘할 수 있도록 해주십쇼."

한동안 그를 바라보던 정기욱이 조그맣게 머리를 끄덕이더니 소파 옆의 탁자에 붙어 있는 단추를 눌렀다. 10초도 되지 않아 지배인이 문을 열고 들어섰다.

"부르셨습니까?"

"들여보내라."

"예, 사장님."

지배인이 나가자 정기욱이 소파에 등을 묻고는 한쪽 팔을 조심스럽게 움직여 팔걸이 위에 올려놓았다. 아까부터 눈여겨보고 있던 참이라 최장수가 다시 물었다.

"팔을 다치셨습니까?"

"그래, 이제는 나아가는데 꽤 오래가는구만."

그러자 방문이 열리더니 두 명의 사내가 들어섰다.

앞장선 거한을 본 순간 최장수는 몸을 솟구쳐 일어섰다. 일어서는 서슬에 최장수는 무릎을 탁자 모서리에 찧었고 탁자 위에 놓인 술잔이 엎어졌다.

"앉아라. 도망칠 곳은 없다."

무뚝뚝하게 말을 뱉은 사내는 김칠성이었다.

그는 정기욱의 옆자리에 털썩 엉덩이를 내려놓고는 최장수를 찬찬히 바라보았다. 최장수가 김칠성을 모를 리가 없다. 왕년에 길거리에 서서 그의 행차를 보며 이를 갈았던 기억도 있다.

"네가 최장수라는 놈이구나, 낯짝은 처음 보는데."

김칠성으로서는 그의 조직에 의해 붕괴되어 간 수많은 보스 중 하나로만 기억되어 있을 것이다.

최장수는 이를 악물고 그들을 바라보았다. 정기욱이나 김칠성은 나란히 앉아 시치미를 떼고 있었는데, 김칠성을 따라 들어온 사내 한 명은 문을 가로막고 서 있었다.

그가 입고 있는 바바리코트를 본 순간 최장수의 가슴이 다시 내려앉았다. 말로만 듣던 개백정 놈이었다. 개 잡듯이 사람을 쳐서 죽이는 놈이다.

"정 사장, 이야기 다 했어?"

김칠성이 머리를 돌려 정기욱을 바라보았다.

"저놈이 박용근이와 짜고 웅남 형님을 잡으려고 했다는 이야기도 하던가?"

"아닙니다, 형님."

정기욱이 머리를 저었다.

"그 이야기는 안 했습니다."

최장수는 두 손을 소파에 내려놓았다. 뒤허리의 혁대에는 38구경 권총이 찔러져 있다. 어깨를 늘어뜨린 그는 길게 숨을 내쉬었다. 그러자 차츰 가슴의 고동이 가라앉았다.

정기욱은 김칠성의 동생이 되어 있는 것이었다. 호랑이 아가리에 머리를 집어넣은 꼴이 되었다.

"이 비열한 놈, 널 잡아서 웅남 형님한테 넘기고 싶지만 그럴 필요도 없어. 결과나 알려 드리면 되겠지."

최장수의 눈을 똑바로 바라보면서 김칠성이 말했다.

"마지막으로 할 이야기 있으면 해라."

최장수의 시선이 정기욱의 얼굴로 돌려졌다. 그는 가는 눈을 한껏 구부리고는 소리 없이 웃고 있는 중이었다. 최장수는 두 팔을 슬그머니 몸통 근처로 붙여 갔다. 그는 김칠성을 바라보았다.

"나도 내 나름대로 열심히 살아왔어. 기반을 굳히려면 이놈 저놈 할 것 없이 이용하고 배신해야 했지."

오른쪽의 문 앞에 서 있는 개백정과의 거리는 3미터 정도여서 여유가 있다. 탁자 건너편에 나란히 앉아 있는 김칠성과 정기욱은 조금도 이쪽을 경계하지 않았다. 마음을 놓고 있는 것이다.

"너희들이 나라도 그랬을 거야."

말을 마치기도 전에 그는 몸을 한쪽으로 틀면서 한 손을 등 뒤로 뻗어 권총의 손잡이를 쥐었다. 그러고는 몸을 바로 세우면서 둘째 손가락을 방아쇠에 걸고는 나머지 네 손가락으로 손잡이를 단단히 움켜쥐었다. 가슴이 세차게 고동을 쳤고, 기쁨으로 출렁거렸다. 이제 총신을 바로 세우고 방아쇠를 당기기만 하면 된다.

그러나 그 순간 최장수는 옆쪽에서 다가오는 그림자를 느꼈다. 방 안의 커튼이 떨어져 내리는 듯 펄럭이는 느낌이 왔고, 다음 순간 머리가 번쩍이며 하얗게 폭발한다고 생각되었다. 그것으로 그의 의식은 끝났다.

채영도 기자가 골목의 입구로 들어서자 안쪽에 멈춰 서 있던 자동차의 보조등이 켜졌다. 밤 11시가 넘어 있어서 골목 좌우의 빌딩은 조용했고, 불빛이 흘러나오는 창문도 보이지 않았다.

승용차로 다가간 채영도는 곧장 뒤쪽 문을 열고 안으로 들어갔다.

"여기 있습니다."

채영도가 품속에서 접혀진 종이를 꺼내어 내밀자 최순태가 낚아채듯 쥐었다.

신문의 필름을 복사해 온 것이다. 승용차 안의 등을 켠 최순태는 필름을 읽어 내려갔다. 그의 얼굴은 점점 험악하게 굳어져 갔고 숨소리도 거칠어졌다.

채영도는 머리를 들어 두리번거렸다. 짙은 어둠에 덮인 빌딩의 그늘은 누군가가 튀어나올 것같이 으스스했다. 앞쪽의 차도 건너편으로 환하게 불을 밝힌 빌딩이 보였다.

동그란 회사 마크와 '아주일보'라고 커다랗게 쓰인 네온이 옥상에서 번쩍이고 있었다.

"이런, 빌어먹을."

최순태가 머리를 들었다. 희미한 등에 비친 그 모습은 두 눈을 크게 부릅뜨고 있었고, 작고 암팡진 입술은 굳게 닫혀 있었다.

"이것, 내일 조간이란 말이지?"

그가 갈라진 목소리로 물었다.

"네, 지금 인쇄가 거의 끝나 갑니다."

"야단, 야단났어."

그는 서둘러 차 안에 설치된 전화에서 수화기를 떼어냈다.

"저, 저는 그만 갈까요?"

서둘러 다이얼을 누르는 그에게 묻자 최순태는 대답하지 않았다. 앞자리에 앉은 사내들이 머리를 돌려 이쪽을 바라보았다.

"청장님, 밤늦게, 밤늦게 죄송합니다. 하지만 큰일이……."

최순태가 목소리를 낮추었는데 그것이 더 이상하게 들렸다.

"아주일보에서 폭로 기사를 내보내려고 합니다. 이철우, 이무섭 조직과 배후 관계, 거기에는 청장님과 장관님도 들어가 있습니다. 지금 인쇄가 거의 끝나 간다는데……. 네, 투고자는 대한일보의 이재영 기자라고."

더듬거렸다가 목청을 올렸다가 하였지만 대충 보고를 마친 최순태는 이제 수화기를 움켜쥐고 네, 소리를 연발했다.

채영도는 눈을 껌벅이며 그를 바라보다가 슬그머니 차의 문고리를 잡아당겼다. 덜컥 소리가 나자 최순태의 한 손이 뻗어져 오더니 그의 목덜미의 옷깃을 쥐었다.

입을 쩍 벌린 채 다시 앉혀진 채영도가 그를 바라보았으나 입을 열 수는 없었다. 아직 최순태는 지시 사항을 듣는 중이었는데 상대가 경찰청장인 까닭이다.

"좋다."

전화기를 내려놓은 최순태가 앞쪽의 신문사 건물을 노려보았다.

"어디, 네놈들이 이기나 우리가 이기나 해보자."

그는 앞좌석에 앉은 사내에게로 머리를 돌렸다.

"김 형사, 자네가 먼저 신문사로 가 있어. 인쇄는 내버려 둬라. 배송부를 지켜. 밖으로 못 나가게 하란 말이야. 15분쯤 후면 강동 경찰서 기동대가 도착할 테니까."

"알았습니다."

김 형사라고 불린 사내가 서둘러 밖으로 나서더니 골목 밖으로 뛰어 사라졌다.

"양 형사, 비상 연락망으로 요원들을 이쪽으로 집결시켜라."

"예, 계장님."

직급은 계장이지만 상대는 청장에게 직접 보고를 하는 사람이다. 운전석에 앉은 형사가 무선전화기의 스위치를 올렸다.

"자, 그럼 채 기자, 나하고 얘기 좀 할까."

최순태가 채영도를 향해 몸을 돌렸다.

"이 기사는 이재영이가 썼다고 치고, 어떻게 해서 강상현의 손에 들어갔지? 그년이 직접 보냈나?"

"그건 모릅니다. 강 국장이 알겠지요."

"주관한 놈들은 누구야? 이 일을 추진한 놈들 말이야."

"글쎄요."

채영도가 머리를 한쪽으로 기울였다.

"강 국장, 그리고 임동배 부장. 아마 그들 아닐까요? 그들이 자주 이야기하더군요. 이 기사는 빈칸으로 남겨 두었다가 필름으로 되기 직전에 끼워진 겁니다. 저도 우연히 알게 되었어요."

"다행이야, 자네가 발견해 주어서."

"그나저나 못해 먹겠습니다. 하루 이틀도 아니고, 몇 달 동안이 노릇이니."

"자네가 큰 공을 세웠어."

"내가 경찰입니까? 이런 일이 공이 되다니요."

최순태가 이맛살을 찌푸리고 그를 바라보았다.

"이봐, 지방 신문에서 잘린 걸 생각해 봐. 자네는 지금 5대 일간지의 하나인 아주일보의 기자가 되어 있어. 그게 누구 덕분이야?"

그러나 채영도는 얼굴을 굳힌 채 대답하지 않았다. 최순태가 팔을 뻗어 그의 어깨를 가볍게 두드렸다.

"걱정 마, 비밀로 할 테니까. 그리고 곧 자네가 깜짝 놀랄 만한 포상이 있을 거야. 기다려 봐."

"……."

"그리고 이 일은 체제 전복 기도를 적발해 낸 것과 같아. 자네는 그렇게 생각해야 된단 말이네."

선도하는 것은 소형 승용차로, 지붕에 경고등을 매달고 있었다.

"저런, 빌어먹을. 저 자식은 왜 저렇게 달려? 뒤쪽을 좀 봐야지."

뒤쪽 차는 9인승 승합차였는데, 운전석 옆자리에 앉은 함종민 경위가 짜증을 내었다. 선도 차가 마구잡이로 속력을 내는 것이다. 도로는 차량의 통행이 적지 않았다.

어느새 선도 차와 승합차 사이에 얌체 같은 대형 승용차 한 대가 끼어들어 속력을 내고 있었다. 함종민이 머리를 돌려 뒤쪽을 바라보았다. 긴장한 얼굴의 기동대원들 사이로 경고등을 반짝이며 바짝 뒤따르는 승합차가 보였다.

"배송부로 직접 갑니까?"

뒷좌석에 앉아 있던 누군가가 소리쳐 물었다. 9인승이었지만 아마 열서너 사람은 탔을 것이다.

"그래, 배송부에 가서 신문 뭉치만 압류시키면 돼. 한 장도 못 나가게 하라는 청장의 지시다."

차에 타기 전에 지시 사항을 일러주었으나 그는 나중에 끼어든 모양이었다.

"그나저나 이거 무슨 일이야? 영장도 없이 신문사 건드렸다가 일 나면 어쩌려고."

뒤쪽에서 누군가가 투덜거리는 소리가 들려왔다. 기동대에다가 형사과에 남아 있던 형사들, 그것도 모자라 조사과의 당번 형사들까지 몰고 나온 참이다. 고참 형사들 중 하나가 걱정하는 소리였다.

머리를 돌린 함종민은 입맛을 다셨다. 그러나 청장의 지시를 어긴다는 것은 말도 안 된다.

아주일보는 학교 갔다 온 놈들투성이의 까다로운 신문사였다. 체제나 공산주의에 대한 기사가 문제가 되었을 것이라는 짐작은 갔다.

사거리들을 거침없이 횡단하여 오른쪽 길로 꺾어 가던 선도 차의 브레이크등이 켜졌다. 함종민은 머리를 들어 앞쪽의 도로를 바라보았다. 노란색 차단등이 도로를 지그재그로 막고 있어서 차량들이 서행하고 있었다. 그들의 차 앞으로 10여 대의 차량이 기어가듯 앞으로 나아간다.

"이런, 병신 같은. 음주 운전 단속이야?"

와락 짜증을 낸 함종민이 반대편 차선으로 시선을 돌렸으나 그쪽도 마찬가지였다. 차량들이 지그재그 코스를 따라 힘겹게 이쪽으로 빠져나오고 있었다.

"저건 경찰이 아닌데요, 반장님."

뒤쪽에서 머리를 내민 형사가 말했다.

"우리 애들이 아닙니다."

"저건 음주 단속을 하는 것 같지도 않은데."

핸들을 잡고 있는 형사가 말했다. 함종민의 눈에도 저만치 사내들이 보였다. 10여 명의 사내들이 차량을 하나씩 살피면서 통과시키고 있다. 모두 정장 차림이거나 코트를 걸치고 있었다.

처음에는 요란한 경적과 사이렌 소리를 내던 선도 차가 잠잠해진 것을 보면 그들도 심상치 않은 분위기를 느낀 모양이었다. 선도 차가 사내들이 몰려 있는 곳으로 다가갔다. 사내들도 이쪽을 주시하고 있던 참이었다. 2열 횡대로 늘어서서 그들을 맞았다.

"자네들, 준비하고 있어!"

함종민이 부하들을 향해 소리쳤다.

"반장님, 뭘 말입니까? 뭘 준비해요?"

누군가가 느린 목소리로 되물었을 때 사내 한 명이 창가로 다가왔다.

"이것 봐, 당신들 누구야?"

함종민이 소리쳐 묻자 사내는 양복 호주머니에 매단 신분증을 손가락으로 가리켜 보였다.

"안기부 수사관이오. 경찰이신 모양인데, 어디로 가십니까?"

"우린 명령을 받고 아주일보로 가는 길이오. 도대체 안기부가 길가에서……."

"경찰인 줄 믿습니다. 그래서 우리도 난처한데, 우리도 명령을 받았어요."

"그게 무슨 말이오?"

"아주일보에 접근하는 어떤 세력도 저지시키라는 명령이오. 단, 법적으로 하자가 없을 때는 통과시키라는 지시였습니다."

"이봐요, 우리는 경찰청장의……."

"영장이 있습니까?"

함종민이 눈을 껌벅여 사내를 바라보았다.

"젠장, 그것 봐."

뒤쪽에서 누군가가 투덜거렸다.

"경찰청장이 지시하면 영장 없이도 신문사를 습격할 수 있습니까?"

이제 사내들은 20여 명 가까이 되었고, 이쪽의 차량들을 둘러싸고 있었다.

"젠장, 돌아갑시다. 찜찜해."

뒤쪽에서 다시 누군가가 투덜거리자 함종민이 버럭 고함을 쳤다.

"시끄러! 이 새끼야!"

길이 막힌 차량들이 뒤쪽에서 요란하게 경적을 울려 대었다.

"난 영문을 알아야겠어. 이대로는 돌아가지 못해."

함종민이 문을 열고 밖으로 내렸다.

그러자 답답했던지 형사들도 따라 내렸고, 차도는 금방 형사들과 사내들로 뒤섞이게 되었다.

"우선 차를 길가로 뺍시다. 통행을 시키기는 해야 할 테니까."

안기부 요원의 제의로 기동대의 차량들은 길가에 붙여졌다.

"어이, 피차 고생이 많수다."

붙임성 좋은 어느 형사가 안기부 요원에게 담배를 권했고, 두어 명은 인도에 둘러서서 잡담을 나누었다. 소변이 마려웠던 모양인지 서둘러 골목을 찾아가는 형사도 보였다.

함종민은 그중 지휘자로 보이는 사내에게 다가갔다.

"그쪽은 누구 지십니까?"

"부장님 지십니다. 그쪽은 청장님 지십니까?"

나이 지긋한 사내가 정중하게 되물었다.

"네, 내가 직접 받았습니다. 마침 일직이어서."

"내 생각입니다만, 이건 훈련 같아요. 그렇지 않으면 조금 나쁜 경우입니다만……."

사내가 말꼬리를 흐리고는 힐끗 함종민을 바라보았다.

"문민정부 아닙니까? 법적 절차 없이 공권력이 움직이는가를 체크하는지도 모르지요."

함종민이 침을 삼키고는 와락 이맛살을 찌푸렸다. 옆에 따라와 섰던 나이 든 형사 한 명이 땅바닥을 향해 침을 뱉었다. 그러자 함종민의 주머니에 든 전화기가 울렸다. 입맛을 다신 함종민이 전화기를 귀에 대었다.

"여보세요."

—여보세요, 거기 강동 경찰서 기동대요? 거기, 함 경위가 있다는데.

"제가 함 경위인데요."

—어떻게 된 거야? 왜 안 와?

전화기에 대고 악쓰는 소리가 옆에 선 사람들한테도 들렸다.

"본부의 최 경감이라고 하셨던가요?"

함종민이 묻자 그쪽은 어이가 없는지 잠시 말을 멈추었다가 다시 악을 썼다.

—빨리 오지 않고 뭐 하는 거야? 내가 신문사 앞에서 기다리고 있단 말이야!

"영장 없이는 움직이지 않겠습니다."

함종민이 말하자 둘러섰던 형사 두어 명이 머리를 끄덕였다.

"지시는 정식으로 법적 절차를 밟아 내려주십시오, 이상."

스위치를 내리자 안기부의 사내가 무표정한 얼굴로 한 걸음 다가와 섰다.

"우린 신문사를 방어하기 위해서 지원 나온 팀입니다. 신문사에 쳐들어가서 소동을 부리면 안 되니까요. 훈련인지 뭔지 아주 일보를 상대로 한다는 계획이 있었으니 이 선에서 저지시키라는 명령이었어요."

"선생님."

나이 든 형사 하나가 그에게 다가섰다.

"서로 밤늦게 고생하는데 우릴 못 본 것으로 해주쇼. 같은 공무원 아닙니까?"

"그러지요, 뭘."

사내가 머리를 끄덕이자 기쁜 나머지 형사들은 손을 내밀었다. 사내의 손을 두어 번 흔든 형사가 몸을 돌리고는 함종민을 향해 한쪽 눈을 감아 보였다.

수화기를 내려놓은 강상현은 자리에서 튕기듯이 일어섰다.

"서둘러. 배송부에 지시해서 지금부터라도 배달시켜. 경찰이 냄새를 맡았어."

"아직 포장이 끝나지 않았습니다. 인쇄는 끝났지만."

임동배가 주춤대며 따라 일어서자 강상현이 버럭 언성을 높였다.

"이 친구야, 어차피 콩밥 먹을 바에는 신문이나 뿌리고 먹어야 될 것 아냐!"

임동배가 겅중거리는 걸음으로 방을 빠져나갔다. 그를 따라 막 방을 나서려던 강상현은 전화벨 소리에 돌아섰다. 그는 서둘러 수화기를 집어 들었다.

"여보세요."

—강 국장, 나 강한석이오.

강상현이 눈을 치켜뜨고 몸을 굳혔다. 어느새 강한석에게까지 연락이 된 것이다.

"아, 장관님, 웬일이십니까?"

그와는 언론인 모임에서 식사를 같이했었고, 그가 초대한 파티에서 술자리를 함께한 적도 있다.

—강 국장, 그러시면 안 됩니다.

강한석의 말투는 평상시와 다름없었다.

—당장에 배포를 중지시켜요. 충고합니다.

"경찰력을 동원하려다가 안 되니까, 이젠 협박하시는 겁니까?"

—나는 모르는 소리요. 다만 그 기사가 사실이 아니라는 거요. 그 추측 기사로 인해 사회가 혼란에 빠지게 됩니다.

"사회가 아니라 몇 사람이겠지요, 장관님을 비롯해서."

—체제가 흔들리게 됩니다. 모처럼 안정과 부흥의 기틀을 잡은 정권이오.

"내일모레 당 대표 경선에 오르신다고 정권을 짊어지신 것은 아닙니다, 장관님."

—각하를 곤경에 빠뜨리게 됩니다.

강한석은 끝까지 냉정을 잃지 않았다.

—강 국장은 누가 정권을 쥐건 상관없다는 생각이겠지만 나

는 확신이 있습니다. 각하는 보호되어야 합니다, 그리고 그 맥을 이어야 합니다.

"그건 국민이 심판하게 합시다. 장관님이나 제가 전부가 아닙니다. 대통령까지 합해도 서너 사람이오. 우리 기준으로만 생각하지 맙시다."

강상현은 전화기를 때려 부술 듯이 내려놓고는 방을 뛰쳐나왔다. 급해서 그런 것은 아니다.

배송부 직원들은 이제까지 해온 대로 포장해서 트럭에 싣고 있었다. 전국의 수천 개의 보급소로 신문이 배달되면 전 경찰력을 동원해도 모두 수거할 수는 없다.

그를 뛰게 만든 것은 강한석에 대한 알 수 없는 노여움이었다. 그가 차라리 악을 쓰든가 도와달라고 사정했다면 이렇게 가슴이 울렁거리지는 않았을 것이다. 그는 가면을 쓴 놈이었다. 위장과 술수로 출세 가도를 달려온 놈이 틀림없었다.

배송부의 계단을 내려가는데 아래쪽에서 시끄러운 소리가 들려왔다. 사람들이 다투는 소리였다. 계단을 내려가는 동안 그 소리는 한 사람의 고함과 서너 사람의 대답으로 어우러진 것이라는 것을 알 수 있었다.

강상현은 직원들을 향해 소리치고 있는 사내를 향해 다가갔다. 그가 출구를 가로막고 서 있어서 서너 대의 트럭이 출발하지 못하고 있었다.

"당신, 누구야?"

그를 향해 소리치자 사내가 몸을 돌려 다가오는 강상현을 바라보았다.

"난 경찰이야. 당신은 누구야?"

"건방진 놈 같으니. 야, 이놈아, 난 너희 장관하고 방금 통화를 했어."

사내가 멍한 얼굴로 그를 바라보았다.

"이 역적 같은 놈. 너, 누구 지시로 이런 불법 행동을 해? 박동호 지시겠지? 당장 물러가지 못해?"

"이것 봐요, 나는……."

얼굴이 하얗게 질린 사내가 호주머니에서 무전기를 꺼내 들었다. 직원들이 그의 어깨를 한쪽으로 밀었고, 트럭이 그들의 곁을 스쳐 지났다.

"이봐, 시간 있으면 이 신문을 좀 읽어. 박동호가 곧 파멸될 내용이니까. 그래서 죄 없는 당신 같은 말단을 이용해서 막아 보려는 거야. 저리 비켜."

사내는 이제 기세를 잃었으나 눈을 치켜뜬 채 열심히 다이얼을 두드리고 있었다.

트럭이 계속 그들의 옆을 스쳐 지나갔다. 다섯 대째 스치고 지나가자 강상현은 앞쪽에 서 있던 형사가 없어진 것을 알았다. 강한석을 대했을 때와 다르게 그에 대한 가슴 저린 연민이 강상현에게서 솟구치고 있었다.

기어를 삼단으로 올린 김 씨가 막 액셀러레이터를 밟았을 때 옆의 일 차선을 달리던 승용차 한 대가 갑자기 머리를 틀었다.

가슴이 서늘해지도록 놀란 그가 무의식중에 브레이크를 밟았다.

승용차의 뒤쪽 창이 열리더니 사내의 상반신이 나와 이쪽을 바라보았다. 그러고는 무어라고 소리치면서 길가를 손으로 가리켰다.

"이런 우라질 놈이, 무슨 수작이야?"

새벽 2시가 조금 넘어 있었다.

강북 지역을 맡은 그는 스무 군데의 보급소를 거쳐야만 했다. 앞길을 가로막은 승용차에서는 사내가 성난 듯한 표정으로 길가를 가리키고 있었다.

김 씨는 입맛을 다시면서 핸들을 우측으로 꺾었다. 트럭이 멈추자 앞쪽의 승용차에서 두 명의 사내가 뛰쳐나왔다. 그들은 트럭의 양쪽으로 다가와 양쪽 문을 거의 동시에 열었다.

"당신, 밖으로 나와."

운전석의 문을 연 사내가 김 씨의 옷자락을 움켜쥐며 말했다.

"이것 보시오, 이건 신문 수송차여!"

김 씨가 버럭 소리치자 조수석에 올라앉은 사내가 주먹으로 그의 목덜미를 쳤다.

"이 새끼가, 웬 말이 이렇게 많아? 죽을래?"

"어? 이거 왜 치는 거야?"

50대 초반이지만 체격이 건장한 김 씨가 사내의 멱살을 쥐자 옆머리에 둔한 충격이 오면서 눈앞에서 불이 번쩍였다. 옆으로 넘어지는 김 씨를 트럭 밖으로 끌어 내린 사내들은 브레이크를 풀었다.

동작대교를 들어서던 아주일보의 수송 트럭은 옆을 달리던 승용차가 부딪치는 바람에 차를 길가로 뺀 다음 멈추어 섰다. 이쪽은 대형 트럭이어서 어둠 속에서 보이는 파손 흔적은 없다. 하지만 승용차는 옆 부분이 심하게 긁혀 있었다.

"이것 보시오, 당신, 술 먹었소? 갑자기 달려들면 어떡해?"

차량끼리의 교통사고에서는 목소리 큰 놈이 이긴다는 말도 있지만 명백히 저쪽 잘못이었다. 멀쩡하게 이 차선을 달리던 놈이 비틀하면서 이쪽으로 부딪쳐 온 것이다.

그러나 당당하게 서 있던 수송 트럭의 운전사는 다가온 사내의 발길에 사타구니를 차이고는 땅바닥에 무릎을 꿇었다.

식은땀을 흘리면서 꿇어앉은 그는, 사내들이 수송 트럭에 옮겨 타고는 승용차와 함께 사라지는 것을 바라보기만 할 뿐 당장 일어날 수 없었다.

시흥을 지나 안양으로 달리던 수송 트럭이 있었다. 이놈은 구입한 지 석 달밖에 안 된 신형 트럭이었고, 운전사는 경력 10년의 박 씨였다.

그가 검문이 없는 검문소를 지나 속력을 내었을 때 빠르게 달려온 승용차 한 대가 앞길을 가로막았다. 그러고는 뒤쪽 창에서 사람의 얼굴이 보이더니 길가를 손으로 가리켰다. 그러나 박 씨는 핸들을 일 차선으로 꺾고는 속력을 내었다.

배송 창고 앞에서 경찰 한 명에게 국장이 소리치는 것을 들었던 박 씨였다. 그는 차에 실려 있는 신문 뭉치에 굉장한 기사가 인쇄되어 있다는 것을 알고 있었다. 승용차는 이제 일 차선으로 건너와 앞을 가로막았다.

박 씨가 이 차선으로 옮기자 승용차는 다시 앞을 가로막았다. 박 씨는 아랫입술을 물었다. 저놈의 중형 승용차는 뒤쪽만 한번 받아주면 뒤집히거나 분리대에 부딪쳐서 안에 탄 네 놈 모두 죽을지도 모른다.

그러나 그럴 수는 없다. 박 씨가 다시 차선을 이 차선으로 바꾸자 승용차도 따라 옮기더니만 와락 속력을 줄였다. 하마터면 승용차를 들이받을 뻔한 박 씨가 브레이크를 밟으면서 욕설을 했다. 그러고는 은근히 불안해졌다. 저놈들은 경찰임에 틀림없었다. 그리고 이쪽이 잘못한 것인지도 모른다. 속도위반이나 차선 위반, 또는 아까 떠들어댄 것처럼 신문 배포가 금지되었는지도 몰랐다.

그러나 일 차선으로 승용차 한 대가 앞질러 갔다. 그러고는 앞쪽을 달리는 승용차와 나란히 달리는 상황이 되었다. 핸들을 움켜쥐고 있던 박 씨가 갑자기 턱을 내밀고 눈을 치켜떴다. 일 차선 승용차의 오른쪽 창문들이 열리더니 불쑥 총구가 내밀어진 것이다.

세 자루나 되는 것이 이쪽에서 똑똑히 보였다. 총소리는 들리지 않았다. 트럭 앞을 가로막던 승용차의 왼쪽 창들이 하얗게 부서져 내렸고, 승용차는 텅 빈 도로를 비스듬히 달리더니 인도의 턱에 부딪치며 멈추었다.

그러자 일 차선 승용차에서 손 하나가 나타났다. 그리고 그 손은 어서 가라는 듯 앞쪽을 향해 저어 보였다.

경부고속도로의 톨게이트를 통과하던 세 대의 수송 트럭은 티켓을 끊고 막 출구를 빠져나가려다가 앞에서 가로막는 경찰에 의해 멈추어 섰다.

"뭐요?"

앞장선 차의 운전수 오 씨가 버럭 소리를 치자 두 명의 경찰이 다가왔다. 자세히 보자 어린 티가 가시지 않은 전경이다.

"아주일보 수송 트럭이죠? 못 갑니다."

자그마한 체구의 전경이 다부지게 말했다.

"이것 봐요, 전경, 누가 그럽디까?"

"비상망으로 명령을 받았습니다. 못 가요."

"도대체 누구한테?"

"그건 말할 수 없습니다."

오 씨는 50대 초반이었고, 삼남이 강원도 철원에서 군대 생활을 하고 있다. 자식 같은 애들과 싸울 수는 없다.

"이봐요, 당신 상관을 만납시다. 도대체……."

"안 됩니다."

"안 된다니? 영문을 알아야 할 것 아닌가?"

"알 필요 없습니다."

"알 필요가 없다니?"

"차를 저쪽으로 빼요, 어서."

M-16의 탄창에 총알이 있는지 없는지는 알 수 없었으나 전경은 총을 고쳐 잡고 있었다. 명령을 지키기 위해서는 살인도 불사하겠다는 태도였다.

오 씨가 후진 기어를 넣고는 밖으로 머리를 돌려 뒤쪽을 바라보는데 승용차 한 대가 빠르게 달려오더니 멈추어 섰다.

문이 열리며 세 명이 이쪽으로 달려왔다. 모두 사복 차림의 건장한 사내들이다.

"이봐, 전경, 트럭 통과시켜라."

앞장선 사내가 말하자 주춤하던 전경이 물었다.

"누구십니까?"

"우린 안기부 직원이야. 통과시켜, 어서."

"안 됩니다."

자그마한 체구의 전경이 소총을 고쳐 쥐었다. 어금니를 물고 있는 듯 두 볼의 근육이 긴장되어 있었다.

조금 큰 전경도 덩달아 소총을 쥐고 있었는데 얼굴에는 불안한 표정이 역력했다.

"명령을 받았습니다. 저는 절대로."

"내가 책임진다. 이봐, 네 상급자 어디 있어?"

"시내에 들어가셨습니다."

"내가 책임질 테니까, 어서 통과시켜."

사내의 목소리가 격해졌다.

"그 총에 실탄 없는 것도 알고 있어. 말 안 들을 거야?"

사내가 재킷을 한쪽으로 젖혔다.

가슴에 찬 권총 혁대 속의 권총이 보였다.

"안 됩니다. 저희 직속상관이 명령할 때까지는."

자그마한 전경이 얼굴이 창백해져 말했고, 다른 전경은 아랫입술을 물었다. 그러나 트럭 앞을 비켜나지는 않았다.

"제가 기다리지요, 여기서."

그렇게 말을 뱉은 것은 오 씨였다.

서둘러 트럭에서 내린 그는 사내들과 전경 사이에 섰다.

"연락이 될 겁니다. 까짓것, 기다리지요, 뭘."

사내들과 전경들은 제각기 눈을 껌뻑이며 오 씨를 바라보았다. 뒤쪽의 수송 트럭에서 운전사들이 내리고 있는 것이 보였다.

아침 햇살이 응접실을 환하게 비추고 있었다. 번들거리는 나무 탁자 주위에 앉아 있는 사람들의 얼굴에도 햇살이 와 닿았다.

김원국은 탁자 위에 펼쳐진 신문에서 머리를 들었다. 신문은 오늘자 아주일보의 조간이었다.

"갑자기 만철이가 생각나는구나."

김칠성과 오함마가 제각기 시선을 떨어뜨렸다. 신문에 강만철이 만탄 섬에서 피살되었다는 기사가 실려 있었다.

"제수씨가 이걸 읽으면 더 가슴이 아프겠는데."

오함마가 헛기침을 하고 입을 열었다.

"형님, 오늘 오후에 이쪽으로 호구조사를 하러 온다는 정보를 받았습니다. 바다 쪽으로 피하시는 것이……."

"알았다, 그래야지."

"이거, 나머지 반은 실리지 못하겠는데요."

이번에는 김칠성이 탁자 위에 놓인 신문을 바라보며 말했다.

"그리고 아침에 고 차장의 이야기로는 배달이 10분의 1 정도밖에 안 되었다는군요. 강원도와 충청도 지역은 한 부도 내려가지 못했답니다."

"10분의 1도 다행이야. 그리고 나머지 반은 생각이 있는 사람이면 추측할 수도 있을 것이고."

김원국이 이재영을 바라보았다.

"이제 이재영 씨도 우리와 동급의 수배자가 되었어. 이렇게 당당히 이름이 실렸으니."

잠자코 입술 끝으로만 웃어 보인 이재영이 시선을 돌렸다.

"어젯밤에 안기부와 경찰의 충돌 사건은 없었다더냐?"

김원국이 묻자 김칠성이 상체를 세웠다.

"고 차장은 없다고 그러더군요. 결정적인 순간에는 서로 자제했다고 합니다. 하지만 박용근과 안정태가 부하들을 있는 대로 동원했기 때문에……."

"우리 쪽 피해는?"

"장우길 쪽 부하 세 명이 차가 부딪치는 바람에 약간 다쳤습니다. 하지만 그놈들은, 대충 계산입니다만, 30여 명이 다쳤거나 어떻게 되었을 겁니다."

어젯밤의 거리는 그야말로 전쟁터나 마찬가지였다. 내전이 일어난 것이다. 안기부와 경찰이 부딪치고, 밤의 조직들이 제각기 기관을 등에 업고 격전을 치렀다.

그러나 신문에는 그런 내용이 한 줄도 적혀 있지 않았다. 설령 그것을 알고 있는 기자가 있어도 기관의 압력으로 인해 싣지 못했을 것이 틀림없다.

"이것으로 강한석이는 치명상을 입을 겁니다. 대표 경선에도 나가지 못하겠지요."

오함마의 말에 김칠성이 머리를 끄덕였다.

"대통령이 안기부와 경찰의 어젯밤 일을 알게 될는지 궁금해요. 어쨌든 아주일보의 이 기사는 읽게 되겠지요."

"어제 이정환 씨한테서 연락이 왔다."

김원국도 입을 열었다.

"그도 곧 경찰학교로 전출될 것 같다고 했다. 아마 거기에서 정년을 맞을 것 같다고."

"……."

"정보가 새어 나가지 않도록 단속하는 거다."

"그 양반은 최순태가 웅남 형님에게 덫을 놓았을 때도 나중에야 기동대원한테서 들었다고 합니다."

김칠성이 말했다.

"본부에 있었어도 겉돌기만 했어요."

그들을 조심스럽게 둘러보던 이재영은 차츰 분위기가 가라앉아 가는 것을 느꼈다. 오늘 아침 아주일보가 배달되고 나면 여론은 금세 부풀어 오를 것이다. 경찰은 그 기사가 완전 조작된 것이라고 성명을 발표할 것이고, 전 수사망을 동원해서 그 기사를 쓴 자신을 잡으려고 할 것이 틀림없었다.

그러나 이것은 시작에 불과했다. 김원국이 예전의 조직을 재건할 것인가는 아직 미지수였다. 아니, 이재영의 눈에는 불가능한 것처럼 보였다.

오함마가 시계를 내려다보았다.

"형님, 준비하셔야……."

머리를 끄덕인 김원국이 자리에서 일어섰다. 경찰과 동사무소 직원이 합동으로 호구조사를 하는 동안 배를 타고 바다에 나가 있을 계획이었다.

배는 50톤급 어선으로 꽤 큼지막했고, 겉모양은 허름했지만 안은 깨끗했다. 선실의 바닥에는 화학 섬유로 만든 잿빛 양탄자가 깔려 있었고, 소파에 씌운 흰색 커버도 새것이었다. 유리창 너머로 검푸른 바다가 출렁이고 있었다. 배는 남쪽으로 내려가는 중이었다.

소파에 앉아 바다를 바라보던 김원국이 일어섰다.

"난 바람 좀 쏘이고 올 테니까……."

"저도 같이 가요."

따라 일어선 이재영을 힐끗 바라본 김원국은 아무 말 없이 선실을 나왔다.

바닷바람이 몰려와 머리칼을 날렸고 파도가 부서지면서 날리는 물방울이 얼굴을 때렸다. 오함마는 앞쪽의 조타실에 있는 모양인지 보이지 않았다.

그들은 배의 난간을 잡고 바다를 내려다보았다. 배는 엔진 소리를 숨 가쁘게 내면서 속력을 내는 중이었다.

"섬을 떠난 지 꽤 오래되셨지요?"

머리칼을 날리면서 이재영이 소리치듯 물었다. 물보라에 젖지 않으려는 듯 그녀는 바바리코트의 깃을 세웠다.

김원국이 아무 말 없이 머리를 끄덕이자 그녀는 옆쪽으로 바짝 붙어 섰다.

"거긴 언제나 따뜻하다면서요?"

"덥지."

"네?"

그녀가 얼굴을 가까이 대었다.

"덥단 말이야."

"그럼 벗고 살아요? 원주민들 말이에요."

김원국이 바다에 시선을 준 채 머리를 끄덕였다.

"집을 손수 지으셨다면서요?"

셔츠 차림으로 난간을 두 손으로 움켜쥐고 있던 김원국은 잠자코 앞쪽을 바라보았다. 배가 파도를 타고 출렁이며 흔들렸다. 수평선은 흐린 하늘과 맞닿아서 윤곽이 분명하게 보이지 않았다.

"저도 이 일이 끝나면 그런 곳에 가서 쉬고 싶어요. 따뜻하고 평화로운 곳, 푸른 숲이 있고……."

김원국이 아무 말 없이 몸을 돌렸으므로 이재영은 자신도 모르게 어금니를 물었다.

선실로 들어온 김원국이 물에 젖은 셔츠를 갈아입는데 오함마가 들어섰다.

"형님, 시내는 온통 아주일보 기사 이야기로 시끄럽다는데요. 조금 전에 연락을 받았습니다."

그의 얼굴은 밝게 펴져 있었다.

"아직 정부에서는 공식 논평도 하지 않고 있습니다. 심각한 모양이지요?"

"이재영 씨는 어디 있어?"

김원국이 불쑥 묻자 그가 눈을 껌벅이며 선실 안을 둘러보았다.

"글쎄요, 저는 보지 못했는데, 찾아올까요?"

"아니, 그럴 필요 없다. 하지만 앞으로는 나하고 둘이 있게끔 머리를 쓰지 마라. 알았나?"

"예, 형님."

오함마의 얼굴이 순식간에 굳어졌다.

"그래서, 강 국장은 어떻게 되었어?"

옷을 갈아입은 김원국이 소파에 앉으면서 물었다.

"신문사에 있습니다. 조사를 받기는 하는데, 아직 경찰서로 끌려가지는 않았습니다."

"고 차장은?"

"사무실에서 대기하고 있답니다."

"어젯밤의 소란에 대해서는 아직 아무 곳에도 보도되지 않았단 말이지?"

"예, 형님. 다친 놈들이 모두 입을 열지 않고 있는 것 같습니다."

"……."

"아주일보의 전화통이 불이 난다고 합니다. 그건 방송에서 들었습니다."

그때 이재영이 선실로 들어왔다. 물에 젖은 머리가 이마와 얼굴에 달라붙어 있었고, 바바리코트는 물에 담갔다가 꺼낸 것 같았다. 오함마가 그녀를 바라보며 엉거주춤 서 있다가 슬그머니 선실을 나갔다.

"어디 있었어? 물에 빠진 사람 같군."

자리에서 일어선 김원국이 벽에 걸려 있던 수건을 건네주었다.

잠자코 얼굴의 물기를 닦던 이재영이 문득 시선을 들었다.

"그냥 궁금했어요, 사생활이. 물론 직업상의 호기심만은 아닙니다."

"……."

"번번이 굴욕감을 느끼게 되는 이유를 저도 자세히 모르겠어요."

얼굴의 물기를 닦은 그녀가 코트를 벗어 벽에 걸었다.

"하지만 이것 하나는 분명히 말할 수 있어요. 제가 당신을 사랑하고 있다는 것."

"골목대장을 동경하는 동네 처녀 같은 거야. 단순하고 본능적인 것이지. 시간이 지나면 금방 잊게 되는 일이다. 내가 수없이 겪어 보아서 알아."

"저를 어린애로 취급하지 마세요. 그리고 당신은 골목대장도 아니에요."

"그저 힘에 대한 동경이라고 그랬다. 힘센 수컷에 대한 암컷의. 이재영 씨는 어쩔 수 없이 이런 분위기에 어울렸고, 곧 떠날 사람이야."

"전 지금이 중요해요. 그리고 후회하지도 않을 거예요."

김원국이 머리를 저었다.

"그만, 나는 이런 이야기가 싫다."

"나를 싫어할 이유가 없다고도 생각했습니다. 당신은 너무 벽을 쌓고 있어요."

얼굴이 굳은 이재영이 그의 앞자리에 앉았다. 그녀는 무릎 위에 올려놓은 두 손을 깍지 낀 채 얼굴을 똑바로 들었다.

"말씀대로 힘센 수컷처럼 저를 다스려도 좋아요. 제가 기다리고 있다는 것을 당신도 알 것이고."

김원국은 이재영의 얼굴에서 시선을 떼고는 창 쪽으로 머리를 돌렸다.

"이런 이야기를 할 기분이 아냐, 이재영 씨. 타의에 의해서 우리 사이에 그런 분위기가 조성되었어."

"……."

"당신은 젊고 아름다운 데다 지성까지 갖춘 여자야. 이런 이야기로 자꾸 자신을 격하시키지 말어."

"장민애 씨가 부럽군요."

"……."

"이런 이야기는 못 쓰겠죠?"

이재영이 입술 끝을 올리며 웃자 김원국이 물끄러미 그녀를 바라보았다. 먼 곳을 바라보는 시선이었는데 이재영은 그것이 자신을 관통하여 멀리 섬에 있는 장민애를 바라보는 것이라는 생각이 들었다.

제9장

습격

밤의 대통령

회의실 안은 한동안 정적에 휩싸여 있었다. 방음장치가 되어 있는 방이어서 바깥의 소음이 없는 대신 방 안에서는 종잇장 넘기는 소리까지 들렸는데 지금은 숨소리도 들리지 않았다.

이윽고 이중섭이 상체를 세우자 의자가 부스럭거렸다.

"이 기사 내용대로라면 이철우와 이무섭의 배후에 누군가가 있구만. 강한석 장관과 박동호 청장은 지원 세력이고. 그렇지, 기무 사령관도 그 속에 끼어 있군."

그의 말소리가 넓은 회의실의 구석구석을 메웠다.

"그들은 평온한 밤의 세계에 일부러 풍파를 만들어 김원국의 조직을 붕괴시켰군. 이철우의 가족이 참살된 것도 그들의 짓이고. 우리는 놈들에게 철저히 이용당했구만."

"각하."

헛기침을 한 강한석이 상체를 세우자 이중섭이 눈을 치켜떴다.

"잠자코 들어."

"네, 각하."

"자네는 그저 사건을 덮어두려고만 했어. 우선 당 대표가 되고 보자는 생각이었지. 차기 대통령이 자네의 목표니까. 신문이 정확하게 지적해 놓았군."

"……."

"경찰청장은 아예 놈들의 하수인 노릇을 했구만. 하석재가 갑자기 물러난 것도 앞뒤가 맞고. 이게 누구야, 유혁근 경감이 뺑소니 사고로 죽은 것도 금방 이해가 가는구만."

"각하."

김동진 국방장관이 입을 열었다.

"신문 기사만 가지고는 판단할 수가 없다고 생각합니다. 이 기사를 쓴 이재영이라는 여자는 김원국 조직에게 매수를 당했거나, 아니면……."

"이철우 조직으로부터 납치당하려다가 도망쳐 나왔다고 적혀 있구만, 여기에."

이중섭이 손가락으로 신문의 한쪽을 짚었다.

"그때의 시간과 상황, 증인들이 실명으로 적혀 있단 말이야."

김동진이 입을 닫자 이중섭이 옆쪽에 앉아 있는 이찬형을 바라보았다.

"자네는 왜 아무 말이 없나? 신문에 안기부를 비판한 내용이 없어서 그런가?"

"각하, 특별 조사단을 구성해서 이 일들의 진위부터 확인하는 것이 급선무라고 생각합니다."

회의실의 사람들이 일제히 머리를 들어 그를 바라보았다. 이중섭이 잠자코 있었으므로 그가 말을 이었다.

"조사단은 군과 검찰, 경찰 합동으로 하고, 여야 의원들을 참관인 자격으로 동석시켜서 철저하게 조사해야 된다고 믿습니다."

"그건 일단 이 기사를 인정하는 모양이 되는데요. 신빙성만 더해주는 결과가 됩니다."

그렇게 말한 것은 법무장관인 장한규였다. 그는 버릇처럼 안경테를 만지면서 말을 이었다.

"물론 각하께서 용단을 내리시면 따르겠지만, 만일 그렇게 된다면 민심은 더욱 소란스러워집니다. 그리고 조사 결과에 따라서 더 나빠질 수도 있습니다."

"그렇습니다. 일단 강력하게 부정하고 나서 비밀 수사를 시키는 것이……. 물론 철저하게 해야 합니다만."

김동진이 이중섭의 눈치를 살피면서 말을 받았다.

"부장님, 기무사에서 이철우나 이무섭에 대한 자료 제공을 보류시켰다가 최근에야 안기부에 주었다는데."

대통령 비서실장인 윤성하가 이찬형을 바라보았다. 그는 대통령의 심중을 읽는 사람 중의 하나라고 소문이 나 있었다.

"도대체 그런 내용을 이 여자가 어떻게 알았을까요?"

"전에 인터뷰가 있었습니다. 그때 내가 이야기를 해주었지요."

장관들이 서로 얼굴을 마주 보았다가 이중섭의 얼굴로 시선을 모았다. 그러나 이중섭은 신문을 노려본 채 움직이지 않았다.

"아무리 그래도 그렇지, 그때는 나한테라도 이야기를 해주셨어야지."

김동진이 말하자 이찬형이 똑바로 그를 바라보았다.

"김 장관이 말씀하셔도 마찬가지일 겁니다. 오히려 군 전체를 혼란에 빠뜨린다는 반발이 일어났겠지요."

"내 말은 나도 최소한은 알고 있었어야 하지 않느냐는 것입니다."

"알고 계시면 무엇 합니까? 모르고 계시는 게 약이지요."

"자네, 무슨 소리를 하는 거야?"

이중섭의 목소리가 쩌렁쩌렁 방 안을 울렸다.

"마치 정권 전체가 놀아났고, 자네만 충실한 것처럼 이야기를 하는 것 아냐?"

"각하, 저도 여러 차례 각하께 보고를 드렸었습니다. 하지만 각하께서는 귀담아들으시지도 않으셨지요. 뿐만 아니라……."

"듣기 싫어."

이중섭이 눈을 치켜뜨고 이찬형을 노려보았다.

"그렇다고 이런 식으로 정부를 혼란에 빠뜨리다니, 안기부는 그 책임을 져야만 해."

다시 회의실은 정적에 싸였다. 모두들 숨을 멈춘 듯 움직이지 않고 눈동자만 굴려 이중섭을 바라보았다.

"윤 실장."

이중섭의 목소리가 정적을 깨웠다.

"네, 각하."

"한 대표한테 연락해서 당의 삼역과 함께 청와대로 들어오라고 해, 오늘 당장."

"알겠습니다, 각하."

"이런 분위기에서는 당 대회를 치를 수가 없어. 연기해야 돼."

"……."

"그리고 당 대변인이 강한 부정을 하도록 해. 아주일보의 기사 내용에 대해서 말이야."

"알겠습니다, 각하."

이중섭은 머리를 돌려 좌우에 앉아 있는 강한석과 이찬형을 바라보았다.

"이 내용의 진위를 확인하겠어. 물론 비밀 수사를 하겠지만, 그동안 해당자들은 수사에 적극 협조해 주어야겠지."

강한석과 이찬형이 머리를 숙였다.

"도대체 왜 이런 일이 일어났단 말인가? 지금이 어느 때라고."

이중섭이 탄식하듯 말하면서 어깨를 늘어뜨리자 회의실의 분위기는 더욱 가라앉았다.

"각하, 외람됩니다만……."

입을 연 것은 국방장관 김동진이다.

"이렇게 군이 개입되어서 아직 무어라고 말씀드릴 입장은 아닙니다만, 대다수의 군인은 국가에 충성하고 국방에만 전념하고 있다는 것을 믿어주십시오. 이 기사는 왜곡되고 조작된 것입니다. 이것에 크게 구애받지 않으시기를 바랍니다."

"국방부에서도 기무사를 조사해야겠지."

"물론입니다, 각하. 제가 직접 지휘하겠습니다."

"이철우, 이무섭. 이 사람들에 대해서 철저히 알아보도록."

"알겠습니다, 각하."

이찬형의 시선이 이중섭을 스치고 지나갔다. 다섯 달 전에 그가 자료를 만들어 이중섭에게 제출했었다. 그것이 강한석에게 보여졌고, 나중에는 유야무야되었던 일이다.

"잘도 꾸며내었군. 소설같이 말이야."

이무섭이 머리를 들어 앞에 앉은 이철우와 안정태를 번갈아 바라보았다.

"안기부의 고성섭, 이찬형이가 수사기관의 자료를 제공했고, 김원국이가 저쪽의 자료를 주었어. 그래서 이런 작품이 나온 거야."

"이거, 신문에 제 이름까지 나와 있어서 입장이 거북합니다."

안정태가 찌푸린 얼굴로 입을 열었다.

"김원국이 이런 공작을 하고 있었을 줄은 몰랐습니다. 이재영을 가로채서는 이렇게 이용하다니."

"지금 청와대에서는 비상 각료 회의를 하고 있는 중이야. 당분간 정국이 시끄러울 테니까 조신하고 있어야 돼."

"저희들이야 그럴 수 있습니다만, 건드리는 건 저놈들 아닙니까?"

이무섭이 소파에 등을 기대며 희미하게 웃었다.

"이미 엎질러진 물이야. 모아 담을 수 없어. 우린 이미 기반을 굳혔고, 우리의 지원자들하고도 단단히 밀착되어 있어. 시끄럽기는 하겠지만 곧 조용해져."

그러자 탁자 위에 내려놓은 휴대폰이 울렸다. 휴대폰을 집어 든 이무섭이 스위치를 올렸다.

"여보세요."

그의 시선이 앞에 앉은 이철우와 안정태를 훑고 지났다.

"네, 알겠습니다. 지금 찾아뵙겠습니다."

스위치를 내린 이무섭이 자리에서 일어섰다.

"나는 일이 있어서 나가 봐야겠어. 자네들은 쉬어 가도록 해."

이무섭이 서둘러 방을 빠져나가자 그들은 다시 소파에 앉았다.

이무섭이 사용하는 아파트 중의 하나였는데 자주 쓰지 않는 모양인지 응접실에는 소파 한 세트만 놓여 있을 뿐 별다른 장식이나 가구가 없었다.

이철우는 시계를 내려다보았다. 저녁 6시가 넘어 있었다.

"벌써 저녁때가 다 되었군요."

안정태가 입을 열었다.

"저, 밖에 나가서 저녁 식사나 같이하실까요? 제가 술이라도 한잔……."

"크리스틴호텔에 애들을 보냈다고 적혀 있는데……."

가라앉은 목소리로 이철우가 입을 열었다.

"우리 쪽에서 세 명을 그곳으로 보내 내 가족을 인수한다고, 그러다가……."

"나 참, 대장님도. 그것을 믿으십니까?"

얇은 입술 끝을 비틀면서 안정태가 어이없다는 표정을 지었다.

"이놈들도 고도의 교란 작전을 꾸민다는 생각이 들었습니다. 말도 안 되는 소립니다. 유혁근이도 당시에 그 장면을 목격하지 않았습니까?"

"유혁근이는 죽었어. 우리 손으로 죽였지. 그리고 그가 본 것은 고태석뿐이야."

"대장님, 유혁근이는 김원국과 내통하고 있던 놈입니다."

"……."

"대장님 말씀을 들으니까 온몸에서 소름이 돋는 것 같습니다."

"난 강만철뿐만 아니라 김원국의 처와 자식을 모두 죽였어."

이철우가 탁자 위에 놓인 담뱃갑에서 담배를 빼어 물었다.

"지금도 김원국, 조웅남 등이 내 눈앞에 나타나면 가차 없이 죽일 생각이야. 하지만……."

담배에 불을 붙인 이철우는 길게 연기를 내뿜었다.

"김원국의 처자식이 목표가 아니었어. 방해가 되어서 희생되었던 거야."

"그건 저도 압니다. 단장님도 이해하시구요. 그래서 김칠성의 처를 풀어 주셨을 때도 아무 말씀 없으셨지요."

"나는 내 어머니와 아내, 그리고 자식들을 한꺼번에 잃었어. 화가 난 김원국의 부하들한테."

"저희들도 최선을 다했습니다만, 놈들이 설마 그런 식으로 나올 줄은……."

"그놈들은 그것이 목적이 아니었다고 믿고 싶네. 우리 작전이 무모했던 것 같아."

"단장님도 후회하시는 것 같았습니다."

"지난 일이야."

이철우가 담배를 비벼 끄며 말했다.

"단장님의 작전에 내가 가타부타 말할 입장도 아니고, 그래서도 안 되지. 하지만 놈들, 교활한 수단을 쓰는구만."

"우릴 모함하기 위해서는 수단과 방법을 가리지 않겠지요."

"그럼 저녁이나 먹으러 가세."

자리에서 일어난 이철우의 말에 안정태가 커다랗게 머리를 끄덕였다.

"좋습니다. 제가 멋진 곳에서 한잔 대접해도 되겠습니까? 오랜만에 회포도 푸실 겸."

가라앉은 분위기를 바꿔 보려는 듯 안정태의 목소리는 한층 더 높아져 있었다.

쇠를 긁는 듯한 날카로운 소리가 머리 위에서 들리더니 앞쪽의 야산 중턱이 흙먼지와 함께 터져 올랐다. 그러고는 폭발음이 귀를 울렸다.

"꽤 잘 쏘는군."

쌍안경을 내린 변상훈 준장이 황인규를 바라보았다. 155밀리 곡사포 사격이었다. 포탄은 둥근 원의 한복판에 연거푸 세 발째 명중되고 있었다.

"어때, 황 대령? 포 사격 소리를 들으니까 가슴이 후련해지지 않나?"

"후련합니다, 참모장님."

"사무실에만 박혀 있어서 야전군 생활은 적응하기 힘들 거야."

"아닙니다, 참모장님. 저는 이것이 체질에 맞습니다."

사단장인 이동혁 소장이 다가왔으므로 그들은 말을 멈추었다.

"이봐, 참모장. 탄착 지점을 좌로 100미터 지점으로 바꾸라고 해."

이동혁이 지휘봉으로 좌측 계곡을 가리켜 보였다.

"좌측으로 100미터 지점입니까?"

"그래."

변상훈이 지휘소로 내려가자 이동혁이 힐끗 황인규를 바라보았다.

자그마하나 단단한 몸집이었고, 햇볕에 탄 피부에 눈빛이 날카로운 얼굴이었다.

"나하고 내기할까? 다음 포탄이 정확하게 계곡으로 떨어지는가, 아닌가로 말이야."

난데없는 말이어서 황인규가 주춤 그를 바라보았다.

"어때? 자네는 다음 포탄이 어떻게 될 것 같나? 빨리 말해."

"계곡에 적중할 것 같습니다, 사단장님."

"왜?"

"그쯤 이동하는 것은 기본 아닙니까?"

그러자 머리 위에서 쇳소리가 들렸고, 계곡의 중심 부분에서 나무와 돌덩이들이 하늘로 치솟아 올랐다.

이동혁이 무표정한 얼굴로 그것을 바라보았다. 이어서 다시 한 발이 날아가 같은 자리를 때렸다.

"자네, 나하고 오 소장이 동기생인 것 알고 있지?"

이동혁이 묻자 황인규는 몸을 굳혔다.

"알고 있습니다, 사단장님."

포탄이 쇳소리를 내며 그들의 머리 위를 스치고 지나 계곡의 나무를 하늘로 뿜어 올렸고 폭음이 울렸다.

"국방부의 특명 조사단이 기무사를 뒤집고 있어. 자네는 용케 잘 나왔어."

쌍안경을 들어 계곡을 바라보면서 이동혁이 말했다.

"자네, 그 사건과 관계가 있나? 내 말은 아주일보에 난 그 사건을 알고 있느냐는 이야기야."

황인규가 머리를 돌렸으나 그는 앞을 바라본 채 움직이지 않았다.

"알고 있습니다, 사단장님. 그래서 이곳으로 오게 된 것이지요."

다시 포탄 한 발이 날아갔다. 그러나 그놈은 계곡과 원래의 탄착 지점의 중간 부분을 때렸다.

"그러면 그렇지."

쌍안경으로 앞쪽을 바라본 채 이동혁이 소리쳤다.

"내, 그럴 줄 알았다니까."

"사단장님, 서울은 혼란 상태입니다. 읽으셨다시피 우리 군인의 명예는 몇 사람에 의해서 땅에 떨어져 있습니다."

이동혁이 쌍안경을 내리고 그를 바라보았다.

"자네에 대해서 여러 가지 이야기를 들었어, 황 대령."

"……."

"이런 일은 달갑지 않아. 끼어들기 싫단 말이야. 알겠나?"

"알겠습니다, 사단장님."

"이무섭이는 내가 75사단에서 대대장을 할 때 중대장을 했지. 일 년 가까이 같이 있었어."

그러자 참모장인 변상훈이 그들에게로 다가왔다.

"사단장님, 포 사격을 계속할까요? 예비 포탄은 있습니다만."

"그만, 됐어."

이동혁이 몸을 돌려 황인규를 바라보았다.

"이곳에서는 주변을 신경 쓸 필요가 없다는 얘기야. 황 대령, 무슨 말인지 알겠나?"

"네, 사단장님."

"난 야전으로 만족해. 서울에 집착하지 않는단 말이야."

변상훈이 눈을 껌벅이며 그들을 바라보았다.

"망할 자식들."

갑자기 이동혁이 눈을 부릅뜨고 소리를 쳤으므로 황인규와 변상훈은 몸을 굳혔다.

"포탄 한 발이 얼마인데 50미터나 빗나간단 말이야!"

산새 한 마리가 그들의 머리 위를 황급히 날아서 뒤쪽으로 사라져 갔다.

"정기욱이를 만나러 간 것은 확실해?"

박용근이 얼굴을 찌푸리며 안재일을 바라보았다. 그는 비대한 몸을 움직여 소파에서 상체를 세웠다.

"도대체 그놈이 정기욱이를 왜 찾아갔단 말이냐?"

"머리 회전이 빠른 놈입니다. 정기욱이하고도 거래를 맺으려고 했을 겁니다."

안재일이 짙은 눈썹을 치켜들고 그를 바라보았다.

"지난번 조웅남이 사건을 실패로 끝냈기 때문에 불안했을지도 모릅니다."

"네 생각에는 놈이 어떻게 되었을 것 같나?"

"레오날드클럽에 들어갔지만 나오지는 않았습니다. 부하들은 정기욱이가 모두 돌려보냈구요."

"죽었나?"

"글쎄요, 그것이……."

안재일이 선뜻한 시선을 준 채 머리를 한쪽으로 눕혔다.

"정기욱이가 최장수와 원한 관계에 있지는 않습니다. 저는 그것이……."

"얘기하다가 싸웠을지도 모르지."

"두 놈이 사이좋게 클럽으로 들어갔답니다. 최장수의 부하들한테 들었습니다만."

"어쨌든 그놈은 우리를 배신한 것이야. 나 몰래 정기욱이를 만나다니. 없어진 것은 잘된 일이다."

박용근이 결론을 맺듯이 말하자 안재일은 눈을 깜박이며 대답하지 않았다.

"그것보다도 그놈의 신문 기사 때문에 골치가 아프구만."

박용근이 혀를 찼다.

"대통령은 뭘 하고 있는 거야? 안기부장 놈을 당장에 구속시키지 않고."

"……."

"초등학생이 봐도 그 일은 안기부가 김원국이하고 결탁해서 꾸민 것 같을 거야. 그런데도 아직 그대로 두고 있다니."

"특별 조사 위원회의 조사가 끝나는 대로 조처가 될 거라고 하더군요."

"흥."

코웃음을 친 박용근이 다시 소파에 몸을 묻었다. 그들도 조사 위원들의 조사를 받고 있는 중이었다.

검찰과 경찰, 여야 의원으로 구성된 조사단은 박용근의 조직뿐만 아니라 안정태, 정기욱에 대해서도 이틀째 작업을 벌이고 있다. 그러나 그들이 꼬투리를 잡아낸 건수는 없다. 워낙 이쪽이 서류와 증거물을 철저하게 갖춰 놓은 데다 조사단원들도 적극성을 보이지 않았기 때문이다.

"좌우간 조사가 빨리 끝나야겠어. 이건 도무지 짜증이 나서."

"그것보다도 김원국이를 찾아내는 것이 중요합니다. 지난번 신문 수송 트럭 일만 해도 놈들의 방해 때문에 실패하지 않았습니까?"

"이봐, 호구조사까지 하고 있는 중이야. 누가 알고도 이러고 있는 줄 알아?"

박용근이 짜증을 내었으므로 안재일은 말을 멈추었다. 그도 자신들이 이제는 쫓기는 입장이 되었다는 것을 알고 있는 것이다.

"이철우와 이무섭 씨가 내일 조사를 받을 거야. 조금 전에 연락을 받았어."

박용근이 입을 열자 안재일이 눈을 껌벅이며 그를 바라보았다. 비록 비공개 조사지만 그들이 얼굴을 드러내는 것은 처음이었다.

"어디서 말입니까?"

"고려호텔."

"우리가 지원해야겠군요. 만일……."

"안 돼. 그러지 말라고 하더군, 이철우가. 자기들 걱정은 하지 말라고."

"그러면 안정태가 합니까? 정기욱이는 아니겠고."

"모두 아냐. 그들의 직할 조직이 있으니까. 그리고 경찰이 새까맣게 깔리게 될 거야."

시계를 내려다본 박용근이 자리에서 몸을 일으켰다.

"벌써 저녁때가 다 되었군. 요즘은 바쁜 일이 많아서 그런지 시간이 잘 가."

그 시간 안정태는 굳은 표정을 지으며 승용차의 뒷자리에 앉아 있었다.

창밖에는 어둠이 깔리기 시작해서 차량들의 미등이 뚜렷이 드러났다. 승용차는 속력을 내어 올림픽 대로를 달려 나갔다. 좌측으로 천호대교가 바라보이는 지점에 이르자 앞자리에 앉아 있던 부하가 머리를 돌려 그를 바라보았다.

"부사장님, 곧장 갑니까?"

"그래, 곧장 간다."

안정태가 던지듯이 말하자 부하는 잠자코 머리를 돌렸다. 미사리로 가자고만 해놓았으니 궁금한 모양이었다. 그리고 뒤를 따르는 경호차도 없이 이렇게 차 한 대로 움직이는 것은 처음 있는 일이었다. 부하의 불안한 마음을 읽었던지 안정태가 부드럽게 말했다.

"걱정 마라, 저쪽에 가면 우리 식구들이 있으니까."

"알겠습니다, 부사장님."

얼마 전에 부사장으로 승진된 안정태였다. 사장은 전문 경영인 출신이었으나 이름만 걸어 놓았을 뿐, 리즈호텔을 비롯한 업체들을 실제로 관리하는 것은 안정태였다. 그의 승진도 자신이 스스로 직급을 올려놓은 것이다.

승용차는 가로등도 없는 길을 맹렬하게 오르내리며 달려 나갔다. 조정 경기장을 지나 도로가 좁아진 지점에 이르자 안정태는 몸을 내밀고 좌우를 둘러보았다.

"저기, 오른쪽에 샛길이 있다. 그 길로 들어가."

샛길이 바로 앞쪽에 있었으므로 운전사는 브레이크를 밟으면서 오른쪽으로 핸들을 꺾었다. 포장이 되어 있지 않은 울퉁불퉁한 길이다. 좌우는 이제 짙은 어둠에 덮여 있어서 사물의 윤곽만 희미하게 드러났다. 200미터쯤 앞으로 나아가자 불빛에 허름한 민가 한 채가 드러났다. 낮은 동산 밑에 자리 잡은 외딴 농가였다.

"저기에 세워라."

안정태가 상체를 세우면서 말했다.

"그리고 너희들은 차 안에서 기다려."

"부시장님……."

앞좌석의 사내가 몸을 돌려 그를 바라보았다. 이맛살이 찌푸려져 있었다. 차가 농가 앞에 멈추어 섰다.

"걱정하지 말라니까 그래."

안정태는 그를 향해 웃어 보인 후 밖으로 나와 거침없이 농가를 향해 다가갔다. 한쪽으로 기울어진 나무판자 문을 밀자 문은 소리를 내며 열렸다.

방 안에 불이 켜져 있었고, 방문 옆의 토방에 서 있던 사내가 안정태를 향해 머리를 숙였다.

"어서 오십시오, 대장님."

"그래, 다 왔나?"

"네, 기다리고 있습니다."

안정태는 그와 함께 방 안으로 들어섰다. 다섯 평쯤 되는 한옥의 온돌방이었지만 장판은 찢어져 너덜거렸고, 가구는 아무것도 없었다. 그의 기척을 듣고 있었던 듯 두 명의 사내가 일어서 있다가 그를 향해 머리를 숙였다.

"그래, 그동안 잘들 있었나?"

"네, 대장님."

안정태가 아랫목에 앉자 세 명의 사내는 그를 마주 보고 나란히 앉았다. 천장에 매달린 100와트 전구가 너무 환한 탓인지 안정태는 이맛살을 찌푸렸다.

"내가 너희들을 고생시키는 것 같다."

그들을 둘러보며 안정태가 말하자 왼쪽에 앉은 사내가 머리를 저으며 말했다.

"아닙니다. 돈을 충분히 주셔서 이젠 식구들이 안정되었습니다. 다만……."

"다만."

다음 말을 계속해 보라는 듯 안정태가 그의 끝말을 반복하자 그가 머리를 들었다.

"전처럼 대장님을 모시고 일하게 해주십시오. 아무리 돈이 많아도 빈둥거리는 것은 싫습니다."

안정태의 시선이 옆쪽의 두 사람에게로 향해졌다.

"너희들도 그러냐?"

"저는 대장님이 기다리라고 하시면 기다립니다."

그렇게 말한 것은 가운데 있는 사내였다.

"저는 이번에 가게를 차려서요, 당분간은 그 일을 해야……."

"세 명 모두 제각각이로구나."

안정태의 얼굴에 웃음이 떠올랐다. 끝이 위쪽으로 올라간 눈썹이 조금 아래쪽으로 눕혀졌다.

"요즘 어떻게 돌아가는지는 알고 있지?"

"압니다."

끝 쪽의 사내는 세 명 중 선임이다. 그가 언제나 첫 대답을 했다.

"저희들이 했던 일이 얼마나 중요했던 것인가도 신문에서 읽었습니다."

"웃음 띤 얼굴로 안정태가 머리를 끄덕였다.

"그래서 내가 너희들을 부른 것이다."

"저는 언제든지 일할 준비가 되어 있습니다, 대장님."

"고맙다."

그는 옆쪽으로 머리를 돌렸다.

"집에서 나올 때 조심들 했겠지?"

"물론입니다, 대장님. 저는 외국에 다녀오겠다고 했습니다."

가운데 사내가 대답했다.

"저도 친구한테 다녀오겠다고 했습니다만."

옆쪽 사내가 말했다.

머리를 끄덕인 안정태가 자리에서 일어섰다. 여전히 웃음 띤 얼굴이었다.

"그럼 됐다."

어느새 품속에서 소음기가 끼워진 권총을 꺼낸 그는 우선 끝쪽의 사내를 향해 방아쇠를 당겼다.

이마에 구멍이 뚫린 사내가 벌떡 뒤로 넘어졌고, 다시 한 발의 총알이 가운데 사내의 가슴을 뚫었다. 그사이 왼쪽의 사내가 튕기듯이 일어났으나 그 이상의 움직임은 없었다. 총알이 머리를 뚫고 지나가는 바람에 그는 꼿꼿하게 선 채로 뒤로 넘어지며 죽었다.

얇은 입술을 꾹 다문 채 한동안 세 구의 시체를 바라보던 안정태는 이맛살을 찌푸리며 머리를 갸웃하더니 가운데 사내를 향해 다시 방아쇠를 당겼다.

이무섭은 웃음 띤 얼굴로 머리를 저었다.

"전 예편하고 나서 시골의 농장에서 사슴을 키웠습니다. 조사하셨다시피 사슴 농장에서 밖으로 나간 적이 없지요."

"사슴이 100마리가 넘는군요."

홍인철 검사가 서류를 들여다보며 말했다.

"농장 종업원들의 증언과도 일치하기는 합니다. 그렇지만 이철우 씨하고 연락하신 적은 없습니까?"

"없습니다."

얼굴의 웃음기는 지워지지 않았으나 이무섭은 피로한 듯 어깨를 늘어뜨렸다.

"그 친구도 예편되고 나서 연락을 끊더군요. 내가 어디 있는지도 몰랐을 것이고, 설령 알고 있었다손 치더라도 찾아올 사람이 아닙니다."

"댁이 배후의 조종자라는 이야기를 들으셨을 때가 언젭니까?"

"글쎄, 농장에는 전화도 없고, 텔레비전이나 신문도 보지 않습니다. 그저 세상과 인연을 맺고 싶지 않았으니까요. 그걸 알게 된 것은 불과 며칠 전입니다. 사료를 가져다주는 사람이 신문을 들고 왔더군요. 처음에는 이름이 비슷한 다른 사람인 줄 알았습니다."

홍인철이 옆에 앉은 사람들을 바라보았다. 그의 바로 옆에는 사복 차림이었으나 한눈에 군인 티가 나는 사내가 앉아 있었다. 짧은 머리에 40대 후반인데도 근육질의 몸매를 가진 사내였다.

그러나 그는 굳게 입을 다물고 이무섭의 머리 위쪽 벽을 바라보고만 있었다.

"그럼 내가 한 말씀 묻겠는데."

헛기침을 하고 상체를 세운 것은 맨 끝 쪽 자리에 앉아 있던 야당인 정의당 국회의원 박일룡이었다.

"댁의 농장 종업원 여섯 명은 모두 댁이 군 시절에 데리고 있던 부하 아닙니까?"

"그렇습니다, 의원님."

이무섭이 머리를 끄덕였다.

"제대하고 나서 일자리를 찾지 못했지요. 그래서……."

"안정태 씨를 아시지요?"

"압니다."

"그가 별안간 리즈호텔의 부사장이 되었어요. 격투기 교관 출신이 말입니다. 돈도 없고, 배경도 없는 사람이 말이오. 그것을 어떻게 생각합니까?"

"능력을 인정받았겠지요."

"무슨 능력 말입니까?"

"글쎄요, 그것은 잘……."

"그가 리즈호텔뿐만 아니라 수백 개의 업체들을 장악하는 사람으로 소문이 났는데."

"잠깐만."

그의 말을 자른 것은 여당 국회의원인 한성민이었다.

"박 의원, 추측하는 말로 시간을 소비하지 맙시다. 증거에 기준해서 진행시킵시다."

"증거야 만들면 되는 것이지, 한통속인데."

박일룡이 이맛살을 찌푸리며 한성민을 흘겨보았다.

"국민이 납득할 수 있는 조사를 해야 할 것 아닙니까?"

"그렇다면 추측을 밀어붙여서 자백을 받으면 국민이 납득하겠소? 답답한 양반이시군."

"아니, 뭐요?"

그들은 벌써 몇 번째인지도 모르게 부딪치고 있다.

홍인철이 나섰다.

"이무섭 씨, 그렇다면 당신이나 이철우 씨가 세간의 화제에서 주요 인물이 되고 표적이 된 이유는 뭐라고 생각합니까?"

"조작입니다. 군에 불만 세력이 있다는 것을 과대 포장해서 정권을 혼란에 빠뜨리려는 반역적인 조작이오."

어느덧 이무섭의 얼굴은 딱딱하게 굳어 있었다. 그는 앞에 앉은 네 명의 사내들을 둘러보았다.

"군과 정부, 또는 군과 민을 이간질시키려는 도당들이 나나 이철우를 제물로 삼은 겁니다. 나는 이제 이 일을 묵과할 수 없습니다."

"묵과할 수 없다니요?"

"내 누명을 벗어야 할 것 아닙니까? 이렇게 산속에만 있다가 매장당할 수는 없습니다."

"그렇다면 농장에서 나오시겠단 말입니까?"

"그렇습니다. 결심했습니다."

사내들이 서로의 얼굴을 돌아보았다.

"떳떳하게 여러분 앞에 모습을 보이지요. 이젠 자존심을 따질 상황이 아닙니다. 적극 해명하고 결백을 보여드릴 작정입니다."

"이철우 씨하고도 만나시겠군요."

그렇게 물은 것은 박일룡 의원이었다.

"그렇지 않습니까?"

"아마 자주 만나게 되겠지요. 그 사람은 무고한 가족들까지 참살당한 가엾은 사람입니다. 오히려 저보다 더 절실할 겁니다."

피곤한 듯 홍인철이 어깨를 위아래로 비틀어 보이며 고재철 준장을 바라보았다.

"고 준장님, 하실 말씀 있습니까?"

"없습니다."

고재철이 이무섭에게 시선을 준 채 머리를 저었다.

"그렇다면 오늘은 이만 끝내고, 수고스럽지만 모레 다시 모이기로 하지요. 그동안 자료를 보완할 것도 있으니까요."

홍인철의 말에 한성민이 머리를 돌려 그를 바라보았다.

"홍 검사, 시간제한은 없지만 위에서 기다리고 계실 텐데 말이오."

"알고 있습니다. 그렇지만 기다리고 계신다고 해서 서둘러 마무리할 생각은 없습니다."

"허, 이 양반이."

"그럼 모레 다시 모이도록 하고. 이무섭 씨는 서울에 계실 것이지요?"

홍인철이 묻자 그가 머리를 끄덕였다.

"한성호텔에 묵고 있겠습니다. 필요하시면 언제든지 불러주십시오."

"이철우 씨를 만나시거나 연락하시면 안 됩니다."

"알고 있습니다."

이무섭이 다시 얼굴에 웃음을 띠었다.

"어서 수사가 끝나 그의 얼굴을 보고 싶습니다, 서울에서요."

"한성호텔이라고 그렸겄다."

조웅남이 주먹을 움켜쥐자 밥그릇만 한 사이즈가 되었다.

"그 씨발 놈이 대장인 모양인디, 그놈만 쥑이믄 되겄다."

방바닥에 책상다리를 하고 앉은 그의 얼굴은 수염투성이었고, 입고 있는 옷은 기름기가 번질번질한 점퍼에 작업복 바지였다.

"형님, 그러면 한성호텔로 쳐들어가시려고요?"

손채석이 넓은 얼굴을 쳐들고 그를 바라보았다. 넓게 벌어진 두 눈이 깜빡거리고 있는 것이 가오리와 비슷했다.

"그려, 가서 쑥밭을 맹글어야지."

"형님, 쑥밭은 왜요?"

"이런 멍청헌 놈, 너는 대가리가 납작혀서 골이 부족헌 모냥이여. 뇌가 눌렸든가."

"……."

"그 시키가 저 혼자 있겄냐? 지 부하들허고 같이 있을 텐디, 어뜨케 그놈 하나만 잡을 수 있겄냐?"

"형님, 경찰이 잔뜩 깔려 있다지 않습니까?"

손채석도 이번에는 녹록하게 물러나지 않았다.

오산에서 발안으로 가는 중간 지점에 옛날에 새마을 회관으로 쓰던 낡은 건물이 있다. 산비탈에 세워진 단층집이었는데, 지금은 폐가가 되어서 아무도 찾아오지 않는다. 그들은 김포에서 빠져나와 곧장 이곳에 입주하였는데, 근처 마을에서 자란 부하 한 명 덕분이었다.

"경찰이 있으면 어뗘? 최순태인가 그노무 시키가 있으믄 더 좋겠다. 요절을 내버리게."

조웅남이 눈을 부릅뜨고 말하자 손채석이 입맛을 다셨다.

"형님, 이무섭이가 조사를 받고 있다는 소문이 있던데요. 대통령이 직접 지시를 했다고 합니다."

"무신 소리."

기가 막힌다는 듯이 조웅남이 턱을 들고 혀를 찼다.

"여당 대변 보는 놈이 말허는 거 못 들었냐? 절대로 그런 일이 없다고 혔잖여? 그런디 조사를 혀? 다 쇼다, 쇼여."

"이무섭이가 그것 때문에 호텔에 있다고……."

"이 씨발 놈이 되게 말이 많고만. 너는 그것이 탈이여."

"……."

"신문에 그렇게 났잖여? 이무섭이가 조종혔다고. 이철우, 박용근이, 그리고 그 누구냐……."

"정기욱이 말입니까?"

"그렇지, 정기욱이는 이무섭이한티서 직접 지시를 받은 놈이여."

"그렇다고 정기욱이를 증인으로 내세울 수는 없지 않습니까? 큰형님 지시로 당분간 우리가……."

"아이고, 시끄러."

조웅남이 와락 얼굴을 찌푸리자 수염 끝이 좌우로 넓게 뻗쳤다.

"나는 만철이의 복수를 혀야 헌다. 골치 아픈 얘기 말어라. 이무섭이가 있는 디를 알믄 가서 쥑이는 거여. 간단혀."

"……."

"그담에는 이철우, 이노무 시키."

조웅남이 뚫어질 듯 노려보았으므로 손채석이 머리를 돌렸다.

"이노무 시키를 잡어서 간을 꺼내 먹을 거다. 냉장고에 넣고, 다 먹을 거여."

"형님, 식사 가져올까요?"

방바닥에서 엉덩이를 든 손채석의 물음에 조웅남이 소리 내어 침을 삼켰다.

마당으로 나온 손채석은 대문 앞에서 서성대는 부하 한 명을 손짓으로 불렀다.

"예, 형님."

다가온 부하의 어깨를 잡아끌고 마당의 구석으로 간 손채석이 힐끗 안방을 바라보았다.

"너, 지금 해안 도로를 타고 인천으로 가."

"예, 가지요. 그런데 왜요?"

부하가 긴장한 듯 빤히 그를 바라보았다.

"왜긴 왜야, 이 자식아. 큰형님한테 가는 거다. 내가 방법을 알려 줄 테니까."

"큰형님이라면, 저……."

"김원국 형님이다."

부하가 침을 끌어모아 삼켰다.

"인천 월미도에 가면 한국횟집이라고 있어. 금방 찾을 수 있어."

"예, 형님. 거기에 계십니까?"

"아녀, 거기 가서 주성택이를 찾어. 거기 지배인이다."

"예, 주성택이."

"걔한테 내 얘기를 해. 내 동생뻘이니까."

"그러면 저하고……."

"맞먹어도 된다."

"예, 형님."

"성택이는 내가 웅남 형님하고 같이 있는지도 모른다. 그놈한테 있는 대로 이야기를 해."

"해도 됩니까?"

"웅남 형님이, 그놈이 연락책이라고 했다."

"그러면 됩니까?"

"아니, 성택이가 백동혁이를 만나게 해줄 거야."

"아아, 개백정 형님."

"백동혁이를 만나면 된다. 걔가 너를 데리고 큰형님한테 갈 거야."

"알겠습니다. 가지요."

어깨를 활짝 편 부하가 몸을 돌리자 손채석이 입을 쩍 벌리고 그를 바라보았다.

"야, 이 씨발 놈아, 거기 서."

부하가 몸을 돌려 커다랗게 뜬 눈으로 그를 바라보았다.

"왜요, 형님?"

"이 시키야, 가기만 하면 뭘 해? 이 돌대가리야, 용건을 듣고 가야 할 것 아녀?"

"아, 용건, 그건 뭔데요?"

그러자 안방 문이 열리더니 거구의 조웅남이 나타났다.

"야, 밥 안 주냐? 밥 준다믄서."

커다랗게 소리치자 부엌 앞에서 꾸물대던 두어 명의 부하가 빨려 들어가듯 부엌 안으로 사라졌다.

"야, 채석아."

조웅남이 마당 구석에 서 있는 그들을 향해 몸을 돌렸다.

"예, 형님."

"형님이 나를 찾으라고 수배혔다는디 애들 조심허라고 혀."

"예, 형님."

"나는 죽어도 돼야. 만철이의 웬수를 갚으믄 말여. 그때 느그덜은 큰형님한티 가야 헌다."

"…예, 형님."

"밥 갖고 와, 빨랑."

조웅남이 방 안으로 사라지자 부하가 손채석을 바라보았다.

"형님, 그래서요?"

"뭘 말이냐?"

"용건 말이오."

"지기미."

어깨를 늘어뜨린 손채석은 길게 한숨을 내쉬었다.

"가서 일 봐라."

"그럼 안 갑니까?"

"그래, 못 간다."

부하가 대문 쪽으로 몸을 돌렸고 손채석은 휘적이며 부엌으로 다가갔다. 마을에서 사온 닭이 줄에 매여 있다가 비틀거리며 손채석의 발을 피했다.

열린 베란다 쪽의 창문으로 서늘한 바람이 응접실로 휘돌려 들어왔다. 소금기가 섞인 바람이었고, 피부에 닿는 감촉은 서늘했다. 10월 하순이었다.

한낮의 태양이 비치고 있었으나 햇살은 무겁게만 느껴질 뿐 힘이 없었다. 응접실에 앉은 세 사내는 한동안 입을 열지 않고 바다 쪽을 바라보았다.

방 안의 어두운 분위기를 깨려는 듯 김원국이 상체를 세웠다.

"이무섭이는 한성호텔에 있지만 이철우의 행방은 아직 알 수가 없다. 이무섭이가 한성호텔에서 공공연하게 사람을 만나는 것과는 대조적이야."

오함마와 김칠성이 잠자코 그를 바라보았다.

"앞으로 일주일 후면 결과가 발표될 것이라는데 현재까지의 상황으로 보면 자신할 수가 없다. 놈들은 철저하게 증거를 갖추고 있다는 거야."

"특별 조사단이 모두 강한석 일당일지도 모릅니다. 그래서 조사하는 시늉만 하는 겁니다."

김칠성이 억눌린 목소리로 말했다.

"이거, 고 차장이나 이 부장과 연락할 수도 없어서 그쪽이 어떻게 돌아가는지도 알 수 없고……."

이찬형과 고성섭은 조사 활동이 끝날 때까지 경찰의 철저한 보호를 받고 있었다. 권부의 핵 중의 하나여서 이찬형은 정책적인 사항에 접근할 수 있는 처지였으나 지금은 조사를 받고 있는 입장이었다.

회사에서도, 그가 퇴근하고 나서도 그의 주변에는 강력한 송수신 장치를 갖춘 차량이 따르고 있어서 전화를 해올 수도 없는 처지였다. 그것은 강한석이나 박동호도 마찬가지일 것이지만 그들은 분위기가 한쪽으로 쏠려 간다는 것을 느끼고 있었다.

마지막으로 희망을 걸었던 아주일보의 폭로 기사가 오히려 이무섭과 이철우를 세상에 얼굴을 내밀고 활보하게 하는 계기가 될지도 몰랐다.

"형님, 만일 결과가 이상하게 나온다면 저는 애들 끌고 나가서 몇 놈 죽이고 죽겠습니다. 저는 이대로 물러날 수가 없습니다."

김칠성의 낮고 억눌린 목소리가 방 안에 울렸다.

"이철우는 제 처자식이 그렇게 되었다고 국민들의 동정을 받고 있는데, 우리는, 형님은 이렇게 몰리어서……."

"쓸데없는 소리."

퍼뜩 두 눈을 치켜뜬 김원국이 그를 바라보자 김칠성이 시선을 돌렸다.

"어쨌든 저도 더 이상 참을 수가 없습니다, 형님."

이번에는 오함마가 더듬거리듯 입을 열었다.

"저도 칠성이하고 같이 행동하려고 합니다. 이렇게만 앉아 있다가는……."

김원국의 이맛살이 찌푸려졌다.

"바보 같은 놈들."

"저희들은 웅남이 형님이 부럽습니다."

"웅남이는 너희들하고 다르다."

김원국의 말소리가 강해졌다.

"놈은 둔하고 단순하게 보이지만 위험을 직감하는 체질이야. 호락호락 당하지는 않는다."

"그렇다면 저희들은."

김칠성이 말을 하다 멈추자 김원국이 그의 얼굴을 들여다보며 희미하게 웃었다.

"각기 장점이 있지, 너희들에게도. 네 조직력과 함마의 우직성, 그런 것들이 함께 뭉치면 천하무적이지."

"……."

"따로따로 놀지 말아라. 이것은 명령이다. 내 지시가 있을 때까지는 움직이지 마라. 알았느냐?"

"네, 형님."

먼저 대답한 것은 오함마였고, 그가 머리를 돌려 김칠성을 바라보았다.

"알았습니다, 형님."

아랫입술을 깨물고 있던 김칠성이 겨우 대답하자 김원국이 부드러운 얼굴로 물었다.

"이재영 씨는 어디 갔어?"

"집에 있던데요. 오늘은 쉬고 싶다면서 따라오지 않았습니다."

오함마가 대답하자 머리를 끄덕인 김원국은 한동안 입을 열지 않았다.

그날 배에서 함께 있었던 이후 이재영은 특별히 부르는 경우를 제외하고는 회의에 참석하지 않았다. 오함마와 김칠성은 이재영의 갑작스런 변화에 무관심했다. 자신들이 상관할 일이 아니라고 믿는 모양이었다.

그 시간, 철원 근처에 있는 87사단의 참모장실에서는 황인규 대령과 고재철 준장이 마주 앉아 있었다.

참모장인 변상훈 준장이 그들을 위해 자리를 피해 주어서 둘만 있게 된 것이다. 고재철은 강원도 원통에서 사단 참모장을 하다가 참모본부로 옮긴 지 일 년이 안 되는 야전 군인이었다. 황인규로서는 그의 얼굴을 처음 대하는 것이다.

"대령, 담배 피울라나?"

담배를 꺼내어 입에 문 고재철이 담뱃갑을 내밀자 황인규가 머리를 들었다.

"아닙니다. 금방 피웠습니다."

담뱃갑을 탁자 위에 던진 고재철이 담배에 불을 붙여 연기를 깊게 빨아들이고는 길게 내뿜었다.

"어때, 전방 생활은?"

고재철의 말투는 입에서 단어 덩어리를 던지는 것 같았다.

"편합니다. 몸도 불었습니다."

"나도 야전 생활만 20년 했어."

"들었습니다."

"참모본부 생활이 맘에 안 들어."

"……."

"이 일도 그렇고."

황인규가 힐끗 시선을 들었다가 내렸다.

"자네, 습격당할 뻔했다지?"

신문 기사의 내용대로 묻는 것이다. 황인규는 어깨에 힘을 주었다.

"그렇습니다."

"하지만 습격한 놈들이 없어. 죽었는지 살았는지도 알 수 없고."

"……."

"습격을 막은 것은 김원국의 조직이라는데, 그들이 어떻게 알았지?"

이재영은 황인규가 고성섭에게 연락을 했었다는 사실은 쓰지 않은 것이다.

황인규가 머리를 들었다.

"아마 저를 감시하고 있었던 것 같습니다."

"김원국의 조직이? 그것 참 이상하군. 밤의 조직이 대한민국 군인을 보호하다니."

"……."

"자넬 배신한 놈이 누구야? 모 영관급 장교라고만 나와 있던데."

"말할 수 없습니다."

"이재영이한테는 말하고 나한테는 말 안 한다구?"

"도움이 되지 않으실 것 같습니다. 그리고 저에게도."

"자넨 지금도 오 소장과 안 준장, 그들이 이무섭을 비호하고 있다고 믿나?"

"믿습니다."

"증거가 있나?"

"제가 이곳으로 전출된 것이 첫째 증거입니다. 제가 그들의 행동을 눈치챘기 때문이지요."

"그것이 이적 행위일까?"

"그렇습니다. 반역이라고 생각했습니다."

"왜?"

"이무섭과 이철우를 도와 밤의 세계를 장악하고, 불만 세력을 조직하고 양성할 기틀을 잡습니다. 그들은 정치권에까지 손을 뻗쳐 권력의 획득만을 꿈꾸는 정치가를 도와 대권을 잡게 합니다. 그 후의 결과는 상상하실 수가 있을 겁니다."

고재철이 잠자코 그를 바라보았으므로 황인규가 말을 이었다.

"안기부에서 이무섭과 이철우에 대한 조사 협조 의뢰가 왔어도 참모장은 보류시키고 있었습니다. 나중에 제출한 서류는 원본과 다른 것입니다. 원본은 파기되었습니다."

"확실한가?"

"확실합니다. 하지만 증거나 증인을 댈 수는 없습니다. 제 자신 외에는."

"……."

"그들은 암호 코드까지 교체시켰으니까요."

"자넨 군의 명예를 생각해 보았나?"

"물론입니다. 잊어본 적이 없습니다."

고재철이 황인규를 똑바로 바라보았다.

"군의 명예를 어떻게 지키겠나?"

"죽는 것은 아무것도 아닙니다."

"잘못 판단했을 경우에도 말인가?"

"공정한 판단이라면 기꺼이 죽겠습니다."

"이건 도무지."

고재철이 재떨이에 담배를 비벼 껐다.

"난 오늘 비공식으로 찾아왔어. 조사관들과 함께 다시 올 거야."

"……."

"나는 군을 대표해서 자네를 조사하지만, 먼저 자세히 알고 싶었어. 나한테만 말할 것이 있으면 듣고."

황인규가 머리를 저었다.

"군의 명예를 몇 사람의 핵심 장교 위주로 평가해서는 안 됩니다, 장군님. 하지만 제가 매장되어서 군과 국가에 도움이 된다고 판단하시면 그렇게 하십시오. 하지만……."

"하지만 뭔가?"

황인규가 머리를 들고 물끄러미 고재철을 바라보았다.

"아닙니다. 마음을 바꿨습니다. 죽는 것보다 살아서 치욕을 받지요. 그들이 결백하다고 판결이 난다면 전 죽지 않고 매장당해서, 숨이 끊어지는 순간까지 그들을 지켜보면서 살겠습니다."

"……."

"저는 확신합니다, 장군님. 그들은 반역하고 있습니다. 불만세력을 지원하고 있습니다."

그러자 벌컥 방문이 열리고 이동혁이 들어섰다. 순찰을 마치고 오는 모양인지 구겨진 작업복 차림이었다.

"자네가 왔다는 소리는 참모장한테서 들었어."

일어서서 경례를 올려붙이는 고재철을 향해 이동혁이 말했다.

"사복 차림으로 경례를 하는 걸 보면 기분이 언짢아."

"저도 사복에 익숙지는 않습니다, 사단장님."

이동혁이 자리에 앉자 그들도 앞자리에 나란히 앉았다.

"내가 잠깐 몇 마디만 하고 가려고 왔네."

이동혁이 고재철을 바라보며 입을 열었다.

"나하고 오성국이는 동기야. 나는 야전에서, 그 친구는 본부에서 날렸지. 난 서울 근방에는 한 번도 가지 않았어. 일부러 피한 거지."

고재철은 잠자코 그를 바라보았다.

"내 소장 진급도 그 친구가 추천했다는 소문이 있어, 우스운 일이지만."

"……."

"이봐, 고 준장."

"네, 사단장님."

"철저하게 조사해. 오성국이고, 안영찬이고. 그리고 여기 있는 황인규도 마찬가지야."

"……."

"이건 선배로서 하는 충고야. 군의 명예는 자네에게 달려 있어. 파문 같은 것을 생각하면 안 돼. 그리고 나라의 정치 상황이 어떻고 하는 놈들의 말에 넘어가서도 안 되고. 알겠나?"

"알겠습니다."

"왜냐하면 나 같은 야전 군인이 99퍼센트야, 나 같은 생각을 하는 군인이. 그들이 자네를 주목하고 있다는 걸 알아야 돼."

"알겠습니다, 사단장님."

"그럼 난 가겠어."

자리에서 일어나 옆을 스쳐 지나가는 이동혁의 몸에서 땀 냄새가 났다.

커피숍에 앉아 있던 최순태는 자신을 향해 다가오는 이갑룡 형사를 보고는 커피 잔을 내려놓았다.

"웬일이야? 오늘은 쉰다고 하지 않았어?"

"오늘 아침에 비상망으로 특별 지시가 떨어졌어요. 집에서 자다가 끌려 나왔습니다."

그는 부스스하게 일어서 있는 머리칼을 손으로 쓸었다.

"잘되었구만, 심심하던 참인데."

이갑룡이 웨이터를 손짓하여 부른 후 커피를 시키고는 주위를 둘러보았다.

구석에서 일본인으로 보이는 남자들이 같은 숫자의 여자들과 소곤거리며 이야기를 나누고 있을 뿐 커피숍은 한산했다.

"한 사람 경호하려고 30명이 넘는 경찰을 동원하다니요, 이건 너무 심하지 않습니까?"

"글쎄, 내가 아나? 위에서 시키니까 할 수 없는 일이지."

최순태가 넌지시 그를 건너다보았다. 한 달에 한 번도 쉬지 못하다가 오늘 하루 쉬려던 참이었으니 화가 날 만도 했다.

"그리고 로비에 서너 놈이 있어요. 손님들처럼 셔츠 차림으로 어정거리고 있었는데, 이무섭 씨 개인 경호원 같습니다."

"그것도 할 수 없는 일이지. 김원국의 일당이 노리고 있을 테니까."

"도대체 어떻게 돌아가는 판국인지 알 수가 있어야지."

이갑룡이 힐끗 최순태를 바라보았다.

말투가 예전의 이갑룡과는 조금 차이가 났고, 이쪽의 최순태도 전과는 달리 기가 죽어 있었다. 박동호 청장이 지금 특별 조사단의 조사를 받고 있다는 것은 경찰청 사람이면 모두 아는 사실이었다. 최순태는 박동호에게 연락을 할 수도, 받을 수도 없는 상황이 되었다.

"이봐, 자네가 와서 내가 살겠어. 내가 사우나에 다녀올 동안 여기에서 지휘 좀 해줘."

최순태가 말하자 이갑룡이 머리를 끄덕였다.

"사우나에서 주무시지 마십시오. 두 시간이면 되겠지요?"

"그럼, 충분해."

최순태가 커피숍을 빠져나가자 이갑룡은 커다랗게 입을 벌리고 하품을 했다. 한성호텔은 영동교 근처에 있어서 차량의 통행이 조금 불편하기는 했지만 최근에 세워진 일류 호텔이었다.

커피숍이나 로비, 칵테일 바는 세련된 분위기를 풍겼으므로 대낮에도 연인들이 많았다. 그러나 이무섭이 투숙한 후로 손님들이 눈에 띄게 줄어들었는데 경찰이 호텔에 가득 차 있었기 때문이다.

정복과 사복의 경찰이 현관과 로비, 엘리베이터와 비상구, 그리고 이무섭이 투숙해 있는 6층의 복도에 득실거리고 있어서 호텔 측은 비명을 질러 대고 싶은 심정일 것이다.

커피를 마시고 난 이갑룡은 커피숍을 나와 로비를 둘러보았다. 구석에 놓인 쇼파에 앉아 있던 세 명의 형사가 그를 바라보았다.

그들에게서 시선을 돌린 이갑룡은 엘리베이터 근처에서 서성대고 있는 대여섯 명의 형사를 보았다. 모두 양복이나 점퍼 차림이었지만 이갑룡의 눈에는 마치 그들이 형사용 양복이나 점퍼를 입은 것처럼 표시가 났다.

비상구 근처의 플라스틱 의자에 앉아 있는 두 명의 형사에게서 시선을 멈춘 이갑룡은 입맛을 다셨다. 그들은 아예 소설책과 잡지책을 읽고 있었는데 좋은 자리 다 놔두고 찬바람이 부는 비상구 옆의 딱딱한 의자에 앉아 책을 읽는 것은 머리가 돈 사람이 아니면 형사일 것이었다.

6층의 복도에도 서너 명의 형사가 있을 것이고, 호텔의 현관에는 정복의 경찰이 대여섯 명 있었으니 이것은 대통령의 경호보다 못할 것이 없다. 그리고 이무섭은 개인 경호원도 딸려 있었는데 몇 놈인지 알 수도 없었다.

이갑룡은 발을 떼어 프런트로 다가갔다. 안쪽에 나란히 서 있던 프런트의 남녀 직원이 그를 바라보았다. 그들도 이쪽이 경찰인 걸 알아챘는지 웃음을 머금지 않았다.

"이거, 우리 때문에 영업에 지장이 많겠습니다."

이갑룡이 프런트에 팔을 기대며 그들에게 말하자 여자가 겨우 웃었다. 평범한 얼굴이었는데, 웃자 흰 치아와 겹쳐 난 송곳니가 눈에 띄었고, 그것이 그녀를 전혀 다른 여자로 보이게 했다.

"이해하시오. 우리도 할 수 없이 이 짓을 하는 것이니까."

"저희들이야 상관없습니다. 하지만 윗사람들이 조금……."

남자 직원이 마지못한 듯 입을 열었다.

"특히 나이트클럽이 손해가 많다고 해요. 소문이 나버려서 만회하려면 시간이 꽤 걸린다고요."

"앞으로 우리 경찰들에게 마시러 오라고 하지."

"에이."

남자가 웃었는데 이갑룡은 여자의 웃는 얼굴만 보았다.

남자 직원이 턱을 쳐들고 킁킁거렸다.

"며칠 있으면 끝날 거요. 그때까지만 참아요. 저 사람도 나갈 테니까."

"저 사람, 이무섭 씨더군요, 신문에 나온. 그런데 뭐 하러 여기 묵고 있습니까?"

"글쎄, 그건 나도 잘 모르겠는데, 그냥 경비만 서라는 명령을 받아서."

남자 직원이 다시 턱을 쳐들고 킁킁대면서 주위를 둘러보았다.

이갑룡이 상체를 굽히면서 여자 직원을 바라보았다. 가슴에 단 이름표엔 'KIM'이라는 영어가 적혀 있었다.

"미스 김, 하루 종일 이렇게 서 있으면 다리가 아프겠어요. 그렇지 않습……."

"불이야!"

그때 엘리베이터 옆쪽의 식당에서 고함치는 소리가 들려왔다.

그러고는 서너 명의 손님이 뛰어나왔고, 이어서 수십 명의 손님이 아수라장을 이루면서 로비로 쏟아져 나왔다.

"불이야! 불!"

그들은 저마다 소리를 질러 대면서 현관을 향해 달려 나가고 있었다.

이갑룡은 한동안 멍한 얼굴로 서 있다가 버럭 소리를 질렀다.

"전원 제자리! 제자리에!"

그러나 소란통에 자신의 목소리는 잘 들리지도 않았다. 이갑룡은 손을 뻗어 프런트 안쪽에 놓인 전화기를 집어 들었다.

남자 직원이 수화기를 들고 다급하게 번호를 눌렀는데 119에 거는 모양이었다.

이갑룡이 605호실의 번호를 누르면서 머리를 들자 미스 김이 어느새 밖으로 빠져나오고 있었다.

그러자 식당 쪽에서부터 검은 연기가 천장을 가득 덮으면서 밀려 나왔다. 화재경보기가 끊임없이 울렸다. 이갑룡은 이를 악물면서 이무섭이 전화를 받기를 기다렸다.

이갑룡은 헐떡이며 계단을 뛰어올랐다. 6층까지는 금방이라고 생각되었으나 4층까지 오르자 다리에 힘이 풀렸다. 5층의 계단에 이르자 세 칸씩 뛰어오르던 것을 두 칸으로 줄였다. 투숙객들이 그를 스치고 달려 내려가고 있었으므로 제대로 속력을 낼 수도 없었다.

투숙객이 많지 않은 것이 그나마 다행이었다. 투숙객이 많았더라면 계단에서 구르고 밟혀 죽는 불상사도 일어났을 것이다.

그러고 보면 경찰들이 득실거려 투숙객이 줄어든 것에 대해 호텔 측이 감사해야 했다.

"이봐, 방문 앞에 있어! 내려오지 말라고 했잖아!"

뒤쪽에서 헐떡이며 고함치는 소리가 들려왔다. 부하 형사의 목소리였다.

무전기에 대고 6층에 있는 형사들에게 말하고 있는 것이었다. 당황한 형사들이 내려오려고 하는 모양이었다.

이갑룡은 목에서 쇠를 긁는 소리를 내면서 6층의 복도를 뛰어들었다가 달려온 사내와 정면으로 부딪쳤다.

눈에서 흰 섬광이 번쩍해 잠시 아무것도 보이지 않았는데 뒤에서 뛰어 올라온 형사 한 명이 그를 밀쳤으므로 건들거리며 넘어질 뻔했다. 겨우 눈의 초점이 잡히자 사내 한 명이 두 손으로 얼굴을 감싸 안고 주저앉아 있는 것이 보였다.

"이 쌍놈의 새끼."

그러면서 발을 들었던 이갑룡은 사내를 뛰어넘어 복도를 달렸다. 이제 복도를 뛰는 사람은 그들뿐이었는데 나머지는 그사이에 비상구를 통해 내려간 모양이었다.

605호실 앞에 모여 있는 네 명의 사내가 보였다. 그들은 모두 형사였는데 그 옆쪽에 몰려 있는 세 명의 사내는 낯설었다.

그들은 이무섭의 개인 경호원이었다.

소방차의 사이렌 소리가 들려왔다. 벌써 소방차가 도착한 것이다.

"불은 여기까지 안 온다. 나갈 필요 없어."

방문의 손잡이를 쥐면서 이갑룡이 그들에게 소리쳤다.

"위치를 지켜! 엘리베이터와 비상구로!"

그가 다시 버럭 고함을 지르자 형사들은 방문 앞을 떠났다.

이갑룡은 안으로 들어섰다. 창가에 서서 밖을 내려다보고 있던 이무섭이 몸을 돌렸다.

"1층의 식당에서 불이 났습니다. 식당의 입구가 엘리베이터와 가까워서 엘리베이터의 사용은 안 됩니다."

"그럼 비상구로 올라오셨군요."

아직도 가쁜 숨을 내쉬는 이갑룡을 바라보면서 그가 차분하게 말했다.

"여긴 6층이니까, 급하면 로프를 타고 내려갈 수도 있어요."

그는 방 가운데 놓여 있는 소파에 앉았다.

"그런데 갑자기 불이 나다니, 이상하지 않습니까?"

"이상하다니요?"

이맛살을 찌푸린 이갑룡이 묻자 그는 입술 끝으로만 웃었다.

"그저 내 생각입니다. 형사님께서 오셨으니 그런 걱정도 필요 없겠지만."

최순태와 함께 며칠 동안 그를 경호해 왔으므로 서로 안면은 익혔지만 이렇게 이야기하는 것은 처음이었다.

저도 모르게 맥이 풀린 이갑룡은 소파로 다가가 그의 앞자리에 앉았다.

"어때요, 시원한 것 드릴까요?"

이무섭이 옆쪽의 냉장고를 눈으로 가리키며 묻자 이갑룡은 머리를 저었다.

그의 말을 듣고 보니 불현듯 목이 타 아무것이나 마시고 싶었으나 머리가 저절로 저어졌다. 그것은 이갑룡 자신도 모를 일이었다.

6층의 비상구를 지키고 섰던 김영배 형사는 아래쪽에서 올라오는 어지러운 발소리를 들었다. 발소리는 무거웠고, 철거덕거리는 쇳소리도 들렸으며, 가쁜 숨소리도 섞여 있었다.

그의 옆에 서 있던 강 형사와 임 형사도 그 소리를 듣고는 얼굴을 굳혔다.

강 형사는 허리춤에 찬 권총을 쥐고 있었다. 발소리가 더욱 가까워지더니 5층의 계단을 돌아 올라오는 사람들이 눈에 띄었다.

어깨를 늘어뜨린 김 형사가 옆에 선 강 형사를 돌아보았다.

"젠장, 소방관이야."

중세기의 로마인처럼 투구를 쓰고 몸에는 갑옷 같은 방화복을 걸쳤는데 산소통을 멘 사람도 있었다. 앞장선 사내는 쇠갈퀴를 들었고, 어떤 소방관은 도끼를 들었다.

그들은 요란한 소리를 내며 형사들에게로 다가왔다.

"당신들 뭐 해요, 빨리 내려가지 않고?"

앞장선 사내가 버럭 고함을 지르자 이제는 복도 저쪽의 엘리베이터 근처에 서 있던 형사들도 이쪽을 바라보았다.

"가스관이 터진단 말이오! 빨리 내려가!"

그들은 고함을 지르며 복도로 밀려 나왔다. 김영배는 비상구 옆쪽에 비켜서서 소방관에게 길을 터 주고 있다가 머리를 들었다.

거구의 소방관이었다. 머리통이 커서 투구는 꼭대기에 얹혀 있는 꼴이었는데, 희고 붉은 줄이 있는 은색의 방화복이 그를 더욱 크게 보이도록 만드는지도 몰랐다.

시선이 마주치자 놀랍게도 거인 소방관은 얼굴에 웃음을 띠었다. 가늘게 눈이 좁혀지고 흰 이가 드러났는데 수줍어하는 듯한 웃음이었다. 한편으로는 어색한 웃음 같기도 했다. 그러자 김영배의 가슴이 덜컥 내려앉았다.

소방관은 제복이 제 옷이 아닌 듯 쑥스럽게 웃는 얼굴이었는데, 밤낮으로 들여다보던 조웅남의 사진과 같은 얼굴이었다.

김영배가 입을 쩍 벌렸지만 이미 때는 늦었다. 그의 손에는 문짝을 부수는 커다란 도끼가 들려 있었다.

김영배는 벽에 몸을 밀착시킨 채 그 도끼가 올라갔다 내려오는 것만 바라보았다.

입맛을 다신 조웅남은 내려찍는 순간에 도끼의 날을 뒤집었고, 방향이 조금 바뀐 도끼의 등이 김영배의 어깨를 찍었다. 어깨뼈가 부서진 김영배는 한숨과 같은 신음 소리를 내며 벽을 타고 주저앉았다

거의 같은 순간에 임 형사와 강 형사는 소방관의 기습을 받아 머리와 등짝을 얻어맞고 뒹굴었다.

조웅남은 한 손에 도끼를 쥐고 복도를 달려 나갔다. 앞장선 부하들이 이미 복도의 중간 부근까지 달려 나갔고, 그제야 눈치를 챈 형사들이 서둘러 권총을 뽑아 들었다. 그러나 거리는 4, 5미터밖에 되지 않는 데다 이쪽은 달려가는 힘이 있었다.

"와아!"

이제는 흥분한 부하들이 소리 높여 고함을 지르고 있었다. 저도 모르게 터져 나오는 짐승 같은 부르짖음이다. 그들은 제각기 쇠스랑이나 도끼, 철근 지렛대를 높이 쳐들고 있었으므로 무시무시한 형상들이었다.

탕!

총소리가 복도를 울렸다. 그러자 뒤쪽의 부하 한 명이 주춤하더니 서너 걸음 뛰다가 복도에 무릎을 꿇었다.

탕, 탕!

다시 총소리가 났다. 조웅남은 도끼를 움켜쥔 채 무서운 속력으로 달려 나갔다. 총을 쏜 사내들은 두 명이었는데, 방 안에 있다가 방문을 열고 쏜 것이었다.

조웅남은 맨 뒤쪽 그룹이었는데 놈들과의 거리는 5, 6미터로 좁혀졌다. 사내들이 이쪽으로 시선을 돌렸다. 그 순간 조웅남은 들고 있던 도끼를 그들에게 집어 던졌다. 도끼는 팔랑개비처럼 회전하며 날아갔는데, 그것을 본 사내들은 문 뒤로 몸을 숨겼다. 도끼가 문짝에 맞더니 안으로 뚫고 들어갔다.

부하 한 명이 뒤돌아서더니 방 안을 향해 등에 멘 소화기를 뿜어대었다. 하얀 분말이 거세게 뿜어져 나왔고, 조웅남은 방 안으로 뛰어들다가 분말에 미끄러져 엉덩방아를 찧었다.

다시 총소리가 났다. 방의 구석에 붙어 선 사내가 쏜 것이었는데 조웅남이 미끄러지는 통에 빗나갔다.

조웅남은 넘어진 채로 탁자를 집어 던졌다. 무거운 탁자가 뒤집어지면서 사내를 덮쳤고, 순간 조웅남은 튕기듯이 일어섰다.

냉장고 옆에 서 있던 사내가 거품투성이가 된 얼굴을 손으로 비비면서 다시 총을 쏘았다. 총알이 얼굴을 스치고 지나자 조웅남의 머리칼이 곤두섰다.

의자를 사내에게 던지면서 다가간 조웅남은 사내의 한 팔을 잡고는 와락 끌어당겼다. 주먹으로 얼굴의 복판을 찍듯이 치자 주먹에 뼈가 부서지는 감촉이 왔다.

구석에서 탁자에 치어 있던 사내가 겨우 상반신을 드러내었다. 아직 권총을 쥐고 있는 것이 보였다. 한걸음에 다가간 조웅남은 권총을 잡은 손을 비틀어 총을 떨어뜨리고 사내의 몸을 번쩍 들었다. 그러고는 대뜸 바닥에 태질을 쳤다.

허리를 숙여 바닥에 떨어진 권총을 집어 든 그는 방을 뛰쳐나왔다. 그러자 앞쪽의 방문을 부수면서 부하들이 몰려들어 가는 것이 보였다. 그 방이 605호실인 모양이었다. 이쪽에서 놈들이 권총을 쏘아대는 바람에 조웅남은 경호원이 있는 방으로 뛰어든 것이다.

뒤따라 뛰어든 조웅남은 방 안이 비어 있는 것을 보았다. 베란다의 창문이 열린 채 비상용 로프가 매달려 있었다.

"도망쳤어요! 없습니다!"

아래쪽을 내려다본 손채석이 비명을 지르듯 소리쳤다.

"형님, 없어요!"

조웅남은 몸을 돌려 복도로 나갔다. 7, 8명의 사내가 쓰러진 사이로 소방관 제복을 입은 자신의 부하들이 보였다.

"형님, 어떻게 할까요?"

손채석이 다가와 다그치듯 물었다.

가까이 서서 올려다보고 있었으므로 얼굴이 넓은 그의 초점이 잡히지 않은 두 눈의 검은 자위가 사시가 되어 있었다. 그로 인해 조웅남의 가슴이 가라앉았다.

"가지, 뭐."

그는 쓰러진 부하 한 명을 번쩍 들어 어깨에 둘러메었다.

"불난 디 없응게, 얼릉 가자."

그들은 다시 비상구를 향해 몰려 나갔고, 벽에 기대앉아 있던 김영배가 스쳐 지나가는 조웅남을 멀거니 바라보았다.

『밤의 대통령』 2부 3권에 계속…